강호풍 新무협 판타지 소설

FANTASTIC ORIENTAL HEROES

절대고수 3

강호풍 新무협 판타지 소설

초판 1쇄 찍은 날 § 2011년 6월 25일
초판 1쇄 펴낸 날 § 2011년 7월 2일

지은이 § 강호풍
펴낸이 § 서경석

총괄팀장 § 유경화
편집책임 § 어정원
편집 § 주소영

펴낸곳 § 도서출판 청어람
등록번호 § 제1081-1-89호
등록일자 § 1999. 5. 31
어람번호 § 제2-2115호

주소 § 경기도 부천시 원미구 심곡2동 163-2 서경B/D 3F (우) 420-822
전화 § 032-656-4452 팩스 § 032-656-4453
http://www.chungeoram.com
E-mail § chungeoram@chungeoram.com

ISBN 978-89-251-2554-1 04810
ISBN 978-89-251-2529-9 (세트)

강호풍 新무협 판타지 소설

FANTASTIC ORIENTAL HEROES

目次

第一章

토사구팽(兎死狗烹)

절대
고수 絶代高手

1

태사의에 깊게 몸을 묻은 채 범상치 않은 기도를 풍기는 노인이 굵고 긴 손가락으로 앞에 놓인 오동나무 탁자를 두들겼다.

톡, 톡톡톡, 톡톡…….

번들번들 윤이 나는 긴 탁자 끝에 앉아 있는 암독왕이 태사의에 자리한 반백의 노인을 주시했다.

어깨와 등을 검은 비단 피풍의로 두른 반백노인의 얼굴엔 비정함이 감돌았다. 그는 무신(武神)이라 불리는 천하십대고수 중 일인이며, 무림십대방파인 흑룡문을 이끄는 수장 흑룡왕이었다.

그가 고개를 들어 암독왕을 마주 보았다. 시선이 마주친 암독왕은 헛기침을 하며 고개를 숙였다.

암독왕이 문주와 인연을 맺은 지 벌써 오 년이다. 그러나 문주에게서 느껴지는 위압감은 좀처럼 사그라지지 않았다.

암독왕은 사천당문주, 독문주와 함께 무림의 삼대독왕(三代毒王)이었다. 그런 그조차도 문주 앞에서는 늘 주눅이 들었다.

암독왕은 그런 불편함의 가장 큰 원인이 무엇인지 잘 알고 있었다. 단순히 문주가 강해서가 아니었다.

문주는 마음을 진심으로 열어준 적이 한 번도 없었다. 늘 진심을 감춘 채 충성만을 강요했다.

지금만 해도 그랬다.

문주와 자신의 거리는 삼 장 길이의 탁자 끝과 끝에서 서로를 마주하고 있었다.

암독왕은 지난 오 년 동안 문주의 앞에서는 이 장의 거리를, 등 뒤에 있을 때에는 삼 장 이상을 늘 유지해야 했다. 실수로라도 그 거리를 무시하면 섬뜩한 살기에 휩싸이는 경험으로 몸서리쳐야 했다.

흑룡문주가 침묵을 지키는 암독왕을 보며 중얼거렸다.

"야율강이 남긴 무공이란 말이지. 외공이 아니라 내가무공이고."

두 번째 반복되는 문주의 혼잣말이었다.

암독왕은 머뭇거리다가 입을 열었다. 문주가 혼잣말을 연이어 하는 이유는 대화를 하자는 의미였다.

"예, 야율강이 말년에 얻은 최후의 심득이라 했습니다."

"그 무공이 그대와 마 장로에 맞먹을 정도로 대단하고 말이야."

암독왕은 속으로 쓴웃음을 지었다.

그 정도가 아니었다.

완벽하게 제압당했다는 표현이 옳을 것이다. 그러나 객잔에서 있던 일을 상세히 말한다 한들 누구도 믿어주지 않을 것이다. 그리고 무루는 자신의 무공에 대해 깊이 말하지 말라고 했다.

기실 암독왕은 무루의 말을 이제는 무시해도 된다는 것을 알고 있었다. 자신은 안전한 흑룡문 안에 있으니까. 하지만 마붕권과 자신은 무루의 말을 지키겠다고 약속을 했다. 어쩔 수 없는 상황에서 한 약속이긴 해도 지키지 않는 것은 내키지 않았다.

"예, 상당히 고강했습니다."

문주는 한 손으로 관자놀이를 짚으며 지나가는 어투로 물었다.

"그 청년이 얼마나 강하다고 생각하는가?"

암독왕은 아랫입술을 지그시 깨물었다.

문주는 구체적인 대답을 요구하고 있었다. 잘못 대답했다가는 그의 눈 밖에 날 것이고, 후에 어떤 보복을 당할지 몰랐다.

대외적으로 문주는 호방하다고 알려졌으나, 실제로는 의심이 많았고 아주 잔인한 성격의 소유자였다. 다른 사람은 몰라도 암독왕은 그것을 예전부터 간파하고 있었다.

"제대로 붙어본 것도 아니라… 문주님께서 직접 보시는 것이 빠를 것입니다."

그의 애매한 대꾸에 흑룡왕의 검미가 꿈틀거렸다.

그때 집무실 밖에서 고저없는 무감정한 음성이 안으로 파고 들었다.

"문주님."

흑룡문 내의 감찰과 문주의 호위를 담당하는 흑룡근(黑龍近)의 근주(近主)었다. 흑룡근은 흑룡문 삼대무력단체 중 하나이기도 했다.

"뭔가?"

문주가 시선을 들어 문밖의 근주에게 물었다.

"태상전(太上殿)이 움직였습니다. 반 시진 전에 총타를 빠져나갔습니다."

순간 문주의 눈 깊숙한 곳에서 작은 폭발이 일었다. 입가에 스치는 흐릿한 미소. 마치 '결국 움직였군' 하는 눈빛과 미소였다. 하지만 그의 전체적인 표정은 여전히 담담해 보였다.

"누가?"

"모두입니다. 두 태상장로와 태상단 전원이 움직였습니다. 마붕권 장로에게 간 것으로 추정됩니다."

문주는 당황하는 암독왕을 흘낏 보고는 혼잣말조로 중얼거렸다.

"일이 재밌게 흘러가는군."

암독왕이 불안한 표정으로 한숨을 삼켰다.

두 태상장로는 영입된 고수를 눈엣가시처럼 여기는 대표적 인물들이다. 그들이 태상단을 이끌고 움직였다면 간과할 일이 아니었다.

"문주님, 지켜만 보고 계실 겁니까?"

"……."

"이번 은당객잔의 사태에 대해 설왕설래 말이 많은 것은 알고 있습니다. 하나 마 장로는 지금 문주님 명을 수행하고 있는 중입니다. 또한 한무루는 문주님께서 초빙한 손님입니다. 아무리 태상장로들이라 해도 간섭해서는 안 되는 것 아닙니까?"

문주가 어깨를 으쓱거렸다.

"허허허, 그 노인네들이 어디 내 말을 잘 듣는 편이던가?"

담담하게 웃었지만 목소리엔 차가운 칼이 숨었다.

암독왕의 이맛살이 찌푸려졌다. 방금 문주가 내뱉은 말의 의미는 무엇인가.

태상장로들의 행동에 딱히 개입하고 싶지 않다는 이야기를 돌려 하고 있는 것이다.

"문주께서는… 야율강이 남긴 비급을 얻는 조건으로 그의 작은 요구 하나를 들어주기로 하셨습니다. 또한 지금까지 본문에 한 그의 소행을 없는 것으로 하기로도 약조하셨습니다."

"그랬던 것 같군."

문주의 너무나 천연덕스러운 대꾸에 암독왕은 잠시 말문을 잃었다가 다시 힘주어 말했다.

"야율강의 무공비급만 챙기고 그를 제거할 생각도 있으셨습니까?"

대꾸가 없다.

그 의미는 지금 암독왕이 말한 것을 굳이 부인하지 않겠다는 것이다. 암독왕의 등골이 서늘해졌다. 배신감을 느꼈다.

마붕권과 자신이 간곡히 청해 성사된 독대였다. 그런데 무루를 죽인다는 것은 마붕권과 자신을 대놓고 무시하는 처사였다.

위험 경고가 암독왕의 머릿속에서 켜졌다. 어쩌면 문주는 마붕권과 자신을 토사구팽하려는 것일지도 모른다는 생각이 들었다. 아니, 확신이 들었다.

영입 고수들의 권리를 위해 지나치게 목소리를 높인 점이 문제였을 것이다. 특히나 문주는 마붕권을 매우 귀찮아했다. 마붕권은 사파인이면서도 불의에 분개하는 인물이었기 때문이다.

이대로 상황이 진행되면 자신은 조만간 문주에 의해 죽게 될 공산이 컸다. 특히 절친한 벗인 마붕권은 무루와 함께 오늘 태상장로들에 의해 죽을 가능성이 짙었다.

그렇다면 이를 타개할 방법은 하나뿐이다.

문주가 애초의 약속을 지키게 하는 것!

그렇게 된다면 문주는 자신을 굳이, 적어도 당분간은 제거하지 않을 것이다. 마붕권도 문주가 급히 전령을 보낸다면 태상장로들을 막아 살릴 수도 있을 터.

문제는 문주의 위신을 세워주는 요령있는 방식으로 설득할 수 있느냐는 점이다. 문주의 토사구팽을 간파했다는 것을 필히 숨기면서 말이다.

"문주님, 태상전이 나서더라도 먼저 한무루가 문주님과 독대를 마친 후가 되어야 합니다. 그것이 사리에 맞습니다. 두 태상장로가 아무리 문주님의 어린 시절 사부였다고 해도 문주님의 말과 명을 앞설 수는 없습니다."

암독왕의 절묘한 말이 먹혔을까, 아니면 문주의 자존심을 건드리는 말이 기분 나빴을까?

문주의 굵은 검미가 꿈틀거렸다. 그의 안색을 살피던 암독왕이 급히 말을 이었다.

"문주님 입장에선 한무루를 죽여서 깎인 본 문의 체면을 세우는 것도 중요하고 야율강이 남긴 비급을 취하는 것도 중할 수 있습니다. 그러나 한 번 내려진 지존의 명은 더욱 중하고 지엄한 것입니다. 그건 태상장로들도 거슬러서는 안 됩니다."

"……."

"태상장로들이 한 번 문주님의 명을 거역한다면 두 번, 세 번은 더욱 쉬울 것입니다. 그렇게 된다면 본 문의 규율은 땅에 떨어질 것이고 문주님의 명(命)에도 지금과 같은 기강이 서지 않을 것입니다."

문주가 고개를 숙인 채 다시 침묵했다.

이번의 정적은 조금 길었다. 암독왕에게 그 고요함은 억겁의 시간과도 같았다. 곧 문주의 입술에서 튀어나올 말이 자신과 마붕권의 운명을 결정지을 것이니 말이다.

암독왕은 다시 채근할까 하다가 고개를 저었다.

문주는 자존심이 강하고 의심이 많은 인물.

건의를 넘어 설득이라고 느껴지면 오히려 자신을 수상쩍게 여길 터였다. 문주가 고개를 들어 입을 연 것은 거의 일각이나 지나서였다.

"근주!"

문밖의 흑룡근주가 깍듯하게 대답했다.

"하명하십시오."

"아직 그들이 살아 있다면… 살려서 데려와라. 두 태상장로께는 내가 별도의 명을 내리기까지 자숙하시라 전하고."

"존명!"

문주가 묘한 미소를 지으며 암독왕을 바라보았다.

"좋은 말이었다."

"별말씀을. 도움이 되셨다니 감읍할 따름입니다."

"그나저나 시간이 너무 흘러 늦은 건 아닌지 모르겠군. 뭐, 그렇다면… 마 장로 그 사람의 팔자가 그런 거니 할 수밖에. 참으로 애석하지만 말이야."

말과는 다르게 전혀 애석한 얼굴이 아니었다. 암독왕은 가슴속 분노를 누르느라 힘이 들 지경이었다.

문주의 고민하는 시간이 너무 길었다.

이로써 흑룡근이 도착하기 전까지 마붕권이 살아 있을 가능성은 희박해졌다. 그리고 그다음은 분명히 자신 차례일 터였다.

'어쩌면 나는… 인생에서 가장 중대하고 위험한 기로에 서 있는 건지도 모르겠군. 개죽음당하기 전에 이곳을 빠져나가야 한다.'

암독왕은 탁자 밑에 숨겨진 주먹을 불끈 쥐고는 입을 열었다. 가만히 죽음을 기다리는 건 바보짓이었다. 움직이고 선택해야 했다.

"문주님."

"……?"

"저도 흑룡근과 같이 가겠습니다. 허락해 주십시오."

문주의 눈에 이채가 흘렀다. 그는 양손으로 깍지를 끼며 상체를 앞으로 기울였다.

"왜 그대가 가야 하지?"

"마 장로가 걱정됩니다. 아시다시피 마 장로와 저는 아주 절친한 사이입니다."

흑룡왕이 다시 탁자를 톡톡 두드리다가 물었다.

"그 이유뿐인가?"

암독왕은 지금이 아주 중요한 순간임을 알았다. 그는 최대한 자연스럽게 의아한 표정을 지었다.

"그럼 그 이유 외에 뭐가 있겠습니까?"

"……."

"문주님, 만에 하나 늦었더라도… 제 벗의 시신은 제가 직접 거두고 싶습니다."

"으음, 알겠네."

문주는 망설이다가 이내 고개를 끄덕이며 말을 이었다.

"하지만 흑룡근은 벌써 움직이고 있을 터인데?"

"문주님께서 명을 내린 지 반 각도 채 지나지 않았습니다. 부지런히 따라가면 될 터입니다."

"그렇게 하게."

"감사합니다."

암독왕이 일어서 정중하게 읍을 올리고는 밖으로 나갔다. 문주는 그가 시야에서 사라지자 음흉하게 웃었다.

"그대는 강호의 삼대독왕. 아직 쓸모가 많아. 그러니 자네는 당분간 죽일 생각이 없다네. 두고두고 오래 부려먹을 생각이거든. 후후후. 오백 위 초인을 한 번에 두 명이나 잃는 건 안 될 일이지. 암."

문주는 기지개를 켰다.

"시간을 충분히 끌었으니 눈엣가시 같던 마붕권은 암독왕이 도착하기 훨씬 전에 죽었을 테고……. 암독왕은 처참한 마붕권의 시신을 보면서 다시 한 번 나의 무서움을 뼈저리게 느끼겠지. 그야말로 일석이조군. 크하하하!"

그의 광소에 벽에 드리운 휘장이 폭풍을 만난 듯 펄럭거렸다.

2

쏴아아아!

밤하늘을 가득 메운 먹구름이 기어코 굵은 빗줄기를 토해냈다. 단단했던 땅이 흐물흐물해져 진창이 되어갔다.

선두에서 걷던 마붕권이 눈살을 찌푸리며 하늘을 우러렀다. 번화가에서 빠져나온 지 한참이라 사위는 캄캄했다.

절정 이상의 고수들에게 있어서 비[雨]란 거추장스러운 자연현상이 아니다. 내공으로 튕겨내면 되니 말이다.

하지만 마붕권은 이런 사소한 것까지 가슴에 걸렸다.

한무루가 혹시라도 불편할까 봐 저어된 것이다.

한때 중견 방파의 수장이었던 오백 위 초인인 마붕권이 이런 작은 일에까지 마음을 할애한다는 말을 누군가가 듣는다면 백이면 백 모두 불신의 표정을 지을 것이다.

그러나 어쩌겠는가, 그것이 사실인 것을.

마붕권도 이런 자신이 초라하게 느껴졌다.

그 초라함은 그로 하여금 스스로에게 질문을 던지도록 만들었다.

'나는 과연 한무루를 어떻게 생각하고 있는 건가?'

지난 사흘간 그의 머릿속에서 떠나지 않는 질문이었다. 먼저 떠오르는 것은 공포였다.

무루를 생각하기만 해도 몸이 먼저 반응을 일으켜 경련을 일으켰다. 사실 그가 지금 자신의 등 뒤에 있다는 것만으로도 손안엔 땀이 축축하게 배어 나오고 있는 지경이었다.

늦은 가을비치고는 상당한 폭우였다.

마붕권은 걸음을 멈춰 뒤돌아섰다. 그러자 삼 보 거리에서 뒤따르던 무루와 유라가 자연스럽게 멈춰 섰다.

"공자, 비도 오는데 경공술을 펼칠까요?"

질문을 던지는 마붕권의 눈가가 가늘게 떨렸다.

자신은 내공으로 빗물을 튕겨내고 있었다. 그런데 한무루는 비를 고스란히 맞고 있었다. 두려운 감정 외에 또 다른 감정이 그의 뇌리에 파고들었다. 그건 정말이지 어처구니없는 감정이었다.

죄송스러움.

자신보다 훨씬 고강한 그가 비를 맞고 있는데 겨우 자신 따위가 비를 피하고 있다는 것이 남세스러웠다. 그는 천천히 내력을 줄여 빗물을 온몸으로 받아들였다.

'그러고 보니 비를 맞아본 것도 아주 오랜만이군.'

생각보다 기분이 나쁘지는 않았다. 그러나 비를 튕겨내다가 갑자기 맞는 것은 확실히 어색했다.

마붕권은 겸연쩍어 고개를 돌리다 다시 한 번 눈빛을 빛냈다. 처음 그녀의 진면목을 본 순간 그 아름다움에 놀라 숨까지 막히게 했던 여인.

그녀도 좀 전의 자신처럼 빗물에 젖지 않았다.

그런데 놀라운 것은 그녀는 자신처럼 비를 튕겨내고 있는 것이 아니라는 점이었다.

빗방울이 그녀의 죽립에, 그녀의 옷에, 그녀의 피부와 가죽신에 들이치고 있었다.

그럼에도 불구하고 그녀는 젖지 않았다.

마치 기름과 물이 섞이지 않는 것처럼 빗방울은 그녀의 모든 것을 미끄러지듯이 타고 흐를 뿐 감히 침범하지 못했다.

"으음……."

절로 신음이 흘러나왔다.

그녀가 예상 밖의 고수라는 것에 대한 놀라움과 더불어 기를 저렇게 자연스럽게 이용할 수 있는 능력에 대한 경탄이었다.

'장강의 앞 물길은 뒤따르는 물결에 밀리는 것이 세상 이치라 하지만 어쩐지 씁쓸하군. 겨우 저 나이에…….'

왠지 한숨이 흘러나왔다. 자신도 무공에 미쳐 살아왔다고 자부했는데 돌이켜 보니 남는 건 아쉬움과 허탈함뿐이었다.

무루가 대꾸하지 않자 마붕권이 재우쳐 물었다.

"어떻게 하시겠습니까? 그냥 걸으시겠습니까, 아니면 경공을 펼칠까요?"

자신들이 있는 곳에서 흑룡문까지는 십 리(十里) 정도다. 경공을 펼친다면 금방 당도하겠지만 이렇게 걷는다면 적지 않은 시간 동안 비를 맞아야 할 판이다.

유라도 대답하지 않는 무루가 이상하다는 표정으로 바라보았다. 굳은 얼굴의 무루는 옅은 한숨을 내쉬었다가 입술을 뗐다.

"아무래도 걸린단 말이야."

무루가 말한 의미를 간파한 유라가 입맛을 다시며 말했다.

"오라버니, 지금 설이한테는 사형이 있어요. 걱정 안 해도 돼요. 그리고 하필 오늘 밤 무슨 일이 생기겠어요? 기껏해야 두 시진 정도일 텐데."

마붕권도 거들었다.

"공자, 은당객잔에 있던 본 문의 아이들한테 객잔과 별관의 후원을 철통같이 호위하라고 명을 내려두었습니다. 안의 땅 주변으로는 본 문에게 시비를 걸 곳은 없다고 해도 과언이 아닙니다."

그랬다.

덕분에 술 한잔 마시러 왔던 흑룡문의 일백여 무인은 비를 쫄쫄 맞으며 처량하게 객잔 주변에서 경계를 서고 있었다.

무루는 허리춤에 매달린 호혈약을 만지작거렸다.

고금사대병기인 호혈약을 노리는 자들이라면 여간내기가 아닐 것은 자명했다. 구위영이 회심의 진법을 펼쳐 둔 장원이라면 모를까 객잔에 남겨둔 이들이 걱정스러웠다.

구위영을 못 믿는 것은 아니었지만 천려일실이라 했다.

그러나 무루의 생각은 더 나아가지 못했다. 그의 사고를 방해하는 이들이 거슬린 탓이었다.

무루가 미간을 찌푸리며 어둠 속 저편을 바라보았다.

그다지 높지 않은 야산.

그 산을 옆으로 돌아가면 흑룡문 총타가 보일 터였다.

무루가 마붕권을 향해 질문을 던졌다.

"흑룡왕이 나와 독대하겠다고 응한 것이 맞나?"

마붕권이 의아한 얼굴로 반문했다.

"물론입니다. 그러니까 제가 직접 공자를 모시러 온 것이 아닙니까?"

"그렇다면 저 산에 숨어 있는 자들은 대체 누구지?"

마붕권의 눈이 휘둥그레졌다. 그가 어리둥절한 모습을 보이는데 유라가 아미를 와락 찌푸렸다.

"정말이네? 쥐새끼들처럼 숨어 있네."

유라까지 이렇게 나오자 마붕권은 졸지에 바보가 된 기분이었다. 오백 위인 자신이 감지 못하고 있는데 저 여인까지 뭔가를 간파했다는 말인가?

아닐 것이다. 그냥 무루의 말을 따라하는 것일 터다.

"소저, 뭔가 착각하신 것이 아니오?"

마붕권이 불신의 눈으로 유라에게 물었다. 그러나 유라는 죽립을 살짝 고쳐 쓰면서 낭랑하게 말했다.

"수는 사십여 명."

유라가 무루를 보며 '맞지?' 라는 표정을 짓자 무루가 고개를 끄덕여 주었다.

마붕권은 고개를 갸웃거렸다.

이젠 숫자까지 말하니 정말 뭔가 있는 것 같은 기분이 들었다. 하지만 그는 스스로의 능력에 대한 최소한의 자부심까지 사라지진 않았다.

"으음, 그럴 리가 없는데, 아무것도 느껴지지 않는데……."

좋소, 내가 앞장서서 가보겠소."

마봉권은 유라에게 퉁명스럽게 말하고는 휘적휘적 앞으로 거닐었다. 무루가 그를 불러 세웠다.

"같이 가지."

"……."

"저들이 그저 기척만 숨긴 채 꼼짝 안 한다면 나 역시 상관하지 않아. 하지만 내 목숨을 노린 것이라면… 저들은 그에 대한 책임을 져야 할 거야. 똑같은 목숨으로!"

그 말을 끝으로 무루가 걸음을 뗐다. 마봉권은 그저 의아하기만 했다.

무루의 능력을 의심하는 건 아니었다. 그러나 이건 좀 아니다 싶었다. 더구나 저 젊은 여인까지 자신보다 기감이 뛰어나다는 것은 믿기 힘들었다.

그러나 그의 반신반의는 금방 깨어졌다. 산 아래를 도는 소도(小道)로 들어섰을 때 수십 개의 암기가 그들을 향해 폭사되었다.

"헉!"

마봉권은 진심으로 놀랐다.

정말이지, 어떤 기도 포착하지 못했다. 그런데 갑자기 쏟아져 나오는 암기라니! 만약 무루나 유라가 미리 언질을 주지 않았더라면 꼼짝없이 고슴도치로 화해 죽을 뻔한 가공스런 기습이었다.

마봉권은 이미 잔뜩 끌어올리고 있던 내력을 이용해 몸을 번개처럼 뒤로 물렸다. 유라 역시 몸을 빙글 회전시키며 허공으로 뛰어올랐다.

그러나 무루는 자신의 자리에서 오도카니 머물러 있었다. 마붕권이 피하는 와중에도 질겁해 외쳤다.

"공자! 피하십시오!"

그러나 그 말이 채 끝나기도 전에 마붕권은 허탈감을 느껴야 했다.

어둠과 비에 묻혀 폭사해 온 암기는 탈수표(脫手鏢)였다. 그 탈수표들이 마붕권과 유라가 피한 땅에 박혀들었건만, 무루를 향한 것들은 그러지 못했다.

무루가 손으로 휘휘 젓자 힘을 잃은 탈수표들이 그의 소매 속으로 빨려들어 간 것이다.

쏴아아아!

빗소리만 땅을 두들겼다. 무루는 어둠 속의 숲을 응시하며 굳은 얼굴로 말했다.

"나와라."

마붕권은 숨어 있는 상대의 실체를 이제야 확연히 감지했다. 숨어 있는 자들은 지금 동요하고 있었다. 아마 그들의 기습이 너무 허망하게 실패로 돌아간 탓일 것이다. 또한 무루가 보여준 신위도 그들을 놀라게 하기엔 충분했다.

매복은 없을 거라고 장담하던 마붕권은 부끄러운 마음에 버럭 역정을 냈다.

"누구냐? 당장 나오지 못할까? 감히 어떤 놈들이!"

무루가 탈수표를 회수한 손을 들며 중얼거렸다.

"나오게 해주지."

그의 손이 움직이고 젖은 소매가 펄럭였다. 동시에 뻗어나가는 탈수표.

그것이 향하는 방향에서 일단의 무리가 허공으로 뛰어올랐다. 그것을 시작으로 주변에서 다른 이들도 모습을 드러내며 숲 밖으로 모습을 드러냈다.

"제법이구나. 젊은 놈의 실력이 이 정도일 줄이야. 조용히 끝내고 사라지려고 했건만……. 키키킥."

한 노파가 뱀의 모습을 띤 지팡이인 사두신장(巳頭神杖)을 들고 걸어나왔다.

그들의 정체를 목도한 마붕권은 숨을 들이켜며 경악했다. 정체 모를 적이 아니었다. 같은 지붕 밑의 사람들이었다.

"사굉파파(巳宏婆婆)!"

마붕권의 안색이 핼쑥해졌다.

노파는 흑룡문에 단 두 명 존재하는 태상장로 중 일인(一人)이었다. 그리고 그녀 주변으로 조용히 서 있는 마흔 명의 무인은 흑룡문 삼대무력단체 중 하나인 태상전(太上殿)에 배속되어 있는 태상단(太上團)이었다.

불길한 예감이 마붕권의 뇌리를 강하게 스쳤다. 설마 자신이 토사구팽이라도 당하고 있는 것인가?

아주 가끔 얼토당토않은 이유로 영입 고수들이 죽어 나가긴 했다. 하지만 자신은 오백 위의 초인이다.

쉽게 버릴 만큼 자신이 허접하다고 생각한 적은 단 한 번도 없었다. 그러나 다른 사람도 아닌 흑룡왕이라면 그럴 수도 있을 거라는 생각도 들었다. 그는 충언을 올리는 자신을 꽤나 미워했으니까.

물론 아직 확실한 답을 알 수는 없었다. 하지만 마붕권은 가슴 깊은 곳에서 치미는 분노를 느꼈다.

第二章

수탄(水彈), 악마혈풍무(惡魔血風舞)

절대고수 絶代高手

1

마붕권은 가슴을 진정시키고 사굉파파를 주시했다. 자신이 왜 마혼 명이나 매복한 것을 간파 못했는지 짐작할 수 있었다.

사굉파파가 수하들의 기를 차단했을 터였다.

백 살이 넘은 저 노괴는 그럴 능력이 있는 괴물이었다. 마붕권이 얼굴에 가득한 주름살을 일그러뜨리며 앞으로 나서 외쳤다.

"사굉파파, 지금 무슨 짓을 하고 계신 줄 아십니까? 저는 지금 문주님의 명을 수행하는 중이외다! 여기 계신 공자는 문주께서 초빙하신 손님이고 말입니다!"

사굉파파는 구부정한 허리를 손으로 두드리며 마붕권을 노려보았다.

황색으로 물들어 있는 그녀의 눈자위.

살기가 그녀의 눈을 통해 증폭되고 있었다. 뭐라 말할 수 없을 정도로 어두운 기운이 그녀의 전신에서 흘러나왔다.

마붕권이 숨을 들이켜고는 나섰던 걸음을 고스란히 물렸다. 사굉파파의 독문 비공인 사흑공(巳黑功)이었다.

일단 사흑공의 기운에 휩쓸리게 되면 몸이 마비되는 증상을 겪게 된다. 아무리 심후한 내력을 가진 자라도 예외는 거의 없었다.

그걸 감당하고 이겨낼 수 있는 고수는 천하에서 백 명도 되지 않을 것이라는 풍문이 있을 정도였다.

그 말은 그녀를 대적할 수 있는 고수는 무수히 많은 강호인들 중에서 백 명 안팎이라는 뜻이기도 했다.

사굉파파의 비틀어진 입술이 떨어졌다.

"마붕권, 너는 그저 여기서 죽어주면 된다."

마붕권의 눈동자가 흔들렸다. 자신에게도 탈수표를 던진 것은 역시 실수가 아니었다.

"혹 문주의 뜻입니까?"

사굉파파의 비틀린 입가로 흐릿한 미소가 스쳤다.

"글쎄, 저승사자에게 물어봐라."

두루뭉술한 대답이었다.

마붕권은 부디 이 일의 배후에 흑룡왕이 없기를 기원했다. 그가 자신을 토사구팽하려는 것이라면 살아날 길이 요원했다.

"사굉파파, 다시 한 번 간곡히 말씀드리오. 난 지금 문주님의 명을 수행하는 중이외다. 이걸 방해한다면 단순한 월권행위를 넘어서 반역을 한다는 뜻입니다.”

사굉파파가 키득거리다가 외쳤다.

“키키킥. 반역이 아니라 충(忠)이지. 문주께서 바쁘시니 이런 자질구레한 일은 이 늙은이가 나서는 수밖에.”

역시 이번에도 애매한 말이었다.

사굉파파가 독자적으로 움직인 것인지 문주의 명에 의한 것이지 파악이 되지 않았다. 어쨌거나 마붕권은 자신이 살아날 유일한 길은 문주의 뜻에 달려 있음을 알고 있었다. 그러니 문주를 계속 걸고넘어질 수밖에 없었다.

“사굉파파, 우리가 죽으면 문주께서 이 일을 그냥 넘어갈 것이라 생각하시오? 분명 사건의 흉수를 찾아내려 하실 것이오. 그러면 아무리 태상장로들이라 하여도 문주께서…….”

사굉파파가 더 이상 들어주기 귀찮다는 표정으로 손가락 하나를 귀에 넣어 후볐다.

“사건 하나 조작하는 건 일도 아니지. 그리고 내 짐작엔… 우리 문주께서는 지금 내 이런 행동을 속으론 응원하고 계실 것이야. 키키킥.”

마붕권은 그녀의 말에 고개를 갸웃거렸다. 문주가 암묵적으로 승인했다는 뜻일까?

마붕권은 입술을 깨물며 주먹을 불끈 쥐었다. 지금은 상념에 빠질 때가 아니었다. 저들은 자신들을 죽이려 하고 있었다.

일단 현실을 받아들이고 피할 수 없다면 싸워야 했다.

마붕권의 고개가 옆으로 돌아 무루를 보았다.

무루가 제아무리 고수라 해도 저들을 모두 이긴다는 건 불가능했다. 하지만 꽤 고강한 것으로 추정되는 유라가 돕는다면 나름 승부를 볼 수 있을 것도 같았다. 그 정도로 무루의 무위를 향한 마붕권의 경외심은 컸다.

그러나 마붕권의 그런 희망은 또 다른 인물의 등장으로 산산이 부서졌다.

숲에서 호리한 한 노인이 걸어나왔다. 무루가 그를 보면서 희미하게 중얼거렸다.

"이제야 다 나왔군."

마붕권은 무루의 말에서 더 이상의 매복은 없다는 것을 알았다. 문제는 상대의 입장에서 더 이상의 매복은 필요없을 거라는 점이다.

새롭게 등장한 인물은 사굉파파와 함께 태상장로직에 있는 종통선생(縱通先生)이었다.

흑룡문의 이대태상장로가 동시에 모습을 드러낸 것이다.

검은 비단으로 만든 학창의를 입고 있는 종통선생의 모습은 마치 신선 같았다. 반면 저승사자처럼 보이기도 했다. 그렇게 상반된 모습이 그에게서는 너무나 자연스러웠다.

대춧빛 얼굴의 종통선생이 엷은 미소를 지으며 사굉파파 옆에 섰다. 사굉파파가 그를 향해 눈을 흘기며 뚱한 어조로 말했다.

"네놈은 왜 기어 나오는 게냐? 구경만 한다면서."

"싸움 구경을 빼놓을 수야 없지. 그리고 이왕 보는 거면 가까이서 보고 싶어서 말이야. 나도 나이가 들어서인지 요즘은 눈이 침침해서."

종통선생의 말도 안 되는 천연덕스러운 대꾸에 사굉파파가 혀를 찼다.

"하여간 오지랖은."

"그런데 마 장로까지 죽일 필요가 있을까? 그래도 오백 위의 초인인데……. 난 일을 너무 크게 벌이는 게 걱정이 된단 말이지. 우린 아직 문주에게 확답을 듣지 못했어."

둘의 대화를 들은 마붕권의 표정이 아연해졌다. 지금 종통선생의 말이 충격으로 다가왔다. 역시 문주가 간접적으로 이 일에 개입되어 있는 것이 분명했다.

사굉파파가 종통선생의 말을 받았다.

"그러니 더더욱 증인을 남겨둘 수는 없지. 그리고 영입된 놈들의 기를 다시 눌러줄 때도 됐어. 난 문주께서 어제 태상전에 들러 하신 말씀을 듣고는 그럴 결심을 굳혔다는 것을 느꼈다고."

"흠……."

긍정도 부정도 않는 종통선생의 애매한 말 흐림에 사굉파파가 비소를 지으며 말을 이었다.

"문주께서 제지하려 했으면 벌써 했을 것이야. 굳이 나서지 않는 것을 보면 지켜보시겠단 의중인 것이지. 그러니 확실하게 일을 매듭짓는 게 좋아. 어서 해치우고 그 야율강의 비급이라는 것이나 챙기자고."

"쯧쯧, 할망구가 독하구먼. 그러나 난 마 장로까지 해치우는 건 여전히 반대야. 처단보다는 회유가 더 득이 큰 법이지. 오백 위 초인을 잃는 건 아까운 손실이야."

"키키킥. 아깝긴 하지. 하지만 오백 위 고수까지 제거하는 단호한 모습을 보여주면 영입 고수들은 다시는 불평불만을 늘어놓지 못할 거야. 길게 보면 득이 실보다 더 큰 것이지. 문주께서도 분명 그렇게 생각하고 계실 거라 장담할 수 있어."

종통선생은 어깨를 으쓱하고는 시선을 마붕권에게 옮겼다.

"그래도 난 아깝단 말이지. 그리고 분명… 마 장로가 분별력이 있다면 여기서 일어난 일을 결코 발설하지 않을 것이고. 안 그런가, 마 장로?"

마붕권은 지체없이 고개를 저었다. 그는 순간 일말의 후회를 느꼈다. 그러나 그는 더욱 세차게 고개를 좌우로 저었다.

종통선생이 의외라는 얼굴로 물었다.

"저 연놈들과 함께 죽겠다는 것이냐? 내가 이리 사정을 봐주는데도?"

모두의 눈이 마붕권에게 쏠렸다. 마붕권은 한차례 심호흡을 한 뒤에 어깨를 펴고 당당히 임했다.

"난… 문주님께 하달 받은 명을 지켜야 합니다."

그는 일말의 가능성을 믿어보기로 했다. 태상장로들이 문주의 말을 곡해했을 가능성도 있으니까. 그렇다면 자신이 먼저 배신할 수는 없었다. 그건 마붕권의 사내로서의 의지와 자존심이었다.

"이런, 내가 사람을 잘못 보았나? 나는 자네가 그렇게 충성심이 높다고는 생각한 적이 없는데. 아니, 오히려 문주께 제 하고 싶은 말을 또박또박 잘도 해댔지. 문주께서 불편해하실 정도로. 솔직히 자네가 오백 위가 아니었다면 진즉에 죽었을 거야."

"어쨌거나 저는 문주께 명을 하달 받았고, 수하로서 그 명을 지켜야 합니다. 문주께서 절 버린 것이 진실임을 확인하기 전까진."

"허! 쯧쯧. 애초에 꽉 막힌 성품을 알고 있어 내 사람으로 만들면 유익할까 싶었는데……. 스스로 권주를 사양하고 독배를 원한다면 어쩔 수 없겠지. 아쉽군, 아쉬워. 쯧쯧."

그는 마붕권에게 내비쳤던 호의적인 눈빛을 거둬들이며 사굉파파에게 말했다.

"자자, 마 장로가 저리 나온다면 난 구경만 할 테니 상관하지 말라고."

"그래, 넌 구경이나 하라고."

"그러지. 그런데……."

종통선생이 갑자기 말을 흐리더니 심각한 표정을 지었다. 그 모습에 사굉파파가 얼굴을 와락 구겼다.

"너 또……."

종통선생이 말했다.

"우리가 왜 여기 나와 있는 거지?"

종통선생은 건망증이 아주 심각했다.

"이 멍청한 녀석아! 우리는 저들을 제거하려고 온 거야!"

"아, 맞다. 그랬지. 허허허. 그런데 말이야, 난 이번 네 생각이 마음에 들지 않아. 마 장로는 명색이 오백 위 초인이잖아. 제거보다는 회유가 낫지 않을까?"

사굉파파의 눈에서 살기가 쏟아져 나왔다.

"그 얘기… 이미 끝났다."

"정말?"

"그래. 마 장로는 거절했어."

"그렇군. 아, 맞다. 그랬지."

종통선생이 멋쩍은 미소를 지으며 이마를 긁적였다.

사굉파파와 종통선생은 자연스럽게 전혀 자연스럽지 않은 대화를 나눴다. 그러나 듣고 있는 마붕권의 안색은 침중했다.

종통선생까지 나선 이상 이 자리에서 살아날 확률은 거의 없어졌다고 해도 틀린 말이 아니었다.

그러나 승산이 희박하다고 해서 앉아서 개죽음당할 수는 없었다. 싸우다가 틈을 봐서 어떻게든 빠져나가야 했다. 결국 관건은 무루의 무위가 될 것이다.

머리 한편으로 종통선생의 제안을 받아들여 살 자리를 찾을 수 있었는데 하는 아쉬움이 얼핏 들었다. 그러나 그는 고개를 저었다. 그건 자신의 성격과 맞지 않았다.

마붕권은 무루와 유라 곁으로 붙으면서 말했다.

"공자, 저들은 태상장로와 휘하 수하인 태상단입니다. 상대가 막강하니 일단은 힘을 합쳐…….”

무루가 손을 드는 바람에 마붕권은 말을 잇지 못했다. 무루는 사굉파파와 종통선생을 물끄러미 보다가 고개를 끄덕였다.

그런데 그런 그의 표정이 뭔가 잘됐다는 듯한 것이어서 마붕권을 당혹스럽게 했다.

무루가 옆에 있는 유라에게 말했다.

“구위영 녀석의 진법이나 주술은 시간을 내서 어떤 것들이 있는지 들어보면 되겠지. 하지만 너는 무공을 익혔으니 직접 보는 게 가장 빠를 거야.”

유라가 허리에 매고 있는 요대를 풀며 미소 지었다.

“내 실력을 점검하고 싶다는 거죠? 호호호! 괜찮네. 사실 그동안 내가 얼마나 근질근질했는지 알아요? 이번 기회에 오라버니에게 확실하게 믿음을 주고 말겠어.”

그녀의 말에 마붕권은 아연해졌다.

무루와 유라.

이 두 사람은 지금 사태의 심각성을 전혀 모르고 있었다. 생사가 갈리는 판인데 겨우 실력 검사나 하겠다니!

무루가 유라의 말을 받았다.

“그래, 마침 적당한 상대인 것 같기도 하고. 정확한 건 네가 손속을 나눠봐야 하겠지만.”

유라는 요대에서 가느다란 연검을 꺼냈다. 하얀 검신이 부드럽게 출렁이며 버들가지처럼 춤을 췄다.

놀라울 정도의 유연성을 가진 연검은 단단한 도검보다 익히는 것이 훨씬 더 어렵다.

무림의 많은 여인들이 가볍다는 이유로 연검을 선호하긴 했지만 대성하는 사람이 거의 없는 것만 보아도 알 수 있었다.

까딱 방심을 하면 상대보다 오히려 자신을 해치는 대표적 병장기가 바로 연검이었다.

"넉넉잡고 이각만 줘요."

유라의 말에 무루가 고개를 저었다.

"반 각."

둘의 대화에 마붕권은 눈을 부릅떴다. 아니, 그뿐만이 아니라 사굉파파 일행도 하도 어이가 없어 말을 잃었다. 그들이 그러건 말건 유라와 무루의 대화는 계속됐다.

"너무해요. 딱 봐도 재들은 다 제법 하는 애들이라고요. 합격진이라도 펼치면……."

"사굉파파와 그 옆의 노괴만 상대하면 된다. 모두를 상대하려면… 시간도 적지 않게 소요될 것 같고 어려운 승부가 될 수도 있으니."

"응? 그러면 나머지는?"

그러면서 유라는 시선을 내리깔았다. 무루의 손에서 좀 전부터 종선기가 흘러나오고 있었다.

부드럽고 청량한, 그 특이한 느낌의 기운을 다른 이들도 이미 눈치채고는 있었지만 전혀 위협적인 생각이 들지 않는 터라 누구도 경계하고 있지 않았다.

무루는 여전히 정면의 적의 아닌 옆의 유라를 보며 대화를 이었다.

“내가 처리하지. 나 역시 이번 기회에 시험해 볼 것도 있으니까. 음양오행의 무공은 아직 그 효과를 제대로 파악하지를 못했어. 특히 수(水) 관련 무공은.”

그의 손 하나가 허공으로 들려졌다. 그리고 들린 손이 천천히 주먹을 말아갔다.

마붕권의 눈이 찢어질 정도로 커졌다.

무루가 손을 허공에 들면서부터 이상한 현상이 시작됐다. 확실히는 모르겠지만 쏟아지는 빗물의 속도가 왠지 느려졌다는 느낌을 받은 것이다.

마붕권은 그것이 비가 그치려는 것이라고 생각했다. 그러나 무루가 올리던 팔을 멈추자 마붕권은 자신이 착각한 것이 아님을 깨달았다.

비가 멈추고 있었다.

아니, 정확히 말하면 주변 이십여 장 이내의 빗물이 정지하고 있었다. 허공에서 말이다.

종통선생의 눈이 가늘어졌다. 그는 주변을 빠르게 훑은 후 놀랍다는 어조로 중얼거렸다.

“대체 무슨 기공(奇功)을 사용하기에 내가 모르는 사이에 공간을 장악하고 있던 거지? 느낌이… 좋지 않군.”

사굉파파도 상황이 이상하다는 것을 느끼고는 지체없이 공격령을 내렸다.

경륜이란 것은 그냥 쌓이는 것이 아니었다.

뭔가 예상한 것과 상황이 다르게 흐를 때에는 그런 분위기를 일시에 바꿔야 한다는 세월의 지혜가 그녀의 본능 속에 녹아 있었다.

"야율강의 후계자라더니 역시 한 수가 있었군. 하지만 결과는 변하지 않는다. 태상단주, 저들을 죽여라!"

그녀의 말에 태상단주가 미첨도(眉尖刀)를 땅바닥에 쿵 찧으며 답했다.

"존명!"

그 순간 무루의 손이 완전히 주먹을 말아 쥐었다. 그와 동시에 허공에 떠 있던 수천, 수만 개의 빗물이 한 방향을 향해 폭사되었다.

가공할 속도. 셀 수도 없는 무수한 물방울.

그것이 암기가 되어 쏟아졌다. 대경한 사굉파파가 쥐고 있던 사두신장을 한 차례 들었다가 바닥으로 내려쳤다.

쿠웅!

굉음과 함께 사두신장에서 시작한 예기가 사방으로 뻗어나갔다.

퍼퍼퍼퍼펑!

쏟아지던 물방울들이 허공에서 산산조각 나며 물보라를 일으켰다. 사굉파파의 입가에 비릿한 조소가 맺혔다.

"키키킥. 놀라운 재주이긴 하나 그딴 허접한 실력으로 감히 나를 상대하려고 했다면 아서라. 나이에 비해 괜찮은 무위를 가졌지만 역시 넌 풋내기다. 그렇게 내력을 많이 잡아먹는 무공을 헛되이 사용하는 것을 보면 말이지."

"역시 이성(二成)의 공력이 실린 수탄(水彈)으로는 무리군. 그렇다면 사성(四成)의 파괴력은?"

사굉파파의 비웃음이 삽시간에 사라졌다. 무루의 중얼거림 때문이었다.

사굉파파의 눈에 불신의 기색이 어렸다.

근방 이십여 장을 장악하고 내리는 비를 멈춰 암기로 만든 공격이 겨우 이성의 공력만 사용한 것이라고?

농일 것이다. 거짓일 터였다. 허언이어야 했다.

놈이 고금제일의 내력을 가진 고수라도 된단 말인가? 그럴 리가 없지 않은가. 왜 거짓말을 하냐고 따지고 싶었다. 그러나 그녀에게 그럴 시간은 주어지지 않았다.

주변의 빗물이 다시 허공에 멈춰 있었다. 그리고 다시 폭사했다. 물방울의 숫자는 곱절이 더 많아져 있었고 속도는 배가 됐다.

쐐애애액!

사굉파파가 있는 힘껏 사두신장을 내려쳤다.

퍼퍼퍼펑!

다시 무루가 시전한 음양오행의 무공, 수탄이 깨져 나갔다. 그러나 이번엔 전부를 막지 못했다.

절반 가까이가 사굉파파의 기파를 뚫고 들어와 태상단을 덮쳤다. 공격령을 받았음에도 아직 발조차 떼지 못하고 있던 태상단주가 눈을 번뜩이며 외쳤다.

"막아라!"

태상단원 전체가 공력을 끌어올리며 호신지기나 호신강기를 펼쳤다.

퍼퍼퍼퍼펑!

태상단원 주변으로 무수한 물 폭탄이 터지며 새하얀 안개를 형성시켰다. 덕분에 사위가 뿌옇게 변해갔다. 하지만 그 정도에 시야를 방해받을 정도로 약한 이들은 여기에 없었다.

무루가 다시 말했다.

"육성이면?"

"……!"

모두가 질려 말도 못하고 경악하는 순간 다시 수만 개의 수탄이 그들을 덮쳤다.

이에 사굉파파의 사두신장이 다시 움직였고, 이번엔 종통선생도 감히 태만치 못하고 힘을 합쳤다.

그러나 결국 태상단에서 비명이 하나둘 터져 나오기 시작했다. 아주 잠깐의 시간 동안 태상단원 중 십여 명이 목숨을 잃거나 심각한 부상을 입었다.

살아남은 이들 대다수가 거칠게 호흡을 터뜨렸다. 내력이 진탕되고 다리가 눈에 띄게 후들거렸다.

무루는 상당한 고수들을 상대로 펼친 수탄의 단계별 위력을 파악하고는 이제 끝내야겠다는 어조로 말했다.

"십성(十成)이면 정리 가능할 것 같군."

'잠깐! 이번엔 팔성 차례요!' 라고 외치고 싶은 것을 태상단은 꾹 눌러 참았다. 차마 나오지 못한 말이 혀끝에서 맴돌았다.

그리고 다시 빗방울들이 허공에서 멈춰 섰다. 그것을 바라보는 사람들의 눈에 마침내 공포란 것이 스며들기 시작했다.

아마 누구도 믿지 못할 것이다.

흑룡문 삼대무력단체인 태상단이 두려움에 떨고 있는 표정을 드러내고 있는 것을!

십성의 수탄!

그건 지금까지와는 차원이 달랐다.

빗물이 멈춘 공간 전체가 질식할 것만 같은 압박감으로 가득 찼다. 실제로 내력이 소진된 몇몇 태상단원들이 그대로 실신해 쓰러져 버렸다.

그 와중에 종통선생의 중얼거리는 말이 가뜩이나 절망에 빠진 태상단을 더 처량하게 만들었다.

"어? 왜 빗물이 멈춰 있지?"

2

은당객잔 주변에 있는 많은 주루 중 가장 멀찍이 떨어져 위치한 단층짜리 허름한 주루.

그곳의 담벼락에 몸을 숨기고 있던 전 살문의 호광 분타주 사자코노인 혈광비(血光比)는 처마 밑으로 떨어지는 비를 하염없이 바라보고 있었다.

살문의 전(前) 부문주 흑살이 무루와 뭔가 모종의 협상을 맺었다. 그 협상의 내용을 세세히 알 수는 없었지만 적어도 지금까지처럼 무루와 적대적인 관계가 아님은 혈광비도 간파하고 있었다.

흑살이 무루가 시킨 일을 하는 동안 혈광비는 할 일이 없어졌다. 덕분에 그는 그저 무루 주변 인물들 근방에서 시간을 보내는 것이 일과가 되어버렸다.

원래는 무루를 감시하고 싶었지만 그의 실력으로 따라다니는 것은 불가능했다.

"흐음, 부문주께서 무루 그 녀석과 손을 잡았다고 가정해 보자. 음, 부문주 성격상 실력이 달린다고 무루의 수하 노릇을 할 분은 아니고……."

혈광비는 오늘도 어김없이 똑같은 의문에 대해 머리를 굴렸다. 부문주가 무루에게 받게 될 대가는 무얼까?

뜯겼던 돈을 회수할 수 있는 것일까?

그러나 그가 무루와 흑살이 대화를 나누는 현장에 있었던 것도 아니니 더 이상의 추측은 무리였다. 그럼에도 그는 머리를 끙끙거리며 고민을 거듭했다.

쏴아아아!

어둔 밤에 폭우가 쏟아지는지라 거리에 인적이 끊겨 적막마저 감돌았다. 이번 비가 끝나면 계절은 서서히 겨울을 향해 달음박질칠 것이다.

"응?"

주루의 처마 밑 담벼락에 녹아들어 있던 혈광비는 눈살을 찌푸렸다.

그는 살수였다.

특급을 바라보는 상당한 수준의 일급 살수.

그렇기에 기에 상당히 민감했다. 그런데 그런 자신의 기감을 살 떨릴 정도로 자극하는 자들이 거리에 무수히 나타났다.

복면을 쓰고 그 위에 죽립까지 썼다.

정체를 알 수 없는 일백여 명의 흑의인들은 어둠과 빗속을 당당하게 걸어왔다.

'엄청난 고수다, 모두가 다.'

혈광비는 숨을 죽이며 자신의 몸을 점검했다. 저자들의 정체를 파악할 수는 없었지만 괜히 걸려서 좋을 건 없었다.

꼼꼼히 자신의 기운을 살핀 혈광비는 심장의 박동을 최대한 느리게 하고 호흡까지 차단한 채 다가오는 그들을 주시했다.

그런데 그들 중 선두에 있던 자가 혈광비가 몸을 숨긴 주루를 지나가다가 갑자기 발을 멈췄다.

그는 고개를 돌려 어둠에 잠겨 있는 주루의 담벽 한곳을 물끄러미 바라보았다. 정확히 혈광비가 숨어 있는 지점이었다.

혈광비는 간이 콩알만 해졌다.

죽립 사이로 흘러나오는 그의 안광이 마치 자신을 난도질하는 것 같았다.

선두의 흑의인이 멈추자 바로 뒤에 있던 사내가 입을 열었다.

"죽이는 게 낫겠지요?"

혈광비의 이마에서 진땀이 축축이 배어 나왔다. 한 놈만 자신의 은신술을 간파한 것이 아니었다. 꽁무니를 빼야 했는데 몸이 마비라도 된 듯 움직이지 않았다.

선두의 사내인 총사가 잠깐 생각하는 모습을 보이다가 고개를 갸웃거렸다.

[글쎄. 저 정도의 은신술을 가진 놈이라면 제법 괜찮은 곳 소속일 텐데.]

그의 전음에 말을 건넨 복면인, 부총사가 고개를 주억거렸다.

[그런 것 같습니다. 어쩌면 우리와 상관있는 애들일지도 모르겠군요.]

[그래. 그래도 확인은 필요하겠지?]

[당연하지요.]

명을 받은 부총사가 혈광비가 숨어 있는 지점을 향해 말했다.

"어느 소속의 살수인가?"

혈광비는 어깨를 축 늘어뜨렸다. 그러나 머리만큼은 번개처럼 핑핑 돌았다.

저 말의 의미는 뭔가?

죽일 요량이었으면 질문 따위는 필요없다. 그러나 저들은 자신에게 소속을 묻고 있다.

그 뜻은 살 수도 있다는 뜻이다.

혈광비는 살문을 말하려다가 멈췄다. 이번 대답에 자신의 생사가 결정될 것이다.

신중해야 했다.

가능하면 저들이 무시할 수 없는 곳을 고르는 것이 현명할 것이라 판단했다.

혈광비는 솔직히 똑똑한 것과는 거리가 먼 인물이었다. 그러나 생사의 기로에 선 그의 두뇌는 평소보다 수십 배 명석해졌다.

혈광비가 침묵하자 부총사의 눈에 살기가 흘렀다. 그의 손이 검파에 닿았다.

"대답하지 않겠다는 거냐?"

혈광비는 심호흡을 하고 입을 열었다.

"잔월궁(殘月宮)이오."

잔월궁은 대륙 제일의 자객 집단이다.

그들의 총 인원은 이백오십여 명.

규모는 대륙 제일이란 명성에 비해 많지 않았지만 구성원 모두가 대단한 능력의 소유자였다. 우스갯소리로 잔월궁은 하인들도 일급 살수라는 말이 있을 정도였다.

혈광비는 침을 꼴깍 삼키면서 복면인의 반응을 기다렸다. 그리고 이내 속으로 환호를 질렀다.

'통했다!'

부총사가 검파를 쥐었던 손을 내리고는 시큰둥하게 말했다. 마치 죽이지 못한 것이 아쉽다는 어조였다.

"수고해라."

혈광비는 찰나 고민했다. 상대가 덕담을 던지는데 대답을 해야 하나 말아야 하나?

명색이 숨어 있는 살수가 일일이 대답하는 것도 모양새가 보기 좋지는 않을 것 같았다. 그렇다고 대답을 안 하는 것도 마뜩잖았다.

만약 무시한다고 생각하면 어떻게 하지? 그러면 화를 내지 않을까? 생각 중에 입이 먼저 움직였다.

"그쪽도……."

그 말에 부총사가 '큭' 하는 짧은 실소를 터뜨렸다. 총사도 피식하며 고개를 돌리고는 멈췄던 걸음을 다시 움직였다. 그 뒤로 부총사가 따라붙었다.

[총사, 그런데 은당객잔 주변을 흑룡문 애들이 철통같이 경계하고 있습니다. 총사, 혹시 저들이 호혈약의 존재를 눈치챈 건 아닐까요? 흑룡문이 알아챘다면 골치 아파집니다.]

총사는 입술을 지그시 깨물었다.

진설 그 계집이 도망에 지쳐 어느 곳에 호혈약을 넘길 수도 있다는 가정은 예전부터 해왔다.

자세한 것은 아직 모르겠으나 진설이 호혈약을 흑룡문에게 넘길 가능성은 충분했다. 대가는 목숨을 지켜주는 것으로 말이다. 다만 그 계집이 정파가 아닌 사파인 흑룡문에 호혈약을 넘긴다는 것은 의외였다. 물론 아직까지는 이 모든 것이 추정일 뿐이지만.

[어찌 되든 상관없다고 했잖아. 모두 죽이면 그만이야. 죽은 자는 말이 없는 법이니까.]

[예, 그렇지요. 다만 벌써 호혈약을 흑룡왕에게 넘긴 건 아닐까 해서…….]

총사의 미간이 구겨졌다. 그는 신경질적으로 발걸음을 내디디며 말했다.

[상관없어. 그 계집이 호혈약을 누군가에게 넘겼다면 뺏어오면 된다. 그뿐이야. 아까 말했듯이 난 오늘 반드시 호혈약을 향한 숨바꼭질을 끝내고 말겠어.]

부총사는 속으로 한숨을 삼켰다.

이미 호혈약이 흑룡왕의 손에 들어갔다면 문제는 복잡해진다. 상대는 그래도 명색이 천하십대방파의 수장이다. 그런 대방파를 건드리는 건 윗선의 허락을 필요로 했다.

하지만 총사의 심기를 거슬리기는 싫어 긍정적으로 고개를 끄덕였다. 호혈약이 흑룡왕에게 넘어갔는지는 아직 모르는 일이다. 만약 그렇게 됐다면 그때 가서 선택할 문제였다.

[알겠습니다. 하긴 은검지가 끼어든 것도 아닌데 이번 작전을 실패하면 윗분들의 실망이 클 것입니다.]

전음을 나누며 움직이는 그들에게 세 명의 사내가 다가들었다. 은당객잔을 경계 서고 있던 흑룡문도들이었다.

"어이! 너희들은 누구냐?"

덩치 좋은 선두의 흑룡문도가 의심쩍은 눈으로 흑의인들의 앞을 떡하니 막아섰다. 비오는 어둔 밤에, 그것도 백여 명이나 복면과 죽립을 쓰고 나타났으니 수상하지 않다고 생각하면 그것이 더 이상한 일일 터였다.

어쨌든 흑룡문도들은 경계심이 높아졌을망정 두려워하는 기색은 없었다. 왜냐하면 이곳은 흑룡문 총타가 지척에 있는 안의 땅이었으니까.

흑룡문도들은 저들이 감히 자신들에게 칼을 겨눌 것이라고는 생각하지 않았다. 다만 저들이 어디로 가는지 궁금했을 뿐이다.

앞을 막아선 그들 덕분에 걸음을 멈춘 총사가 짜증스러운 어조로 말했다.

"저거 치워."

총사의 말이 끝나기 무섭게 옆에 있던 부총사의 검이 검집을 빠져나왔다.

"컥!"

선두의 장한이 단말마와 함께 즉사했다. 그의 머리가 비로 인해 진흙탕이 된 곳으로 떨어져 뒹굴었다.

뒤에 있던 두 사내가 대경하는 순간, 부총사의 검이 다시 움직였다. 그리고 두 사내의 목도 떨어졌다.

일순간 정적이 흘렀다.

그러나 곧 대로 주변의 주루나 객잔의 창가에 있던 흑룡문도들이 빽 소리를 질렀다.

"감히!"

"저것들은 뭐야?"

은당객잔 밖에서 경계를 서고 있던 이들도 격노의 고함을 질렀다.

"흑룡문을 건드리다니!"

"너희들 딱 걸렸어!"

은당객잔의 경계병들이 달려왔다. 주변의 술집에서 술을 마시던 흑룡문도들이 우르르 쏟아져 나왔다. 흑룡문도가 아닌 사람들도 덩달아 뛰어나오거나 창가에 붙었다. 언제나 싸움 구경은 재밌는 법이니까.

부총사가 그들을 바라보다가 고개를 돌렸다. 총사의 명을 기다림이다. 총사가 어깨를 으쓱하며 말했다.

"자넨 잠시 뒤로 물러나 있지."

부총사는 웃음을 삼키며 고개를 숙였다.

총사는 가끔 허접한 놈들에게 유희(遊戱)를 즐겼다. 그리고 자신과 수하들에게 총사의 이런 장난은 추억을 쌓는 듯한 유쾌함을 안겨주었다. 복면인들은 모두 즐거운 표정으로 총사를 바라보았다.

총사가 앞으로 여유롭게 몇 걸음 걷고는 전방과 좌우를 에워싸는 흑룡문도들을 향해 싱긋 웃었다.

"너희들, 그동안 호의호식하며 잘살았지? 안 그래? 그러니 죽어도 억울할 것도 없을 거야. 나는 말이야, 너희들이 술 마시며 잘 처노는 동안 지옥에서 살았던 몸이라고. 생각해 봐, 이건 너무 억울하지 않아?"

"뭔 개소리냐?"

흑룡문도 하나가 어이없다는 듯이 외쳤다. 그러나 총사는 신경 쓰지 않고 자신의 말을 이었다.

"형평성이 안 맞는다는 얘기지. 너희같이 허약한 놈들이 즐길 거 다 즐기면서 살고 있는 동안에 나처럼 고귀한 분이 지독한 수련만 하고 있었다는 것이."

스르르릉.

그의 검이 뽑혀 나왔다.

내력이 주입되자 붉게 물드는 검.

우우우우웅!

검이 울기 시작했다.

그 소리가 점점 커져 흑룡문도들과 사람들은 귀를 막고 내력을 끌어올려야 했다. 그러나 검명(劍鳴)은 사정을 두지 않고 사람들의 고막으로 거침없이 파고들었다.

그 붉어진 검이 움직이기 시작하며 폭풍이 일기 시작했다.

슈아아아앙!

바람이 애처롭게 울었다.

검기를 담은 바람이 질풍이 되고 강기가 폭풍으로 화해 주변의 공간을 사납게 할퀴었다.

그리고 그의 검무가 끝났을 때, 주변은 토막 난 시신으로 붉게 물들었다. 창가에 붙었던 자들도 눈, 코, 입, 귀에서 피를 흘리며 죽었다.

"역시 이 검법은 언제 펼쳐도 짜릿한 느낌을 준단 말이지. 비오는 밤에 하니 더욱 운치가 있군. 하하하!"

복면 수하들도 스산한 웃음을 지으며 즐거워했다.

총사가 펼친 무공은 악마혈풍무란 검법이었다.

악마혈풍무(惡魔血風舞)!

사백년 전 무림을 시산혈해로 만들었던 절세 무공이다. 그 무공의 주인인 악마서생이란 중년인 한 사람을 제압하기 위해 무림맹 최정예 이백 명이 고혼이 된 것은 유명한 일화였다.

그때 충돌의 여파로 당시 십대고수 중 두 명, 무림맹주가 단전을 잃어 폐인이 되었고, 화산의 장로가 목숨을 잃었다.

악마서생이 죽으며 사라졌던 저주의 무공을 펼친 총사가 검을 검집에 넣고는 다시 뒷짐을 지었다.

마침내 그의 명이 떨어졌다.

"거치적거리는 건 모두 벤다! 최대한 빠른 시간에 진설 그 계집을 내 앞으로 데려와라!"

피 냄새를 맡아 한껏 신이 난 수하들이 동시에 외쳤다

"존명!"

백여 개의 검은 그림자가 땅을 박차고 앞으로 쇄도했다. 은당객잔에서 같이 튀어나오지 않고 어슬렁거리던 흑룡문도들은 망연자실한 얼굴로 다가오는 죽음의 그림자들을 보았다.

총사가 펼친 악마의 검법에 이미 전의를 상실해 버렸다. 문제는 도망칠 기력까지 상실해 버렸다. 마치 몸이 마비라도 된 양 부들부들 떨리기만 했다.

그들의 눈 위로 복면인들의 도검이 사정없이 덮쳤다.

그들은 백 명의 야차였다.

第三章

수룡(水龍)

절대
고수
絶代高手

1

마붕권은 그저 아찔했다.

자신이 저 안에 있었더라면 어땠을까?

십성의 공력이 담겼다는 수탄.

그건 보는 것만으로도 숨이 멎을 것 같았다. 수만 개의 강기를 담은 빗방울이 공간을 거칠게 후려쳤다. 그 안에 존재하는 것들을 때리고 꿰뚫었다.

그렇게 수탄이 휩쓸고 지나가자 지옥도가 펼쳐졌다. 마흔 명의 태상단 고수 중 서 있는 사람은 태상단주 한 명에 불과했다.

그가 비록 두 다리로 서 있기는 하나 전신은 피로 물든 혈인이었다. 그러나 태상단주도 이내 한쪽 무릎을 바닥에 대며 주저앉았다. 그리고는 이내 앞으로 고꾸라지고는 꼼짝도 하지 않았다.

아무런 부상을 입지 않은 것은 사굉파파와 종통선생뿐이었다. 그러나 그들의 얼굴은 백짓장처럼 핼쑥했다. 여태까지 비를 튕겨내고 있던 그들은 이제 폭우를 고스란히 맞고 있었다.

유라도 놀란 표정을 지었다가 이내 힘 빠진 목소리로 무루에게 따졌다.

"오라버니! 저렇게 힘을 다 빼놓으면 내가 상대하는 의미가 없잖아요!"

"노괴들이 내력을 조금 잃긴 했겠지만 네가 마음껏 진신 실력을 펼쳐 보기에 모자람이 없을 거야."

"저게 정정해 보여요?"

"놀라서 그런 것뿐이야. 저 둘은 진짜 고수거든."

마붕권은 쓴웃음을 깨물었다. 그럼 태상단은 가짜 고수들이란 말인가?

유라가 눈을 흘기며 미심쩍은 듯이 물었다.

"정말이에요?"

"네가 직접 부딪쳐 보면 확인할 수 있을 거다."

"그래도 저렇게 놀라게 해버리면 주눅이 들어서 나와 제대로 손속이나 겨룰 수 있겠어요?"

그녀는 김빠졌다는 얼굴로 연방 투덜거렸다. 그러면서도 유라는 연검을 들고 앞으로 나갔다.

"할머니와 할아버지, 그럼 두 사람은 나와 붙어보죠."

사광파파와 종통선생은 얼이 빠진 얼굴로 무루와 유라를 번갈아보았다.

무루가 한 말처럼 자신들이 입은 내력의 손실은 삼할 정도로 크다고는 할 수 없었다. 그렇다고 작다고 말하기도 애매했다.

당장 무공을 펼치는 데 어려움은 없겠지만, 시간이 길어지면 상황이 어려워질 터였다. 반드시 속전속결로 승부를 봐야 했다.

어쨌든 육체에 입은 손실은 거의 전무했다.

문제는 내력의 손실이나 육신의 부상이 아니라 정신에 지대한 타격을 입었다는 점이다.

좀 실력이 있는 애송이라고 생각했었다.

그런데 아니었다.

녀석은 믿기지 않을 정도로 엄청난 내공의 소유자였던 것이다. 태상단을 돕고 싶어 기를 썼지만 무차별적인 빗물의 공세에 자신들의 몸을 지키기에 급급했던 것이다.

대체 무슨 신공을 쓰기에 저 젊은 나이에 자신들로서도 갖기 어려운 심후한 내력을 지니고 있단 말인가?

외공만 익혔던 야율강이 내공의 필요성을 느끼고는 내력을 최단 시간에 최대로 키울 수 있는 신공을 창안한 것일까?

종통선생이 짙은 한숨과 함께 입술을 뗐다.

"믿을 수 없을 정도로 대단한 공력이군. 하나 그리 많은 공력을 썼다면……."

그는 말끝을 흘렸다. 단정 짓기엔 뭔가 석연치가 않았다. 내력이 소진할 지경이라면 녀석은 지금 땀을 비 오듯 흘려야 했다. 그런데 믿기지 않을 정도로 녀석은 멀쩡해 보였다.

아쉬운 것은 깊은 어둠에 폭우까지 쏟아지느라 정확히 확인하기가 어려웠다. 저놈의 얼굴에 흐르는 것이 대체 땀인지 빗물인지 어떻게 파악할 수 있겠는가?

사굉파파도 이를 갈며 중얼거렸다.

"이만한 공격을 하고 멀쩡한 사람이 있다는 것을 나는 결코 믿지 않는다. 네놈의 허장성세에 속을 것 같으냐?"

그녀가 종통선생을 보며 말을 이었다.

"내가 저놈을 맡겠다. 넌 계집과 마붕권을 죽여라."

종통선생이 뭐라 대꾸하기도 전에 유라가 끼어들었다. 유라는 눈에 쌍심지를 켜고 씩씩거렸다.

"그건 또 무슨 헛소리야? 둘 다 나한테 덤비라고 했잖아. 지금 날 무시하는 거야? 다 죽었어!"

그녀가 씩씩거리며 하는 말에 두 태상장로의 눈이 표독하게 치솟았다.

가뜩이나 수하를 지키지 못해 자존심에 깊은 상처를 입었다. 그런데 이젠 어린 계집까지 자신들을 우습게 여긴다는 생각에 시퍼런 노염이 솟구쳤다.

그러나 유라는 그들의 체면이나 입장 따위는 안중에도 없었다. 잠시라도 빨리 무루에게 자신의 실력을 인정받고 싶었다.

"끝까지 안 온다 이거지? 좋아, 그럼 내가 가지!"

유라가 말을 끝내기가 무섭게 앞으로 달렸다.

마붕권이 깜짝 놀라 말리려는 순간 그는 자신의 눈을 의심했다. 유라가 몇 걸음 뛰는 듯이 보였다. 그런데 갑자기 시야에서 사라지더니 사굉파파와 종통선생의 바로 앞에서 모습을 드러낸 것이다.

마붕권의 입에서 절로 경탄이 흘러나왔다.

"이형환위!"

마붕권은 고개를 설레설레 저었다.

자신의 경신술보다 결코 떨어지지 않았다. 아니, 오히려 더 나은 듯 보였다. 역시 저 처녀도 믿기 어려운, 자신 못지않은 고수였던 것이다.

파라라락!

유라의 몸이 빙글 돌며 연검이 원을 그렸다.

창졸지간 벌어진 일에 당황한 사굉파파가 눈살을 찌푸리며 사두신장을 들어 막아섰고, 종통선생이 주먹을 급히 휘둘렀다.

퍼퍼펑!

가까운 거리에서 고수들이 내뿜는 기운이 사방으로 작은 폭음을 일으켰다. 주변의 빗물이 진저리를 치며 옆으로 튀겼다.

"헉!"

사굉파파의 입에서 경악성이 흘러나왔다.

분명 사두신장으로 막았지만 어린 계집의 연검은 거의 직각 가까이 꺾이며 지팡이를 피했다. 그리고 다시 꼿꼿이 펴지며 가른 공간엔 사굉파파의 허벅지가 있었다.

사굉파파의 하의가 갈라지고 드러난 허벅지로 붉은 혈선이 파였다. 부상이 깊지는 않았으나 사굉파파로 하여금 간담을 서늘하게 하기에는 충분했다.

아무리 부드러운 연검이라지만 빠르게 휘두르는 도중에 검신을 자유자재로 휘게 만들다니! 적이나 감탄스러울 지경이었다.

심후한 공력과 그 공력을 자유자재로 구사할 수 있을 만큼 상당한 수련이 뒷받침되지 않는다면 절대 불가능한 일이었다.

방금 전 공격은 앞서 유라가 보여준 이형환위의 경공술보다 훨씬 더 대단한 것이었다.

사굉파파의 수비가 무력화되면서 곤란에 빠진 건 종통선생도 마찬가지였다.

그는 유라의 검세가 당연히 막힐 것이라 예상했다.

그러나 그녀의 연검은 사두신장을 피했을 뿐만 아니라 사굉파파에게 경미한 상처까지 입혔다. 그리고도 모자라 뒤돌아 종통선생의 팔을 노렸다.

종통선생은 급히 팔을 회수하며 몸을 뒤로 꺾었다.

슈아아앙.

흔들리는 연검이 지나가자 종통선생은 자신의 애병인 판관필을 꺼내 유라의 다리를 노렸다. 적수공권으로 대적할 수 있는 상대가 아니었다. 어리다고 방심했다가 큰 화를 자초할 뻔했다.

판관필에서 흘러나오는 묵직한 예기가 허공을 찢으며 유라를 덮쳤다. 동시에 두 걸음 물러났던 사굉파파 역시 사두신장을 휘둘렀다.

사흑공의 어두운 기운이 파도처럼 유라에게 몰려왔다.

그 광경에 마붕권은 빽 소리를 질렀다.

"위, 위험! 거리를 벌리지 않으면 몸이 마비가 되오!"

마붕권은 외침과 동시에 무루를 찾았다. 무루가 나서지 않으면 유라는 죽을 것이라 생각했다. 그런데 무루의 표정은 담담했다. 그 얼굴에 마붕권은 충격을 받았다.

설마 무루는 유라가 어찌 되어도 상관없다는 말인가? 저런 경국지색의 미녀가 죽어도? 아니면 유라를 전적으로 믿는 것인가?

퍼펑!

유라 주변으로 거대한 폭음이 터졌다.

공간이 압축됐다가 터진 것처럼 그 셋 주변의 빗방울이 방향을 틀어 사방으로 휘몰아쳤다. 주변의 흙이 허공으로 폭발했다.

유라가 쓴 죽립이 찢어져 진흙탕에 처박혔다. 종통선생의 머리를 정돈하고 있던 누런 관건은 흔적조차 찾을 수 없었다.

그래도 둘의 사지는 멀쩡했다. 문제는 사굉파파였다. 그녀는 가슴을 부여잡고 약간의 핏물을 입으로 토해냈다.

사굉파파의 분기가 하늘을 찔렀다.

"네년이 감히 노부의 가슴을 쳐?"

그녀는 이를 박박 갈았다. 동시에 기가 막혔다. 사흑공이 어린 계집을 잡아두지 못한 것이 믿겨지지 않았다.

사흑공을 펼치며 찔러 넣은 사두신장을 아주 절묘하게 피하는 바람에 자신의 공격은 종통선생을 향했다. 그래서 어쩔 수 없이 공세를 회수하는 순간, 그로 인해 드러난 허점으로 유라의 손바닥이 파고들기까지 했다.

유라가 정색하고 대꾸했다.

"정말 가슴이었구나."

"뭐라?"

"아니, 전혀 가슴인 것이 느껴지지 않아서."

"……."

"잠깐 남자가 여장한 건 아닐까 생각했어."

사굉파파는 이로 입술을 질끈 짓이겼다. 이 어린것이 자신의 속을 뒤집고 있었다.

그녀는 사두신장을 고쳐 잡고는 소리를 질렀다.

"종통선생! 공격 방법을 바꾼다! 동시 공격은 오히려 우리를 옥죄는 덫이야! 순차적으로 하던지 아님 넌 빠져서 저 청년이 내력을 회복하기 전에 죽여 버려!"

한편인 종통선생이 오히려 거치적거려서 자신이 제대로 전력을 다할 수가 없었다. 방금 가슴을 얻어맞은 것도 따지고 보면 종통선생 때문이었다.

그런데 종통선생에게서 대꾸가 없다.

의아해진 사굉파파는 일단 몇 걸음 뒤로 물러나서 종통선생을 보았다.

입을 헤 벌리고 침까지 흘리고 있는 종통선생의 얼굴이 시야에 잡혔다.

"종통선생! 너 지금 뭐 하는 거야?"

그제야 종통선생이 말을 받았다.

"예쁘다! 너무! 허! 저런 미녀가 존재하다니!"

그의 말에 사굉파파는 말문을 잃었다.

죽립이 사라지면서 드러난 유라의 얼굴을 본 종통선생은 충격을 받았다.

물에 젖은 흑단 같은 머리칼,

반달의 촉촉한 이마,

크고 시원한 눈매와 흑백이 뚜렷한 맑은 눈동자,

앙증맞은 콧방울에서 방울방울 떨어지는 물방울,

붉고도 도톰하며 촉촉한 입술,

빗물로 인해 착 달라붙은 옷으로 드러난 굴곡진 몸매.

종통선생은 유라의 선정적인 자태에 신형을 부르르 떨었다.

호흡이 가빠졌다.

심장의 두근거림이 거세졌다. 아랫도리가 빠근해졌다.

그는 끓어오르는 격정을 참지 못하고 호기롭게 고함을 질렀다. 평소에 점잖던 그의 숨은 성격이 드러났다.

"사굉파파! 넌 빠져라! 이 계집은 내 것이다!"

유라에게도 외쳤다.

"난 아직 독신이다!"

찰나 정적이 찾아왔다.

유라가 잠깐 멍했다가 종통선생이 말한 의미를 깨닫고는 이내 코웃음을 쳤다.

"흥! 할아버지, 꿈 깨셔! 난 임자있는 몸이거든!"

"유부녀냐?"

종통선생의 얼굴이 차마 보기 안쓰러울 정도로 일그러졌다. 그러나 그는 이를 악물며 외쳤다.

"상관없다. 너 정도의 미녀라면……."

"풋, 싫소! 당신의 처가 될 바엔 차라리 자진해 버리겠어."

종통선생의 얼굴에 금이 갔다. 슬픔과 분노가 그의 얼굴에서 가감없이 드러났다.

"너… 용서하지 않으리다. 널 제압해 억지로라도 널 갖겠다."

"이 할아버지 왜 이래? 보는 눈이 있는 건 인정하지만 너무 주책 아냐?"

종통선생이 거친 콧김을 뿜어대며 유라에게 달려들었다. 유라는 혀를 차며 아미를 찌푸렸다.

"하여간 이 빌어먹을 미모가 문제라니까. 이젠 뒷방 늙은이까지 날 탐하다니! 그런데 정작 사지육신 튼튼한 젊은이는 왜 목석인 거야?"

유라는 슬쩍 무루를 보았다.

역시나 그는 목석이었다. 자신의 여인을 탐하는 놈이 있건만 어떻게 저리 담담한 표정을 짓고 있는 건지.

'휴우! 내가 오라버니한테 뭘 바라겠어.'

자신이 위험해지면 표정에 변화가 있을까?

그렇다고 짜증날 정도로 이글거리는 정욕을 내비치는 종통선생에게 밀리기는 싫었다. 그리고 스스로 위험을 자초하며 무루의 반응을 살피기에는 몇 번 충돌한 태상장로들의 무공이 너무나 위협적이었다.

찰나의 방심을 노리고 들어와 숨통을 끊을 수 있는 능력을 가진 자들이다. 유라는 지척까지 다가온 종통선생을 향해 연검을 휘둘렀다. 무루의 무관심이 유라에게는 분노로 표현됐다.

"좋아! 당신이 죽든 내가 죽든 끝까지 가보자고!"

차차차아앙!

연검과 판관필이 요란하게 충돌했다.

사굉파파는 상황과 전혀 맞지 않는 종통선생의 정염에 기가 찼다. 하지만 그 와중에도 눈을 빛냈다. 그녀는 세상 누구보다 종통선생을 가장 잘 알고 있었다.

다른 무인이라면 호흡이 엉키고 격정에 휩싸이면 진신 실력을 제대로 발휘하지 못한다. 하지만 유일한 예외가 있으니 바로 종통선생이었다.

심장을 뛰게 하는 여인을 얻기 위한 종통선생은 그야말로 막강했다. 삼십 년 전까지만 해도 가장 유명한 바람둥이 중 한 명이었다.

과연 종통선생은 숨 쉴 틈도 주지 않고 유라를 몰아붙이기 시작했다. 사굉파파의 입가가 길게 늘어났다.

이제 자신이 해야 할 일은 하나였다.

종통선생과 유라의 격전 사이로 허점을 노리는 것이었다. 꼬여만 가던 상황이 이제야 실마리가 풀리고 있었다.

그녀는 격전의 주변에서 틈을 노렸다. 그리고 틈이 보일 때마다 사두신장을 밀어 넣었다.

그런데 그때마다 유라는 절묘하게 빠져나갔다.

순식간에 이십 초가 지나갔고, 삼십여 초가 흘러갔다.

오십여 초, 팔십여 초.

숨이 막힐 듯한 종통선생과 유라의 대혈전, 그리고 간간이 끼어드는 사굉파파.

근방의 땅이 다 뒤집어졌다가 다시 엎어졌다. 돌멩이들은 가루가 되어 휘몰아치는 빗물에 녹아내렸다.

지켜보는 마붕권이 먼저 지칠 지경이었다. 그는 종통선생과 사굉파파 사이에 있는 유라를 보며 고개를 절레절레 흔들었다. 자신이라면 이미 황천길을 떠났을 것이 분명했다.

"너마저… 나보다 더 강했구나."

탄식이 마붕권의 입술 사이에서 흘러나왔다.

시간은 무루가 정했던 반 각이 훨씬 지나 유라가 말했던 이 각을 훌쩍 넘어서고 있었다.

2

무루는 팔짱을 낀 채 고개를 주억거렸다.

대충 이만하면 유라의 실력은 충분히 파악되었다.

그녀 스스로 말했듯이 어디에 내놓아도 걱정하지 않아도 될 것 같았다. 아니, 생각보다 훨씬 훌륭해 흡족했다.

무루는 팔짱을 풀며 기지개를 폈다.

시간을 너무 많이 소요했다는 생각이 들었다. 그만큼 유라의 움직임에 집중했던 것이다.

그리고 연검을 전력으로 펼치는 유라는 놀랍도록 아름다웠다. 뭐라 말로 표현하기 힘든 아름다움이 무루의 시선을 잡아끌어 시간이 흐르는 것조차 망각했던 것이다.

무루가 다시 손 하나를 허공으로 들어 올렸다. 그러자 근방에 내리는 비의 속도가 또 현저히 느려지기 시작했다.

그것을 알아차린 두 태상장로와 유라의 결투도 중단됐다. 유라가 삐친 목소리로 외쳤다.

"오라버니, 이제 다 끝나간단 말이에요. 간만에 제대로 몸 좀 풀고 있는데."

말은 그렇게 했지만 그녀의 얼굴엔 피곤한 기색이 역력했다. 호흡 또한 상당히 거칠어져 있었다.

만약 무루가 지난 세월 동안 자신의 운기조식을 도와 내력을 획기적으로 증진시켜주지 않았더라면 자신은 결코 이 노인들을 감당할 수 없었으리라.

그런 생각이 들자 유라는 다시 무루가 고맙게 느껴졌다. 그가 있어 자신이 천부를 떠나 세상으로 나올 수 있었다. 그가 있어 강해질 수 있었다.

결국 무루는 자신의 모든 것이었다. 그 말은 반대로 하면 무루의 모든 것은 자신이라는 결론을 도출시켰다. 그건 정말이지, 아주 자연스러운 결론이라고 유라는 생각했다.

"호호호, 우린 서로에게 모든 것이네."

혼자 웃고 중얼거리는 유라에게 무루가 말했다.

"내가 말한 반 각은 예전에 지났다."

잠깐 딴생각에 빠졌던 유라가 다시 아쉬운 표정을 지었다.

"응? 아! 하지만… 조금만 더 하면 이길 자신 있는데……."

"넌 충분히 훌륭했다. 그 정도면 됐어."

유라는 태상장로들을 제압하지 못했다는 생각에 기분이 언짢아졌다.

'요즘 무공 수련을 하지 않았더니……. 더 분발해야겠어. 역시 세상엔 강자들이 많구나.'

그녀의 아쉬움이 역력히 드러나는 표정을 보면서 마붕권은 쓴웃음을 삼켰다.

두 태상장로의 합격에 버틸 수 있는 사람이라면 천하십대고수에 육박하는 수준이라는 의미였다. 이건 세상이 발칵 뒤집어질 일이었다.

스물 초반의 여인이 그런 무위를 지니고 있다는 걸 누가 믿을 수 있겠는가.

좀 전의 자신이라도 그런 풍문을 들으면 헛소리로 치부할 것이 분명했다. 그런데 정작 당사자는 불만족스러운 표정을 짓고 있는 것이 왠지 씁쓸했다.

허공에 있는 빗물들이 다시 정지해 있었다. 그 위력이 어떤지 아는 종통선생과 사굉파파는 감히 태만하지 못하고 주춤 물러서며 호신강기를 펼쳤다.

그런데 이번엔 달랐다.

멈춘 물방울들이 하나둘 무루의 옆으로 몰려들더니 하나의 형상을 갖추기 시작한 것이다. 마봉권이 그것을 신기한 듯 바라보다가 감탄했다.

"용(龍)! 용이 아닙니까."

물방울들이 푸르스름한 빛을 내기 시작했다. 푸른 수룡이 허공에서 꿈틀거리며 점점 더 커져갔다. 그리고 그 크기가 이내 집채만 해졌다.

마봉권은 놀람과 함께 수룡이 보여주는 기막힌 아름다움에 넋을 빼앗겼다.

심지어 수룡을 탄생시킨 무루조차 아름답다고 중얼거릴 정도였다. 자신도 이렇게 큰 수룡을 만든 것은 처음이었다.

그리고 마침내 수룡이 앞으로 움직였다. 시위를 떠난 화살처럼 그 속도가 빨랐다.

수룡이 먼저 향한 곳은 종통선생 쪽이었다. 종통선생은 다가오는 수룡에 대경하며 남아 있는 모든 내력을 호신강기로 집중시켰다.

파지지직.

호신강기와 수룡이 맞붙는 순간 수룡이 일시 멈칫거렸다. 수룡의 머리에 달린 뿔에서 물안개가 피어올랐다. 그러나 이윽고 수룡이 호신강기를 뚫고 종통선생의 신형에 당도했다.

"아아!"

종통선생은 부지불식간에 탄식하고 말았다.

수탄을 막느라 공력의 일부를 잃었다. 그리고 연이어 유라와 싸우며 상당량의 내력이 고갈되어 버린 지금, 호신강기가 평소보다 몇 배 위축되었다.

그렇지 않았다면 분명 막을 수 있었을 터인데. 평소의 공력을 가진 자신이라면 결코 막지 못할 공격이 아니었는데…….

거대한 수룡의 입이 종통선생의 머리를 단숨에 삼켜 버렸다. 수룡의 거대하고 긴 몸통과 꼬리가 종통선생의 몸을 거칠게 후려쳤다.

"끄아아아악!"

어둠이 비명에 몸살을 떨었다.

종통선생은 고통의 와중에서 정체불명의 기운이 자신의 머리를 관통하는 것을 느꼈다.

머릿속이 새하얗게 변했다. 정신이 아득해지며 이내 정신을 잃어갔다.

그것을 지켜보는 마붕권과 사굉파파는 두려움에 몸을 떨었다. 투명한 수룡인지라 그 안에 가둬진 종통선생의 얼굴이 선연하게 보인 것이다.

새하얗게 질린 표정으로 목청껏 비명을 지르는 종통선생.

그는 바들바들 경련을 일으키다가 축 늘어졌다.

그러자 수룡은 종통선생을 지나 사굉파파에게 달려들었다.

사굉파파는 호신강기를 거두고는 급히 보법과 경신술을 동시에 펼쳤다. 종통선생의 호신강기가 무력하게 소멸하는 것을 본 탓에 내린 판단이었다.

그러나 그건 최악의 선택이었다.

그녀는 종통선생처럼 유라와 용호상박의 혈투를 펼치지 않았다. 그렇기에 아직 상당한 내력이 남아 있었다.

스스로를 믿지 못한 사굉파파는 수룡을 피하려는 데 집중했다. 그러나 수룡의 속도는 훨씬 더 빨랐다.

궁지에 몰린 사굉파파가 질렸다는 표정으로 사두신장을 급히 내려쳤다. 그러나 사두신장은 수룡을 파고들었을 뿐 아무런 타격도 주지 못했다.

마치 강물에 지팡이 하나를 휘젓는 듯한 느낌만 들었다. 수룡이 사굉파파의 머리를 꿀꺽했다.

"아아아악!"

사굉파파도 종통선생의 전철을 이었다. 두 태상장로가 바닥에 쓰러지자 수룡이 점차 희미해지더니 작은 물방울로 갈라져 바닥에 뿌려졌다.

마붕권은 그저 멍했다.

대체 이런 듣도 보도 못한 무시무시한 무공을 펼치는 무루란 존재가 두려움을 넘어서 이젠 신기할 지경이었다. 충격에 빠진 마붕권과는 달리 유라는 손뼉을 치며 깡충깡충 뛰어 달려왔다.

"오라버니, 그 수룡 다시 펼쳐 봐요. 와아아! 정말 아름답다! 너무 멋져요!"

외침과 동시에 자연스럽게 무루의 허리를 안고 포옹하는 유라. 둘 다 옷이 빗물에 젖은지라 느껴지는 감촉이 묘했다. 유라는 코로 힘껏 숨을 들이켰다.

'아아! 이 냄새야! 오라버니 냄새가 나에게 살아가는 힘을 줘!'

무루의 등에 있는 손이 절로 엉덩이로 향하려고 했다. 그때의 감촉이 그리웠다. 그러나 정말이지 불굴의 의지로 참았다.

무루가 곤혹스런 눈으로 유라를 내려다보았다.

"유라야, 너……."

무루는 왠지 얼굴이 화끈거렸다. 무루도 객잔에서의 일이 떠올랐다. 그때 유라가 맑고 큰 눈을 치켜 올리며 무루를 마주 보고는 재빨리 말했다.

"수룡! 나도 가르쳐 주면 안 돼요? 혼원일기공이 아니면 못 펼치는 건가?"

뭔가 꽤 진지한 말투였다.

무루는 어색한 미소를 지으며 고개를 끄덕였다. 그냥 신기하고 놀라서 나온 유라의 반응에 자신이 지나치게 반응하는 것처럼 우스운 일도 없었다.

그러는 한편 어지간하면 다시는 수룡을 펼치지 말아야겠다고 다짐했다.

사실 그가 수룡을 사람에게 펼친 것은 처음이었다. 그런데 이것이 보통 기를 소진시키는 것이 아니었다.

수룡을 형성시키고 이동시키는 과정도 공력을 많이 잡아먹기는 했지만 그 정도는 충분히 감당할 수 있었다. 문제는 자신도 깜짝 놀랄 만큼 한꺼번에 기운이 빠져나간 부분에 있었다.

수룡이 태상장로들을 삼킨 다음이었다. 그 순간 상단전과 중단전을 연결하는 고리가 갑자기 제멋대로 엄청난 가속을 시작한 것이다. 그리고 예상보다 훨씬 많은 기운이 창졸지간에 흘러나와서 수룡에게 공급되었다.

전혀 의도하지 않은 상황.

처음 종통선생을 삼켰을 때는 뭔가 착오가 있었거니 했다. 그러나 사굉파파를 삼켰을 때도 똑같은 반응이 있었다.

"휴우."

무루는 자신도 모르게 한숨을 흘렸다. 의도하지 않은 종선기가 두 태상장로에게 주입되었다. 자신의 통제를 벗어난 수룡이란 무공에 탐탁지 않은 기분이 자꾸 들었다.

마붕권은 그녀가 무루에게 달려와 조르는 것을 보면서 차차 현실로 돌아왔다.

태상전 전체가 전멸한 것이다. 이는 흑룡문과 전면전을 선포한 것이나 진배없었다.

3

마붕권은 황급히 태상장로들에게 다가갔다. 그리고는 그들의 코에 손가락을 대보았다.

다행히 아직 숨을 쉬고 있었다.

무루가 허리를 잡고 있던 유라를 떼어내고 다가오자 마붕권이 막아서며 황급히 말했다.

"공자, 태상장로들을 죽이면 안 됩니다. 그러면 사태는 정말 돌이킬 수 없게 됩니다."

"아까 말했지. 나는 내 목숨을 노리는 자를 용서할 만큼 아량이 넓지 않다고."

"하지만… 공자, 제발 현명하게 판단하십시오. 태상단이 궤멸한 것이 엄청난 일이긴 하지만 어찌어찌하면 징계로 끝날 수도 있을 겁니다. 어쨌거나 시비를 건 건 공자님이 아니니까요. 또한 공자께서 내놓을 야율강의 비급도 그만큼 가치가 올라가는 것이고……. 하나 태상장로는 다릅니다. 이들은 문주의 어린 시절 사부였던 사람입니다."

무루는 잠시 망설였다.

실신한 두 태상장로를 보는 그의 눈동자가 흔들렸다. 제멋대로 움직인 수룡 때문에 뭔가 이상한 예감이 자꾸만 들었다.

이 자리에서 태상장로의 숨통을 끊어야만 마음속에 드는 언짢음과 불쾌함이 씻어질 것 같았다. 저 태상장로들이 정신을 차리면 예상치 못한 현상이 발생할지도 모른다는 꺼림칙함이 뇌리를 맴돌았다.

하지만 그는 마붕권의 간청을 받아들였다.

저들은 며칠간 정신을 차리지 못할 것이다. 그러니 나중에 제거해도 상관없었다. 무엇보다 지금은 태상장로들을 인질로 이용하는 것이 훨씬 득이 많다는 게 그의 판단이었다.

"그래? 잘됐군. 좋아. 이 둘은 살리기로 하지. 흑룡왕과 담판을 짓는 데 있어서 아주 훌륭한 인질이 될 거야. 그는 내가 요구하는 요구를 들어줄 수밖에 없겠지. 후후후."

마붕권은 무루를 보며 깊은 한숨을 몇 차례 내쉬었다. 당최 무슨 생각을 하고 있는 지 알 수가 없었다.

흑룡왕과 거래를 하려고 한다. 그런데 흑룡문의 귀한 전력들을 부수고 있었다. 당최 앞뒤가 맞지 않는 행동이었다.

"대체 공자께서 원하시는 건 뭡니까?"

"말해주면 나를 따를 텐가?"

"……!"

"보아하니 분위기가 토사구팽당하는 것 같던데."

마붕권의 눈동자가 흔들렸다.

아직 문주의 진정한 속내를 확신할 수는 없었다. 솔직히 이젠 어느 정도 짐작 가능했지만.

어쨌든 무루의 흑룡문을 향한 의도가 무엇인지 궁금했다. 그리고 그것보다 자신을 진정으로 원하는지가 더 궁금했다.

"제가 공자를 따르면 무엇을 얻을 수 있습니까?"

"그대가 어떻게 하느냐에 달렸겠지."

"제가 공자를 주군으로 모신다면… 저를 어떻게 쓰시겠습니까?"

"말 그대로 수하로. 괜찮은 실력의 수하가 좀 있어야 할 것 같아서 말이지. 구위영과 유라는 툭하면 내 말을 무시해서 말이야."

마붕권이 피식 웃었다.

"일에는 여러 가지 성격이 있지요. 공자께서는 그들에게 맡기기 어려운 일을 믿고 부탁할 수하를 찾는 거군요?"

유라가 발끈하며 끼어들었다.

"오라버니, 다 나한테 말해! 내가 못할 일이 뭐가 있어? 멀리서 찾지 말고 바로 눈앞에 있는 사람에게 부탁하라고!"

그러면서 아주 자연스럽게 무루의 손을 잡고 흔들었다. 역시나 무루 오라버니의 피부는 닿기만 해도 가슴을 찌르르 하게 만들었다. 뺨에 대고 비비고 싶다는 생각이 들었지만 참았다.

너무 오래 잡고 흔들면 이상하게 볼까 봐 손을 놓았다. 그 순간 가슴 한구석이 휑해지는 기분이 들었다. 세상 전부를 쥐고 있다가 놓아버린 기분이었다.

무루는 그녀의 외침을 가볍게 외면하며 마붕권에게 말했다.

"맞다. 대우는 섭섭하지 않게 해줄 수 있는데."

"저보고 배신을 하라는 말씀이십니까? 한 번 배신한 사람은 두 번 배신할 수도 있습니다. 그런데도 저를 수하로 원하십니까?"

무루가 정색하며 대꾸했다.

"당신에 대해 몇 가지 아는 게 있지. 힘에 철저하게 승복하는 인물. 약육강식, 강자존의 무림 철칙을 본능적으로 따르는 인물."

마붕권은 고개를 끄덕였다. 그런 자신이기에 흑룡왕에 패한 후에 미련없이 자신이 이끌던 방파를 해체하고 흑룡왕의 수하가 된 것이다.

무루가 말을 이었다.

"나보다 더 강한 자가 나타나고, 그가 당신을 원한다면 언제라도 가도 좋아."

지독하게 오만한 말이었다. 그런데 마붕권은 그런 기개가 마음에 들었다.

무사라면, 고수라면 누구나 꿈꾸는 경지다.

도산검림의 강호에서 오로지 힘으로 말하는 경지.

마붕권 역시 젊은 한때 그런 이상향을 꿈꾼 적이 있었다. 하지만 그건 결국 꿈일 뿐이었다.

마붕권은 입술을 꾹 깨문 채 무루를 바라보았다. 생전 처음 보는, 앞으로도 보기 불가능할 것이라 생각되는 강자가 자신에게 충성을 요구하고 있다.

거절해야 했다.

이 청년에게선 아주 위험한 냄새가 났다. 이자를 따르면 평생 거대한 위험 속에서 살 것만 같았다. 그건 결국 저승행 마차를 타는 것이나 진배없었다.

지금만 해도 해결하기 어려운 위험에 빠진 것이나 진배없지 않은가!

그런데도 그런 배짱이 왠지 모르게 그의 가슴을 설레게 만들었다. 무공을 익히고 강호에 출도한 것은 단순히 안락한 삶을 위해서가 아니었다.

마붕권은 입술을 꾹 깨문 채 무루를 바라보았다.

"생각할 시간을 주시겠습니까? 먼저 문주님의 의중을 확실히 알고 결정하고 싶습니다."

"좋을 대로. 강요하지는 않아."

"예."

"다만 이번 일로 주눅들 필요는 없다고 생각해. 저들은 우리를 죽이려 했으니 우리가 한 행동은 정당방위야. 우리가 맞서지 않았다면 죽는 건 우리였겠지. 그게 강호잖나?"

"그야… 그렇지요."

대답은 그렇게 했지만 한숨이 말과 함께 새어 나오는 건 어쩔 수 없었다. 세상사가 그리 이치대로 흘러만 간다면 뭐가 어렵겠는가.

"그렇게 걱정이 되나? 좋아, 모든 책임은 내가 지고 흑룡왕과 담판을 한다. 내가 벌인 일이니까. 그대는 이 일에서 빠져."

"큭. 공자께서 그리한다고 문주가 냉큼 받아들일 거라 생각하는 겁니까?"

"물론. 그대는… 태상장로들의 공격으로 잠시 기절했다가 일어나니 상황이 이렇게 돼버렸다고 말하면 누구도 그대에게 추궁하지 못할 거야."

"……!"

무루의 말에 마봉권은 속에서 뭔가가 욱하고 치밀었다. 진퇴양난에 빠진 자신의 처지를 구원해 주는 절묘한 해답을 제시해 준 것이다.

그 모든 책임을 무루 혼자 지겠다고 말하며.

물론 나중에 태상장로들이 깨어나 사실을 문주에게 말하면 다 부질없는 짓이다. 어쩌면 수하를 모두 잃고 일방적으로 깨진 자신이 부끄러워 아무 말도 못할 수도 있겠지만.

어쨌든 무루가 진심으로 자신을 걱정하며 구실을 만들려는 것이 묘하게 가슴 한편을 흔들었다.

무루가 갑자기 다른 느낌으로 다가왔다.

그에게서 느끼던 공포를 넘어선, 인간으로서의 신뢰가 마봉권의 흉중에 조용히 파고들었다.

흑룡왕과는 전혀 다른 인물이었다. 이런 성정의 사람이라면, 이런 사람을 주군으로 모신다면…….

무루는 마봉권의 타는 듯한 시선을 마주 보다가 고개를 뒤로 돌렸다.

어둠 속 저 멀리에서 한 인영이 경공을 펼치며 무서운 속도로 다가오고 있었다. 그리고 잠시 후, 반대쪽에서 수십의 무리가 등장했다.

무루는 눈을 빛내며 중얼거렸다.

"이 밤, 왠지 길 것 같군."

*　　*　　*

폭우를 헤치고 홀로 당도한 것은 혈광비였다. 그를 알아본 유라가 검지로 가리키며 외쳤다.

"아항! 이게 누구야? 사자코 살수네. 뜯긴 돈 찾으려고 온 건가?"

혈광비는 주변에 널브러진 시신들을 보고 미간을 찌푸리다가 곧 무루에게 말을 건넸다.

"나, 나는……."

나름 최선의 결정이라 선택하고 무루에게 죽어라 달려왔건만 막상 그 앞에 서니 두려움이 떠올라 입이 잘 떨어지지 않았다. 무루가 그를 의아한 눈으로 보다가 물었다.

"흑살을 찾는 건가? 아니면 흑살에게 무슨 일이라도?"

혈광비가 고개를 저었다.

"먼저 물어볼 것이 있습니다. 공자께서는 흑살님과 어떤 관계이십니까?"

"일단은… 서로 돕는 관계가 됐다고 하면 되겠지. 그걸 당신도 어느 정도는 간파했으니 내 앞에 모습을 드러낸 것 아닌가?"

그 말에 혈광비의 얼굴에 미소가 맺혔다. 자신의 추측이 맞았던 것이다.

"알겠습니다. 제가 이리 급히 달려온 것은 공자의 지인들에 관한 소식을 알리기 위해서입니다."

순간 혈광비의 눈이 동그래졌다. 약간의 바람이 부는가 싶더니 어느새 무루가 자신의 코앞에 있었다. 움직이는 것을 보지 못했는데 대체 언제 이동한 것인가?

"으어어억!"

혈광비는 너무 놀라 무의식적으로 뒤로 피하려 했다. 그런데 기이하게 몸이 꿈쩍도 하지 않았다. 고개를 아래로 내려다보니 무루가 자신의 상의를 단단히 틀어쥐고 있었다.

"말하라! 내 지인이라면 후원에 있는 사람을 일컬음인가?"

혈광비는 간이 쪼그라들었다.

절로 한숨이 흘러나왔다. 예전에는 강호에서 자신이 꽤 고강한 편에 속한다고 믿었다.

그런데 요즘 들어 보게 되는 이들은 왜 이리 엄청난 존재들뿐인 것인지…….

"정, 정체를 알 수 없는 백여 명의 복면인들이 은당객잔을 급습했습니다."

마붕권이 놀라서 급히 끼어들었다.

"그, 그럴 리가? 그곳에는 본 문의 수하들이 지키고 있을 터인데 감히 누가?"

혈광비가 고개를 돌려 좌측의 마붕권을 보았다. 정면의 무루를 보지 않는 것만으로도 일단 숨통이 트였다.

"내가 떠나올 때 본 것은… 그 괴인들이 흑룡문도들을 일방적으로 살육하는 광경이었소. 정말 치가 떨릴 정도로 강한 자들……."

혈광비는 무루의 신형에서 폭사되는 기운으로 인해 말을 잇지 못했다. 질식할 것만 같았다.

무루의 차갑게 굳은 얼굴에서 더 냉랭한 음성이 떨어졌다.

"마붕권."

"예, 공자."

"저 태상장로 둘은 이자와 함께 나눠 업고 따라와라."

혈광비가 당황하며 손사래를 쳤다.

"하하하, 공자! 나, 나는 그런 일을 하러 온 것이 아니외다."

그러나 이미 무루는 왔던 길로 움직이고 있었다.

발걸음을 한 번 떼는가 싶더니 어느 순간 그의 신형은 지평선 저 멀리 어둠에 묻혀버렸다. 그 뒤를 따라 유라 역시 전광석화와 같은 몸놀림으로 뒤따랐다.

혈광비는 창졸간에 일어난 일에 입을 쩍 벌렸다.

방금 무루가 보여준 경공술.

믿을 수가 없었다.

발을 내딛는가 싶더니 번쩍하고 사라졌다. 도저히 안력으로 쫓을 수 없는 빠름이었다. 짧은 거리를 단숨에 도약하는 이형환위란 무공이 있다지만 이런 장거리를 그렇게 움직일 수 있다니!

"세상에! 저렇게 빠른 경공이 존재했던가? 대체 저 인간의 정체는 뭐야? 젠장!"

혈광비는 혀를 내두르다가 마붕권과 시선이 부딪쳤다.

마붕권도 무루의 경공에 잠시 넋을 잃고 있다가 혈광비를 보고는 씨익 웃었다.

마붕권의 고개가 옆으로 돌았다. 그의 눈길이 향하는 곳에 두 태상장로가 실신한 채 널브러져 있었다.

혈광비가 고개를 저으며 정색했다. 그의 눈이 붉게 타올랐다. 자객 특유의 스산한 기운이 전신에서 뭉클 피어올랐다.

"다시 말하지만 나는 그딴 심부름이나 하러 온 것이 아니외다."

마붕권이 인상을 긁으며 주먹을 내밀었다.

"나와 한번 해보겠다는 거냐?"

혈광비의 전신이 마붕권의 살기로 따끔거렸다. 붉은 안광이 잦아들었다. 스산한 기운도 눈에 띄게 엷어졌다.

"나, 나는… 특급을 바라보는 살수요. 나한테 잘못 보여서 댁에게 좋을 건 없을 텐데."

"그러니까 일급 살수란 얘기군."

혈광비가 허리를 꼿꼿이 세운 채 맞받아쳤다.

"특급을 바라보고 있소. 그것도 아주 가까이 보고 있소. 그것이 중요한 것이오. 당신은 살수가 아니라 잘 모르겠지만 이 바닥에서 특급이란 건 엄청난 거요. 오백 위와 맞먹는다고 봐도 틀리지 않소."

상황에 따라 전혀 다르다고 할 수는 없겠지만 적지 않은 과장이 들어간 말이다. 어쨌든 혈광비는 밀리지 않겠다는 표정으로 가슴을 당당히 폈다.

"그래?"

"그렇소. 오백 위에 살수를 포함시키지 않으니 우리는 저평

가되고 있는 거요. 그러니 무시하지 마시오. 나는 당신이 생각하는 것보다 아주 무서운 살수요."

"저평가된 살수라……. 뭐, 특급 살수라 해도 상관없어."

"……."

"나는 마붕권이라 하지."

"아, 아오."

혈광비의 목소리가 자못 떨렸다.

"자화자찬하는 것 같아 약간 쑥스럽지만, 오백 위의 초절정 고수기도 해."

"그, 그것도 아오."

혈광비의 목소리가 더욱 희미해졌다.

"난 오백 위의 고수고 넌 아직 특급 살수가 아니면, 결과는 어떨지 굳이 말할 필요가 있을까? 게다가 넌 지금 몸을 숨긴 것도 아니고 이렇게 내 코앞에 있지."

"……."

"맞고 업을래, 그냥 업을래?"

혈광비의 어깨가 축 늘어졌다.

이런 경우에는 작전상 후퇴가 현명했다.

"그, 그냥… 업겠소. 그리고 혹시나 해서 분명히 말하는 건데… 이건 한무루가 시켜서 하는 것이지 그대의 겁박 때문에 따르는 것이 절대 아니오."

"알았으니 일단 업기나 해라."

혈광비는 종통선생을 업기 위해 발을 떼며 깊은 한숨을 내쉬었다.

정말이지, 인생이 대책없이 꼬이고 있었다.

자신이 이런 대우를 받는 현실이 원망스러웠다. 얼마 전까지만 해도 떵떵거리며 남부럽지 않게 살았거늘. 모두가 자신에게 두려워하는 시선을 보냈는데, 이젠 자신이 만나는 사람들을 두렵게 바라보고 있는 처지라니.

반면 마붕권은 혈광비의 반응에 정말 모처럼 미소를 머금었다.

자신이 강하다는 것.

그걸 아주 오랜만에 느껴보는 듯했다. 요 사흘 동안은 자신이 삼류무사도 안 되는 것 같아서 괴로웠던 참이다.

그 둘이 사괭파파와 종통선생을 한 명씩 업을 때 흑룡근의 선두에서 달려온 흑룡근주가 당도했다.

"마 장로님! 지금 이건……?"

흑룡근주는 눈앞의 광경에 당황했다.

태상단이 전멸해 있었다.

그리고 두 태상장로가 기절한 건지 실신한 건지 몰라도 꼼짝도 하지 않았다.

대체 이곳에서 무슨 일이 일어난 것이란 말인가?

왜 죽어 있어야 할 자가 멀쩡하고, 멀쩡해야 할 사람들이 나자빠져 있는가?

마붕권은 흑룡근주를 흘깃 보고는 묘한 표정을 지었다. 입가에 어리는 미소가 서늘했다.

"매우 빨리도 오셨구려."

흑룡근주는 오로지 문주의 명만 따르는 오백 위의 초인이었다. 때문에 장로들도 그에게는 함부로 하대를 하지 못했다.

"그, 그것이……."

흑룡근주는 당황했다. 마붕권이 내뱉은 말의 의미를 간파한 것이다.

"문주께서 나를 살리라 보낸 것이오? 아니면……."

"마 장로님, 뭔가 오해가 있으신 것 같은데."

"관둡시다. 근주는 문주님의 흉중을 가장 잘 아는 인물이지만… 어차피 근주께 진실을 듣기 어렵다는 것쯤은 알고 있으니까."

"장로님, 문주께서 기다리고 계십니다. 일단 문주님께 가시지요. 그런데… 대체 태상단이 왜 이리되었습니까? 그리고 태상장로님들과 고루마염 장로는 또 왜?"

마붕권이 돌아서며 흑룡근주의 말허리를 잘랐다.

"자초지종을 알고 싶다면 일단 따라오시오. 나는 지금 은당객잔으로 다시 돌아가야 하오!"

흑룡근주의 눈이 동그래졌다.

"마 장로님, 문주께서 기다리고 계신다고 말씀드렸습니다! 일단 본 문으로……."

"문주께서 기다리는 손님이 되돌아갔으니 다시 모셔오기 위해서라도 가야 하지 않겠소? 그럼 바빠서 먼저 출발하겠소."

마붕권이 떠나려다가 흑룡근주의 뒤편을 보았다.

익숙한 체구의 노인이 지척에 다가와 있었다. 암독왕이었다. 마붕권이 그를 향해 말했다.

"자네도 왔는가?"

암독왕이 흑룡근주 옆에 서며 고개를 끄덕였다. 그의 얼굴엔 마붕권이 무사해서 다행이라는 표정이 역력히 드러났다. 그러나 이내 주변의 광경에 눈을 부릅떴다.

"대체 어떻게 된 건가?"

"일단 따라오게. 가면서 말하지. 자네도 나에게 뭔가 말해줄 것이 있지 않겠나?"

문주의 속내에 관한 것이다. 암독왕이 흑룡근주를 흘낏 봤다가 고개를 끄덕였다. 굳이 말하지 않아도 통하는 염화시중(拈華示衆)의 미소가 둘 사이에 오갔다.

"그렇긴 하지."

"그럼 출발하겠네."

그 말과 끝으로 마붕권이 경공을 펼쳤다. 그 뒤로 입술을 쭉 내밀며 혼자 투덜거리던 혈광비도 따랐다. 그러자 암독왕도 주변을 다시 한 번 훑고는 곧바로 움직였다.

졸지에 홀로 남은 흑룡근주는 멀어져 가는 세 사람의 등과 주변에 쓰러져 있는 고루마염 장로와 태상단의 시신들을 번갈아보았다.

흑룡문도로서 도저히 묵과할 수 없는 일이 벌어졌다. 더구나 자신은 평범한 흑룡문도가 아닌 흑룡근주였다. 문주의 의

중을 가장 잘 파악하고 있는 자신이다.

마붕권과 암독왕의 등을 바라보는 그의 눈에 살기가 어렸다. 하지만 애써 살기를 지웠다.

일단 왜 이런 일이 일어났는지, 어떤 전개 과정이 있었는지 알아보는 것이 우선이었다.

일백 흑룡근 무사들이 속속 당도하자 흑룡근주가 결단을 내렸다.

"일단… 은당객잔으로 간다."

그리고는 흑룡근 중 가장 경공이 빠른 수하를 지목해 말을 이었다.

"그리고 너는 이 사실을 문주께 보고하라."

"존명!"

흑룡근도 최대한의 경공을 펼쳤다.

第四章
마지막까지 포기하지 않는다

절대고수 絶代高手

1

"제길! 공교롭게도 이때에 적들이 오시는 겁니까? 하고 많은 시간 중에 왜 지금!"

구위영이 주먹을 움켜쥐며 겸손한 욕설을 뱉었다.

쿵! 쿵!

진을 부수려는 소리가 연신 허공을 두들겼다. 그때마다 후원에 설치된 철벽공간진(鐵壁空間陣)이 흔들렸다. 기존의 평범한 진에 급히 수정을 가한 것이라 허점이 너무 많았다.

하긴, 어차피 가지고 있는 청동환의 숫자로는 제대로 된 철벽공간진을 펼칠 수 없었지만 말이다. 새로 구입한 장원에 너무 많은 청동환을 투입한지라 여분이 넉넉지 않았던 것이다.

구위영의 혼잣말처럼 하필 지금 적이 쳐들어온 것도 문제였지만, 더 큰 문제는 불완전한 철벽공간진으로 막아내기엔 상대의 무위가 대단하다는 점과 그 숫자가 많다는 것이었다.

후원의 뒷문 주변에서 진을 살피던 구위영은 씁쓸한 얼굴로 고개를 저었다. 일각 반 정도 저들의 침입을 막았지만 이젠 한계였다.

구위영이 고개를 뒤로 돌리자 진설과 곽철, 그리고 소령 가족이 불안한 시선으로 자신을 보고 있었다.

소령이 양손을 꼭 마주 잡은 채 입을 열었다. 그 손이 바들바들 떨렸다.

"마침내 흑룡문이 쳐들어온 건가요? 결국 무루 아저씨가 팔룡전방을 턴 것이 들킨 거지요? 아! 그러면 흑룡문에 간 무루 아저씨도 위험하겠네요?"

구위영은 이런 상황에서도 무루를 걱정하는 소령이 기특했다. 그가 뭐라 답하기도 전에 진설이 창백한 얼굴로 말문을 열었다.

"소령아, 무루 공자께서는 안전하실 거야. 왜냐하면 저들은 흑룡문도들이 아니거든."

구위영이 맞장구를 쳤다.

"그렇지. 저들이 흑룡문도였다면 흑룡문도를 왜 도륙했겠냐?"

말을 하는 구위영은 다시 한숨을 뱉었다. 흑룡문도들이 너무나 빨리 무너졌다. 그렇지만 않았어도 철벽공간진을 지금보다는 훨씬 더 단단하게 펼칠 수 있었을 터인데.

소령이 고개를 갸웃거렸다.

"그런데 왜 우리를 노리는 거죠?"

진설이 가녀린 어조로 대꾸했다.

"저들이 노리는 건 나야."

"네? 언니를요? 왜요?"

진설은 소령의 머리를 쓰다듬고는 애잔하고 처연한 표정으로 웃었다.

"얘기하자면 아주 길어. 어쨌거나 너와 네 가족은 안전할 거니까 걱정하지 마."

소령이 의아한 얼굴로 진설을 보았다. 그러나 진설은 구위영을 향해 시선을 돌렸다.

"구 소협, 저들이 원하는 사람은 저예요. 제가 나가겠어요."

구위영이 고개를 저었다.

"저들이 원하는 건 진 소저가 아니라 호혈약입니다. 그리고 그건 지금 우리 형님이 가지고 계시죠."

"하지만 저 때문에 벌어진 일이에요. 모두가 죽을 수는 없잖아요?"

그때 지금까지와는 다른 거대한 굉음이 일었다.

콰아앙!

철벽공간진이 거의 와해될 위기에 처했다. 구위영은 근방의 청동환들을 보다가 혀를 내둘렀다. 눈에 띄게 청동환의 빛이 바래지고 있었다.

"쩝. 또 그 독한 놈이군요. 허허허. 이거 생각만큼 시간을 잡아두지 못하겠네요."

구위영은 말하면서 손에 들고 있던 청동환을 몇몇 곳에 던져 보냈다. 일단 간단히 보강을 한 것이다. 그러나 그의 입가는 씁쓸했다. 이제 그에게 남은 청동환은 채 불과 여덟 개에 불과했다.

다급해진 진설이 악을 썼다.

"지금 웃음이 나오시나요? 제발 제가 밖으로 나가게 해주세요."

구위영이 차갑게 거절했다.

"저들은 어차피 다 죽일 겁니다. 아예 작심하고 찾아온 거 모르시겠습니까?"

진설은 일순간 말문이 막혔다. 그러나 용기를 쥐어짜내 외쳤다. 이 모든 일이 호혈약 때문에 벌어진 일이고, 그것을 가지고 있는 장본인은 자신이었다. 죽는 것이 두려웠으나 이들까지 희생당하는 것을 지켜볼 수만은 없었다.

"그렇다고 이렇게 가만히 있을 수는 없잖아요."

그녀 곁에 있는 호위무사 곽철은 이러지도 저러지도 못하는 자신이 괴로워 한숨만 푹푹 내쉬었다.

"나 구위영입니다. 쉽게 당하지 않아요."

구위영은 단호하게 말했다, 속에 이는 초조한 심경을 감춘 채.

만약 자신 홀로 있다면 충분히 빠져나갈 자신이 있었다. 하지만 지켜야 할 사람이 너무나 많았다. 그리고 그들 중 소령 일가는 무공을 전혀 익히지 못했다.

최악의 상황이었다.

기실 그는 처음에는 그다지 걱정하지 않았다. 무루가 다녀올 두어 시진만 적들을 봉쇄하면 된다는 생각에 여유까지 넘쳤다.

하지만 적들의 고강함은 예상을 훌쩍 뛰어넘었다. 특히나 놈들 중 한 명은 지독하게 강했다. 그놈은 진의 핵심인 곳을 겨우 반 각 만에 찾아내서는 그곳을 집중적으로 노렸다.

그놈 때문에 가뜩이나 불완전한 철벽공간진의 수명이 경각에 처했다.

판단 착오였다.

천하십대고수에 준하는, 혹은 능가하는 고수가 나타날 리는 없다고 자만한 탓이었다.

'제길! 청동환이 오십 개만 더 있었어도…….'

구위영은 진 밖 너머에서 감지되는 거대한 기운을 느꼈다. 놈이 진을 깨기 위해 또 힘을 응축하고 있는 것이다.

'정말 진저리날 정도로 엄청난 놈이군.'

구위영은 잠시 망설이다가 남은 청동환 여덟 개를 철벽공간진의 요충지에 탈탈 털어 넣었다. 이제 진이 무너진다면 자신도 몸을 빼내기는 글러 버렸다. 그러나 그는 후회하지 않는다는 얼굴로 씩 웃었다.

이들만 두고 자신만 몸을 빼낼 수는 없지 않은가. 그건 군자가 할 일이 아니었다.

구위영은 진의 핵심지 위에 자신의 두 발을 올렸다.

침묵하던 곽철이 눈을 동그랗게 뜨며 물었다.

"구 소협, 뭐 하시는 겁니까?"

설치된 진(陣) 위에 스스로 몸을 올린다는 이야기는 들어본 적이 없었다. 모두가 어안이 벙벙한 얼굴로 구위영을 보았다.

"청동환의 핵심은 종선기라는 기운에 있습니다."

"……?"

"종선기는 선천지기이지요. 모든 생명체에 부여된 하늘의 기운."

진설이 눈을 부릅뜨며 끼어들었다.

"설마 구 소협께서는… 스스로의 생명력까지 담보로 진을 보호하려는 건가요?"

"허허허, 걱정하지 마세요. 제가 꽤나 강골이라 잘 버틴답니다."

그의 말은 최소한의 효력도 없었다. 호리호리하다 못해 비쩍 마른 몸매, 병약한 안색. 그런 사람이 강골이라면 세상의 다른 사람들은 금강불괴일 터였다.

그 순간 후원의 담벼락을 경계로 펼쳐진 결계 밖에서 거대한 기운이 몰려들었다.

콰아아앙!

담벼락에 쩍쩍 균열이 생겨났다. 구위영의 입가에 혈흔이 비췄다.

"큭! 이거 아주 흥미진진해집니다. 허허허."

구위영은 후들거리는 다리로 힘겹게 버텼다. 소령이 울먹거리는 표정으로 물었다. 무서워한다기보다는 안쓰러워하는 얼굴이었다.

"괘, 괜찮은 거예요?"

구위영이 소령을 마주 보며 미소를 지었다. 세상에서 유일하게 편하게 말을 놓는 녀석.

"끄덕없다."

"끄덕 있는 거 같은데요?"

"믿어. 형님이 돌아오실 때까지 너를 지켜줄 거니까."

"안 믿겨요."

"……."

"……."

"알아챘냐?"

"네."

구위영은 은근히 부아가 치밀었다.

"인마, 믿으라면 그냥 믿어. 저 밖의 놈이 꽤 세긴 하지만… 평상시의 나와 일대일로 만났다면 고전하는 놈은 내가 아니라 저놈이었을 거야. 아니, 내가 가지고 놀았을 거야. 장담할 수 있어. 암!"

소령이 피식 웃었다.

"그건 믿어줄게요."

그리고는 미안한 표정으로 말을 계속했다.

"우리 때문이죠?"

"뭔 말이야?"

"우리 때문에 지금 고생하고 있는 거잖아요."

"그런 거 아니니까 마음 쓰지 마라. 어쨌든 형님만 오시면 다 해결될 거야."

"왜 자꾸 무루 아저씨를 들먹거려요?"

"뭐?"

"오면 안 되죠. 아저씨까지 죽잖아요."

구위영은 어깨를 으쓱하며 말없이 웃었다.

"지금 네 코가 석 자인데 형님까지 걱정해 주는 거냐? 걱정 마라. 형님이 오시면 저 놈들은 다 죽은 목숨이야. 이건 비밀인데 너한테만 얘기해 주지. 형님은 무적이란다. 절대고수야."

"피. 흰소리는 이제 그만두고, 우리가 뭐 도와줄 거 없어요?"

그녀의 말에 다른 이들도 팔을 걷어붙이고 나섰다.

"소협, 말씀 좀 해주십시오. 소령이 말대로 이렇게 가만히 있기만 하기는……."

"선천지기라면 나한테도 있을 것 아닙니까? 부족하지만 어떻게… 힘을 더할 수 있는 방법은 없습니까?"

"구 소협, 아무 거라도 좋아요. 우리가 할 수 있는 게 있다면 어떤 것이라도 도울게요."

쏟아지는 말 속에서 구위영은 묘한 느낌을 받았다.

생사의 갈림길에 선 이들이 지금 느껴야 할 감정은 두려움이어야 했다. 그런데 이들에게서는 그런 표정을 찾을 수가 없었다. 좀 전까지 떨던 사람들인데 말이다.

구위영은 새삼 다른 눈으로 소령을 보았다.

이 녀석이었다.

이 녀석이 자신에게 말을 건네기 시작하면서 상황이 이상하게 흘러갔다.

'형님이… 왜 이 아이를 아끼는지 알겠군. 주변 사람을 묘하게 끌어당기는 힘이 있어. 마음이 편해진단 말이지.'

구위영은 다시 한 번 이 사람들을 지켜야겠다고 다짐했다. 결국 지키지 못하더라도 자신이 살아 있는 동안 최선을 다해야지 결심했다. 진정한 군자의 도리를 다하기 위해서라도 말이다.

그 순간 다시 거대한 기운이 밀물처럼 몰려와 철벽공간진을 강타했다.

콰아아앙!

구위영의 신형이 흔들렸다.

몸 내부가 진탕을 일으켜 핏물이 목을 통해 꾸역꾸역 올라왔다. 그러나 구위영은 사람들이 걱정할까 봐 핏물을 고스란히 다시 삼켰다.

창백한 그의 안색이 이젠 아예 백지처럼 변했다. 그러나 그는 두 발만큼은 꿈쩍도 하지 않았다.

그 모습에 사람들이 숙연해졌다.

그리고 곧 다시 담 밖에서 기운이 응축되는 것이 느껴졌다.

지금까지의 어떤 기운보다도 더 거대했다. 이번 것은 밖에 있는 독한 한 놈의 기운에 다른 고수들의 기운까지 가세한 것으로 보였다.

'이, 이건 막을 수가…….'

구위영의 눈동자가 거칠게 흔들리는 순간 강렬한 기운이 쇄도했다.

콰아아앙!

구위영이 절박하게 외쳤다.

"피해! 당장!"

담벼락의 균열이 점점 커지더니 이내 무너지기 시작했다. 그 밑에 있던 청동환들은 이미 빛이 바랬다.

무너진 담벼락 사이로 한 사내가 모습을 드러냈다.

죽립복면인을 이끄는 총사였다.

삼 장여를 날아가 땅에 처박힌 구위영이 헐떡이며 피를 토했다. 진설과 소령의 일가는 진이 무너진 것에 대한 놀람보다 구위영이 위험하다는 생각에 그를 향해 우르르 몰려갔다.

"구 소협!"

진설이 안타까운 어조로 외쳤다.

총사는 거칠어진 호흡을 정리하며 후원 안으로 발을 내디뎠다. 그때 홀로 담벼락 근방에 남아 있던 곽철이 전력으로 검을 날렸다.

깨진 결계 안으로 들어서는 상대를 기습하려는 의도였다. 나름 머리를 굴린 그만의 결정이었다.

이대로 계속 밀리면 결과는 뻔했다.

저들에 의해 학살당할 것이다. 그러기 전에 반격을 해서 상대에게 위해를 가해야 했다. 인질이라도 잡을 수 있다면 금상첨화였다.

그런 행동이 대세를 거스를 수 없다는 것은 알고 있었지만 이렇게 무력하게 당할 수만은 없었다. 시간을 끌 수 있는 것이 있다면 무엇이라도 해야 했다.

무엇보다 생명력까지 담보로 자신들을 지키려 한 구위영에게 조금, 아주 조금이라도 도움이 되고 싶었다. 구위영의 희생이 무사로서의 피를 뜨겁게 만들었던 것이다.

쇄애애액!

곽철의 칼이 날카롭게 허공을 갈랐다.

사실 그는 절정고수는 아니었지만 제법 고강한 고수에 속했다. 그가 약했다면 지난 몇 년간 천운이 따라줬다고 해도 결코 살아남지 못했을 터였다.

그러나 아쉽게도 곽철의 운은 거기까지였다. 상대는 너무 강했다. 운이나 기습이 통하는 상대가 아니었던 것이다.

파앗!

총사의 검이 보이지도 않는 속도로 움직였다. 그 검의 끝이 정확히 곽철의 심장 한가운데를 꿰뚫었다.

구위영에게 달려갔던 진설의 눈이 화등잔만 해졌다. 그녀의 절규가 터져 나왔다.

"아저씨이—!"

곽철이 고개를 돌려 진설을 보았다. 그의 눈에 피눈물이 맺혔다. 안쓰러움과 미안하다는 자책의 눈빛.

"아, 아가씨… 끝까지… 지켜드리지 못해서… 죄, 죄송합……."

파앗.

총사의 박혀 있던 검이 빠져나오더니 다시 허공을 베었다. 그러자 말을 잇지 못한 곽철의 목이 땅에 떨어졌다.

그리고 고개를 잃은 몸뚱이가 땅에 처박혔다.

쿵!

진설은 그 소리를 들으며 자신의 심장이 떨어진다고 생각했다.

"아저씨이이!"

그녀의 눈에서도 피눈물이 흘러나왔다.

지난 삼 년간 의지했던 사람이다. 살짝 연모의 마음이 싹트기도 했다. 그러나 그런 마음을 보이기에는 늘 쫓겨만 다니는 현실이 가혹했다.

털썩 주저앉은 그녀의 양 뺨이 경련을 일으켰다.

결계가 깨진 담벼락 위로 무수한 복면인들이 올라섰다가 후원으로 뛰어내렸다. 그동안 제지당한 것이 분통 터졌을까? 그들에게서 쏟아져 나오는 살기가 후원 전체를 휩쓸었다.

힘없는 소령 일가에게 비친 그들의 모습은 저승사자와 다름없었다.

쐬아아아!

폭우는 쉬지도 않고 내렸다.

2

구위영은 정신이 아득했다. 그러나 이를 악물고 일어섰다. 그의 허리춤을 소령이 붙잡고 울부짖었다.

"괜찮아요? 괜찮은 거예요?"

소령의 일가는 이미 생을 체념한 듯 고개를 떨어뜨리고 담담해졌다. 그들의 얼굴에서, 어깨에서 이는 경련이 구위영의 마음을 아프게 했다. 늘 억압 당해온 사람들은 체념도 빨랐다. 그것이 더 화가 났다.

구위영은 흐느끼고 있는 진설을 향해 손을 내밀었다.

"소저의 검을 빌려주십시오."

말하는 그의 입술 사이로 핏물이 주르륵 흘렀다. 피가 검었다. 내상을 입었다는 뜻이다. 오열하던 진설이 흠칫 놀라 고개를 들었다.

"구 소협……."

"아직 끝난 게 아닙니다."

"하, 하지만……."

진설은 주변을 돌아보다가 고개를 저었다. 무려 일백 명의 고수가 흘리는 살기는 숨 쉬는 것조차 힘들게 할 지경이었다. 진설의 힘없는 말이 이어졌다.

"틀렸어요, 이젠……."

구위영이 미간을 찌푸렸다가 이내 피식 웃었다.

"소저는 틀린 게 맞습니다. 스스로 포기했으니까요."

"예?"

"하지만 나 구위영은 아닙니다. 나는 아직 포기하지 않았습니다."

"우리가 버둥거린다고 결과가 변하진 않잖아요. 추하게 죽기보다는 당당하게 죽음을 받아들이는 것이……."

"포기하는 것이 당당한 겁니까? 적어도 난!"

구위영의 신형이 휘청거렸다. 그는 한쪽 무릎이 절로 꺾어지려는 것을 막기 위해 다리에 힘을 주고는 말을 이었다.

"죽는 순간까지 도전하다 죽을 겁니다. 희망을 꿈꾸다 죽을 겁니다. 내 마지막은 그럴 겁니다."

"……!"

"나 구위영은 적어도 마지막 순간에… 절망과 체념으로 죽어가진 않을 겁니다. 지금 나에게 중요한 건 결과가 변하지 않는 것이 아니라 마지막까지 내 마음가짐이 어땠느냐가 더 중요합니다. 자고로 군자란 처음과 끝이 같은 법!"

진설은 충격으로 멍해졌다.

구위영은 스스로 자신이 군자라고 주장하고 다녔다. 그러나 아무도 실없어 보이는 그를 진심으로 군자라 여긴 사람은 없었다.

하지만 지금 구위영의 모습은 달랐다.

군자였고 대장부였다.

사람의 진면목은 위기 때 드러난다고 하던가.

진설은 그런 구위영의 모습에 비해 자신이 너무 초라하게 느껴졌다. 피붙이처럼 가까웠던 곽철이 죽었다.

그런데 그저 눈물만 짜고 있는 스스로가 한심해졌다.

그녀는 눈물을 소매로 훔쳤다. 이를 악물고 천천히 일어섰다.

그녀의 눈에 구위영의 얼굴이 또렷하게 들어왔다. 창백하지만 눈빛만은 뜨겁게 빛났다. 어둠과 폭우 속에서도 구위영의 얼굴에서는 광채가 나는 것 같았다.

이 사람, 이렇게 생겼던가?

작은 눈인데 눈매가 아주 시원했다. 낮은 콧대인 줄 알았는데 얼굴 전체와 조화를 이루고 있는 완벽한 콧날이었다. 얄팍한 입술이라 여겼는데 그 안에 담겨 있는 따스한 속내와 포기하지 않는 근성이 느껴졌다.

이건 너무 완벽하지 않은가?

그녀는 뭐에 홀린 듯이 허리춤에 매어 있는 검집을 풀었다. 그리고는 검을 구위영에게 넘겼다. 자신은 검집을 들었다.

"함께 싸우겠어요. 이젠… 도망치지 않겠어요. 사실 도망도 이젠 지긋지긋해졌거든요."

진설의 말에 구위영이 씨익 웃었다. 그 웃음에 진설은 눈이 아찔해졌다.

사내가 이리 대책없이 아름다워도 되는 것인가?

순간 자신이 부끄러워졌다. 죽음을 목전에 둔 상황이었다.

곽철이 죽었다. 그런데도 이런 지경에 연모의 마음이 싹트다니!

'죽음을 코앞에 두니 내, 내가 미친 게야. 그러지 않고서야 지금…….'

사람의 마음이란 것이 이해가 되지 않았고 어처구니까지 없었다. 그런데도 그녀는 구위영에게서 시선을 떼지 못했다.

한편, 끝까지 싸우겠다고 의기투합한 둘을 보면서 소령의 조부와 오라비가 입술을 꾹 깨물었다. 결연한 각오가 그들의 눈에 흘렀다.

그들은 주먹을 단단히 쥔 채 구위영 옆으로 섰다. 그러자 그 옆으로 소령의 부친이 자리했고, 모친도 따랐다. 그리고 소령도 그 조그만 주먹을 든 채 힘주어 말했다.

"죽을 때, 마지막 순간까지 포기하지 않고 도전하겠다는 말, 멋있었어요. 다시 봤어요."

구위영이 어깨를 으쓱거렸다.

"내가 좀 멋있잖아. 허허허."

그 천연덕스러운 말에 사람들이 실소를 흘렸다. 누구의 얼굴에도 죽음을 앞둔 낯빛은 없었다.

소령이 핀잔을 주었다.

"아무리 그래도 그 늙수그레한 웃음소리는 영 아니네요. 어쨌든 초라하게 죽지는 않겠어요. 중요한 것을 깨닫게 해주셔서 고마워요."

"복수는 우리 형님께서 해주실 거야."

소령이 배시시 웃었다.

"그건 상관없어요. 저도 설이 언니처럼… 이제는 다시 제 인생에서 도망치거나 포기하지 않을 거예요. 마지막 순간에 웃으면서 죽겠어요. 두려움 따위에 질려 죽어가진 않겠어요."

"좋아!"

구위영이 나름 호기롭게 외치며 전면의 총사를 사납게 노려보았다.

그들의 시선을 받은 총사는 기가 찼다.

혹시 또 다른 진이 설치된 것은 없을까 살피는 도중에 듣게 된 연놈들의 대화는 가관도 아니었다.

"이보다 더 가소로울 수는 없다고 해야 하나? 비루한 것들이 겨우 주먹 들고 나에게 맞선다는 건가? 하하하! 이것 참, 황당한 것도 정도가 있는 법인데 말이야."

그의 뒤로 부총사가 다가와 물었다.

"총사, 굳이 시간을 지체할 필요는 없습니다. 이상한 진 때문에 시간을 너무 소요했습니다."

총사가 고개를 끄덕이고는 진설을 향해 말했다.

"호혈약을 내놔라. 그걸 내놓는다면… 죽는 순간만큼은 편하게 해주지."

진설이 충혈된 눈으로 외쳤다.

"너 따위에게 넘겨줄 건 아무것도 없어."

총사의 미간이 좁혀졌다.

"계집, 나는 인내심이 그리 많지 않다!"

"흥! 내가 농하는 거라고 생각하나 본데… 아무리 샅샅이 찾아봐라. 네놈이 호혈약을 가질 수 있나? 장담하건대 너는 결국 빈털터리로 돌아가게 될 거야."

총사의 눈빛이 사나워졌다. 그는 이를 악물며 진설을 쏘아보다가 대꾸했다.

"아주 꽁꽁 숨겨둔 모양이군."

"그래. 너는 절대 호혈약을 찾지 못할 거야. 그리고 조심해야 할 거야. 네가 호혈약을 발견한다면… 넌 죽은 목숨일 테니까!"

"큭. 네년이 죽을 때가 되니 실성했구나. 좋아, 어디 네가 언제까지 버틸 수 있나 보겠다. 내 장담하지. 넌 곧 호혈약을 네 손으로 바치게 될 거야."

"……?"

"지금 네 주위에 있는 사람들 말이야. 너한테 소중한 사람들인 것 같은데?"

진설이 흠칫 떨었다가 격하게 외쳤다.

"무, 무슨 뜻이지?"

"네가 순순히 호혈약을 내놓는다면 저들을 살려줄 수도 있다. 그러나 거절한다면 모두 죽인다."

진설은 총사의 제안에 흔들렸다.

그녀는 주변의 소령 일가와 구위영을 보고는 입술을 깨물었다. 이미 곽철을 잃었다. 소중한 사람을 잃은 가슴은 찢어질 듯이 아팠다. 그런데 이 사람들까지 죽는다면……

살릴 수 있는 사람이 있다면 한 명이라도 살리고 싶었다. 가능하다면 구위영은 꼭 살리고 싶었다.

"정말 약속할 수 있어?"

"물론이지."

"그, 그럼 이 사람들을 먼저 내보내 줘."

진설의 요구에 총사가 고개를 흔들었다.

"이런. 뭔가 착각하고 있는가 본데 주도권을 잡고 있는 건 나야. 먼저 호혈약을 어디에 두었는지부터 말하라고."

"네 말을 어떻게 믿지?"

"믿든 안 믿든 그건 네 자유다. 물론 네 소중한 사람이 하나 둘 죽어가는 걸 지켜보는 것도 네 자유겠지. 하하하!"

총사의 복면 뒤에 숨겨진 입술이 잔인하게 비틀렸다. 그리고 그의 검이 움직였다.

파앗!

순간 구위영이 검을 흔들었다.

퍼엉!

작은 폭음과 함께 구위영이 쥐고 있는 검신이 부르르 떨렸다. 총사가 소령의 조부를 향해 뻗어낸 검기를 구위영이 막은 것이다.

"큭."

구위영이 신음을 삼키며 비틀거렸다. 총사의 눈동자에 불신의 기색이 떠올랐다.

"와아! 하하하! 이거 정말이지 아주 재미있군. 비록 삼성의 공력만 썼다고는 하지만 그 망가진 몸으로 내 검기를 막았단 말이지? 네놈은 특히나 고약해. 아주 마음에 들지 않는단 말이야."

구위영이 엷게 미소를 머금으며 대꾸했다.

"삼성의 공력이나 썼습니까? 형편없군요."

"갈!"

총사의 검이 다시 움직였다.

샤아아앗!

가공스런 검기가 몰려들었다. 구위영은 감고 싶은 눈을 부릅떴다.

끝까지 포기하는 모습은 절대로 보여주지 않으리라.

구위영의 검이 상단에 걸렸다가 몰려오는 검기를 마중 나갔다.

'안녕! 모두들! 형님, 끝까지 함께 못해서 미안합니다. 유라야, 성질 좀 죽이고 행복하게 살아야 한다. 제길, 죽기 전에 장가는 가보고 싶었는데.'

검을 긋는 구위영의 입가에 미소가 걸렸다. 솔직히 아쉬움이 조금, 아니, 많이 남았다. 이렇게 허망하게 죽고 싶지는 않았는데…….

그때 구위영의 앞으로 누군가가 달려들었다.

퍼어엉!

"크윽!"

모든 사람들의 눈이 동그랗게 떠졌다. 소령의 입에서 비명이 터졌다.

"할아버지!"

총사의 검기를 몸으로 막아낸 사람은 힘없는 소령의 할아버지였다.

모두가 놀랐다.

그 허약한 노인이 갑자기 몸을 날린 것이 믿겨지지 않았다. 어떤 고수 못지않게 민첩한 동작이었다.

등으로 총사의 검기를 막아낸 그는 앞에서 멍하니 있는 구위영을 보면서 웃었다. 얼굴엔 고통으로 인한 찡그림이 가득했지만 그 고통을 넘어서는 따스한 미소가 입가에 그려졌다.

노인의 신형이 스르르 무너졌다.

구위영은 쓰러지는 노인의 얼굴에서 그가 뭔가를 말하고 있는 것을 보았다. 소리로 나오지는 않았지만 입이 벙긋하는 모양으로 그 말을 읽을 수 있었다.

'고마웠습니다. 사람대접 해주셔서…….'

구위영의 눈에서 눈물이 왈칵 쏟아졌다.

그냥 말없는 노인네였다.

자신이 딱히 해드린 것도 없었다. 자신만 보면 그저 고개를 숙이며 미안한 웃음만 짓던 노인이었다.

그리고 이름조차도 몰랐다, 이름조차도…….

"끄으으윽."

구위영의 목으로 울음과 신음이 걸려 제대로 나오지 않았다. 그런 그의 앞으로 소령의 부친이 비칠거리며 걸어나왔다.

그는 쓰러진 자신의 아버지를 보며 소매로 눈가를 훔쳤다.

"노인네가 동작도 빨라."

그러나 죽은 사람은 말이 없었다.

"내가 먼저 움직인 것 같았는데. 젠장."

그가 울먹거리다가 사람들 앞에서 두 팔을 벌리고 섰다. 이번엔 자신 차례라고 온몸으로 웅변하고 있었다.

평생을 괄시받고 천대받으며 살아온 그의 몸짓은 웅장했다. 천하의 어떤 고수가 보여주는 모습보다 더 큰 등을 능금장수는 보여주었다. 왜소하게 느껴졌던 그의 어깨가 태산만큼이나 거대하게 사람들에게 다가왔다.

그의 옆으로 소령의 모친이 나와 남편의 손 하나를 잡고 섰다.

"부부는 함께하는 거예요."

남편이 고개를 옆으로 돌렸다. 그의 눈에 습막이 가득 펼쳐져 있었다.

"미안해. 못난 남편 만나서… 고생 많았지."

"별말씀을 다 하세요."

"내세에서는… 잘해줄게. 아니다. 나같이 못난 사람 만나지 말고 좋은 집에서 태어나."

남편의 눈에서 끊임없이 눈물이 흘렀다. 아내도 눈물을 흘리며 고개를 저었다.

"못해준 거 알면… 도망갈 생각 말고 내세에서라도 갚으세요. 알았죠?"

남편이 얼굴을 구기며 이를 악물었다. 그는 오열을 참으며 고개를 끄덕였다.

"그럴게. 꼭… 호강시켜 줄게."

죽은 노인도, 우는 남편과 아내도 입만은 웃고 있었다. 미소를 짓고 있었다.

이 광경에 구위영은 심장이 터질 것만 같았다. 흐르는 눈물이 멈추지 않았다.

협객이 되고 싶었고, 군자가 되고 싶었다.

그런데 이게 뭔가.

자신을 살리려고 이 선량하고 힘없는 사람들이 희생당하고 있다니. 구위영은 그제야 깨달았다.

진정한 영웅은 바로 저들이란 것을.

힘이 없어서 늘 얼굴에 그늘이 있는 그들이었지만, 가슴속은 그 누구보다 뜨거운 사람들이었다.

"으허허헝!"

구위영이 결국 목 놓아 울었다. 그리고 순식간에 소령 부모의 앞으로 뛰쳐나갔다. 그런 그의 옆으로 누군가도 뛰었다.

진설이었다.

그녀도 울면서 검이 빠진 검집을 쥔 채 앞으로 달렸다. 찰나, 둘의 고개가 옆으로 돌아 서로를 보았다.

둘 다 눈물을 흘리면서도 이심전심의 미소를 지었다.

'구 소협, 혼자 가게 두지 않을 거예요.'

'미안합니다, 지켜주지 못해서.'

'괜찮아요. 소협은 최선을 다했어요.'

그리고 둘은 앞의 총사를 향해 몸을 날렸다.

총사는 인상을 긁으며 다가오는 그들을 향해 검을 후려쳤다.

따따당!

묵직한 그의 칼이 단숨에 구위영과 진설의 병장기를 후려쳤다. 둘이 휘청하는 순간 내력이 실린 총사의 발이 뻗어나갔다.

퍼퍽!

구위영과 진설이 배를 얻어맞고는 뒤로 주르륵 밀려났다. 그들은 뒤를 따라오던 소령 부모의 가슴에 안겼지만 멈추지 않고 같이 뒤로 밀려나다가 나동그라졌다.

소령과 그녀의 오빠가 뒤따르다가 울면서 그들 앞에서 팔을 벌리고 막아섰다. 소령이 흐느끼며 외쳤다.

"나쁜 사람! 악마!"

소령의 오라비도 외쳤다.

"우리부터 밟고 가시오!"

총사가 바드득 이를 갈았다. 분기가 솟구쳐 뒷목까지 뻣뻣했다.

"이것들이 지금 감히 내 앞에서 뭐 하는 거야? 진설! 잘 들어라! 네년이 당장 호혈약을 내놓지 않는다면 남은 놈들을 그냥 죽이지 않겠다. 너희들을 끌고 가 제발 용서해 달라고 빌 때까지 고문을 해주마. 죽지도 살지도 못하는 고통 속에 빠뜨려 주마."

그는 진심으로 분노했다.

끝까지 호혈약을 내놓지 않는 진설이 고약했고, 감히 자신의 앞에서 두려움에 떨기는커녕 바득바득 대드는 연놈들이 증오스러웠다. 오백 위 초인이 대들어도 가당찮을 판인데 저런 비루한 것들이 말이다.

"네깟 것들이 감히… 감히 나한테 이런 식으로 엉겨? 너희들이 감히!"

"그만해라."

"뭐? 그만해? 이 미친 것들이……."

총사가 다시 검을 위로 올리려다가 내뱉던 말과 함께 동작을 멈췄다. 갑자기 끼어든 목소리가 뒤에서 나왔다.

그의 고개가 뒤로 돌았다. 죽립복면인들의 고개가 좌우로 꺾였다.

무너진 담벼락.

그곳에 한 사내가 서 있었다.

번쩍!

번개가 허공에서 일었다.

그를 알아본 소령이 빽 소리를 질렀다.

"무루 아저씨!"

무루가 고개를 우러렀다.

"늦었구나."

한탄과 자책이 섞인 고통스러운 음성이 사람들의 귀를 울렸다. 그의 고개가 이번엔 밑으로 떨어졌다. 그의 눈에 진창에 떨어진 곽철의 머리가 들어왔다.

무루의 안에서 잠자고 있던 야수가 포효를 했다.

"너희들의 목숨, 접수하겠다."

우르릉 하는 천둥소리가 천지를 뒤흔들었다.

第五章

천부팔관의 부작용

절대고수 絶代高手

1

죽립복면인들은 갑자기 나타난 무루가 후원 안으로 발을 들여놓는 것을 물끄러미 바라보았다.

철퍽철퍽.

그가 내딛는 발걸음마다 족적이 깊게 파이며 물방울이 튀겼다.

총사 휘하 복면인들은 약간의 당혹감에 휩싸였다.

딱히 경계할 기운이 느껴지는 건 아니었다.

문제는 저자가 이리 지척에 다가올 때까지 왜 자신들이 몰랐느냐는 점이다.

총사가 미간을 좁히며 입술을 뗐다.

"넌 누구지?"

"한무루."

무루는 나지막이 대답하며 걸었다. 총사는 무루의 대답에 안도했다. 혹 이번에도 은검지(隱劍地)의 전사들이 끼어든 건 아닐까 저어했던 것이다. 은검지 놈들이라면 저딴 식으로 이름을 말하지 않는다.

무루와 총사의 거리가 금방 가까워졌다. 무루와 더 가까운 부총사가 검을 꺼내 들었다.

"방금 우리의 목숨을 접수하겠다고 말한 것 맞나?"

"……."

"건방진 놈! 이름은 됐고, 정체를 밝혀라! 그리고 당장 멈춰라!"

그러나 무루는 대꾸도 하지 않았고 서지도 않았다.

부총사와 무루의 거리 이제 겨우 일 장.

부총사가 눈에 쌍심지를 켜며 검을 곧추세웠다. 더 오면 베겠다는 의미였다.

검에서 흘러나오는 검기가 그의 주변에 너울대며 빗방울들을 일그러뜨렸다. 그의 검이 무루에게 쇄도하려는 순간 무루의 입술이 열렸다.

"호혈약을 찾는 거겠지?"

부총사의 검이 거짓말처럼 허공에서 정지했다. 부총사가 흘낏 뒤의 총사를 보았다. 총사가 고개를 끄덕이며 비키라는 지시를 내렸다.

부총사가 옆으로 세 걸음 빠져나가자 총사가 물었다.

"아주 흥미로운 놈이군. 네가 알고 있다는 말이냐?"

무루가 고개를 끄덕였다.

"그래."

무루의 목소리는 덤덤하게 들렸다. 그러나 그의 눈가는 파르르 떨렸다. 금방이라도 가슴속에 있는 야수가 튀어나오려는 것을 억누르는 탓이었다.

아직, 아직이었다.

소중한 사람들의 안전이 우선이었다. 더 이상 죽거나 다치는 자가 나온다면 자신을 용서할 수 없으리라.

총사가 기대에 찬 눈으로 물었다.

"어디에 있지?"

"아주 가까운 곳에."

어느새 무루는 총사의 곁에 다가서고 있었다. 순간 소리도 없이 총사의 검이 무루의 목으로 쇄도했다.

"여기까지다. 멈추지 않으면……."

총사의 눈이 거칠게 흔들렸다. 그리고는 놀라 고개를 돌렸다.

검으로 놈의 진로를 막았다. 그런데 놈은 마치 연기처럼 자신의 검을 지나가 버린 것이다. 대체 어떻게 검을 피하고 통과한 것인지 알 수가 없었다.

자신의 눈에 남은 건 흐릿한 잔상뿐이었다. 고개가 옆으로 움직였다가 다시 제자리로 돌아온 것 같긴 한데 확실히 알 수가 없었다. 그리고 그것이 사실이라면 아무리 적이라도 박수를 쳐주고 싶을 만큼 대단한 몸놀림이었다.

하지만 진심으로 불청객에게 박수를 치고 싶은 마음은 손톱만큼도 없었다.

"너, 마지막 경고다. 돌아서라."

당황한 총사가 진설 일행에게 다가가는 무루를 불렀다. 그러나 무루는 멈추지 않고 걸었다.

총사가 이를 악물며 검을 상단에 위치시켰다.

우우우웅!

검이 울기 시작했다. 악마혈풍무가 발동되는 것이다.

"한무루, 재주가 좀 있는 것 같긴 하지만……."

무루가 총사의 말허리를 끊었다.

"호혈약……. 곧 보여주겠다."

총사는 그 말에 인상을 긁었다. 조금씩 커져가던 검명이 다시 잦아들었다.

무루를 가장 먼저 반긴 건 소령이었다. 소령이 눈물범벅으로 무루의 허리를 안고는 얼굴을 묻었다.

"아저씨."

"소령아."

"하, 할아버지가 돌아가셨어요. 곽철 아저씨도……. 흑흑."

무루는 소령의 머리를 쓰다듬고는 무릎을 굽혀 구위영의 얼굴을 마주 보았다.

구위영이 입을 열었다.

"형님."

"괜찮은 거냐?"

무루의 아픈 음성에 구위영은 눈물이 핑 돌았다. 오랜 시간을 함께한 구위영은 알 수 있었다. 지금 무루의 목소리에 얼마나 엄청난 분노가 삭여 들어가 있는지.

구위영이 고개를 끄덕거리며 대답했다.

"죄송합니다. 너무 갑자기 들이닥치는 바람에 미처 대비를 제대로 못했습니다."

"고생했다. 운이 안 좋았을 뿐이야."

"저 총사라는 자는 남겨주십시오."

"……."

"형님, 진충 어르신을 해친 배후를 알아내야 하지 않습니까? 곽 소협과 소령 할아버지를 해친 배후이기도 합니다."

무루는 엷은 한숨을 삼키며 고개를 주억거렸다.

"노력해 보마."

"형님!"

"일단 잠시 쉬어라. 내상이 심한 것 같은데 지금은 말하는 것도 좋지 않아."

무루는 구위영의 수혈을 짚었다. 그러자 구위영이 스르르 수마에 빠져들었다.

"공자님, 혼자 오신 건가요?"

진설은 혹 흑룡문의 고수들이라도 대동하고 오지 않았을까 하는 희망을 품은 채 물었다.

무루는 대답 대신에 모두를 훑으며 말했다.

"다들 건물 안으로 들어가 계십시오."

"하지만……."

진설은 무루의 말을 받아치려다 멈췄다. 무루의 눈에서 이상한 빛이 감돌고 있었다. 평소의 맑고 투명한 빛이 아니었다. 그래서 진설은 자신들이 물러나는 것을 저들이 구경만 하겠냐는 말을 잇지 못했다.

"들어가십시오."

무루의 말이 반복됐다. 진설과 소령 일가는 무루의 낯설고 차가운 음성에 움찔했다. 마치 거부할 수 없는 명(命) 같았다.

그들은 최면에 홀리기라도 한 듯 고개를 끄덕이고는 소령의 조부 시신과 잠든 구위영을 수습해 뒤로 움직였다.

별관 건물로 들어가는 그들은 그저 멍한 표정이었다, 마치 꿈을 꾸고 있는 듯한. 그들이 비틀거리며 움직이자 복면인 중 하나가 총사의 눈짓을 받고 움직였다.

파앗!

그는 백 명의 수하 중 경공과 무공이 가장 탁월한 이였다. 뒤를 흘끔흘끔 보던 진설과 소령이 눈을 치켜떴다.

그들에게 전광석화처럼 다가오는 복면인의 섬뜩한 눈빛에 목이 조이는 것 같았다.

복면인이 손을 뻗어 가장 후위의 소령을 잡아채려는 순간 소령은 눈을 질끈 감았다.

콰직!

둔탁한 소리가 갑자기 일었다. 소령은 그것이 자신이 맞는 소리라고 생각했다. 그런데 아픈 데가 전혀 없었다.

소령이 다시 눈을 떴다.

그의 앞에 커다란 등이 서 있었다.

무루였다.

"뒤돌아보지 말고 들어가라."

소령은 자신도 모르게 고개를 끄덕였다. 원래 소령의 앞을 막아서려 했던 진설이 소령의 팔을 잡고 물러섰다.

총사는 자신의 정예 수하가 너무나 무력하게 단 일 수에 무너지는 것에 이를 악물었다.

역시 예감한 대로 대단한 고수였다.

"한무루! 너 죽고 싶다는 거지?"

총사는 앞으로 달려나가려 했다. 수하들에게 진설 일행을 모두 생포하라고 외치려 했다. 그런데 그는 두 가지 중의 어느 하나도 하지 못했다.

무루가 피리 하나를 꺼내 드는 것을 보았기 때문이다.

"호, 호혈약인가?"

그의 음성이 기대로 부풀었다. 그러나 그는 다시 이를 깨물어야 했다. 드러난 피리는 붉은색이 아니라 푸른 비취빛이었다.

"네, 네놈이 감히 나를 농락해?"

총사의 안면 근육이 황당함과 분노로 푸들거렸다. 수하 복면인들도 어처구니가 없어 웅성거렸다.

무루가 총사를 직시하며 입을 열었다.

"색이 달라졌지만 호혈약이다."

"지금 그걸 나보고 믿으란 말이냐?"

"난 서른세 번의 오랜 꿈을 꾸었지. 그 길고 긴 꿈에 부작용이 있었는데 그걸 지금에야 깨달았어. 너무 느긋해진다는 거였지. 시간이 넘친다고만 생각했어."

총사는 어안이 벙벙한 얼굴로 무루를 보았다. 갑자기 무슨 말을 하는지 알 수가 없었다.

"너… 머리에 꽃 달고 그러는 놈이냐?"

무루는 총사의 말을 무시하고 자신의 말을 이었다.

"권태에서 빠져나오지 못한 나는 넘치는 시간 속에서 천천히 복수만 하면 된다고 생각했지."

총사는 기가 찼지만 마지막으로 인내했다. 어쩌면 호혈약과 연관이 되는 무슨 사연일지도 모른다는 생각이 얼핏 스친 것이다.

"어쩌면 나는 두려웠던 거야. 복수가 끝나고 나면 뭘 해야 할지 몰라서. 팔관의 꿈처럼 지긋지긋한 삶이 기다릴까 봐 두려웠던 거지. 그래서 그토록 원하던 힘을 얻고도 나는 미적지근했어. 연극 따위나 하고 말이지. 그러다 보니 지금처럼 바보 같은 허점을 너희들에게 노출한 거지."

무루는 소리없는 실소를 흘렸다.

혈동야차 시절의 치밀함, 독기, 목적을 위해 끊임없이 도전하고 노력하는 근성과 의지.

그 모든 것이 흐려진 것이다.

총사는 뒷목을 움켜잡았다. 혹시나 했는데 역시나였다. 아무리 들어도 호혈약과 관련된 얘기는 없었다.

당최 알 수 없는 신세타령에 총사가 으르렁거리는 목소리로 사납게 외쳤다.

"너, 일단 팔 하나 잘라놓고 대화를 해야 되는 놈이었군."

총사는 내려뜨렸던 검을 다시 곧추세웠다. 그러나 무루는 피식 웃으며 고개를 저었다.

"너한테 말하는 게 아니야. 나한테… 그리고 돌아가신 두 분에게 말씀드리는 거지, 안심하고 편안하게 가시라고. 진 소저와 소령의 가족, 남겨진 사람들은 다시 그런 위험에 빠뜨리지 않겠다고 약속드리는 거야."

무루가 총사를 보며 웃었다.

그건 무루가 예전 혈동야차라 불렸을 때 종종 입가에 맺히던 차갑고 삭막한 미소였다. 가슴속에 있던 야수가 거칠게 포효했다. 상단전과 중단전을 휘도는 고리가 가공할 속도로 회전을 시작했다.

순간 복면인들은 동시에 어깨를 움찔거렸다.

난데없이 몸을 휘도는 한기.

살에 닿는 빗물이 갑자기 차갑게 느껴졌다.

뼈가 시릴 정도로.

심장의 고동이 빨라졌다. 정확한 이유를 알 수는 없었지만 본능이 위험하다고 외쳤다. 저절로 손이 검파를 향해 움직였다.

무루는 호혈약을 힘껏 허공으로 던졌다. 갑작스런 이 행동에 사람들의 고개가 모두 위쪽으로 향했다.

호혈약은 위로 어둠과 비를 뚫고 끝없이 솟구쳤다.

대체 어디까지 올라가는 것인지 보이지도 않았다.

무루는 등에 메고 있던 검파를 잡았다.

딸깍.

그의 검이 튀어나왔다. 그리고 그의 입술이 열렸다.

"이건 무극검경의 삼초식 멸(滅)이란 거야. 너희 같은 자들에게 어울리는 초식이지."

무루의 말에 위로 올라갔던 복면인들의 시선이 밑으로 내려섰다.

무루가 말을 이었다.

"그냥… 알고나 죽으라고."

검이 허공을 갈랐다. 허공을 삼켰다. 허공 안의 모든 것이 어둠에 잠겼다.

2

무루를 제외한 모든 사람의 눈이 동그래졌다.

비 오는 어둔 밤이라고는 하나 최소한의 빛은 어디에든 있는 법이다.

그리고 은당객잔의 별관 건물에 아직 환하게 켜진 불빛이 창을 통해 후원을 흐릿하니 비추고 있었다.

그런데 세상에 빛이 사라졌다.

그야말로 칠흑 같은 암흑이 도래했다. 누군가 소리를 질렀다. 그런데 소리를 지른 자들은 더욱 놀랐다.

자신이 내지르는 소리가 들리지 않았다.

아무것도 보이지 않고 들리지도 않았다.

무음, 무광의 절대 암흑.

조금 전까지 떨어지던 비조차 사라졌다.

복면인들은 오로지 어둠만 존재하는 세상에 홀로 던져진 것 같은 착각에 사로잡혔다.

총사는 눈을 부릅뜨고 단전을 미친 듯이 회전시키며 안력을 높였다. 청각을 높였다. 그러나 아무 소용도 없었다.

'뭐, 뭐야? 이거 꿈인가? 그럴 리가 없잖아!'

총사는 호신강기를 펼친 채 검을 쥐고는 꼼짝도 하지 않았다. 이럴 때 함부로 움직이는 것은 위험을 자초한다는 판단이었다.

그때 뭔가 기이한 기운이 자신에게 몰려들었다. 그것은 거침없이 호신강기를 소멸시키고 몸 내부로 파고들려 했다.

대경한 총사는 단전을 최대로 회전시키며 연신 호신강기를 펼쳤다.

한 겹, 두 겹, 세 겹의 호신강기가 그의 몸에 드리워졌다. 그건 아주 놀라운 일이었다.

보통 호신강기는 오백 위 초인의 경지에 올라야 가능하다. 인간의 한계를 넘어선 자들만이 보여줄 수 있는 상승 무공의

꽃이 호신강기였다. 어떤 위험으로부터도 자신의 몸을 안전하게 보호해 주는 최상의 수비세!

그 호신강기는 당연히 공력이 높아지고 깨달음이 깊어질수록 더욱 강력해진다. 하지만 지금 총사처럼 호신강기를 몇 겹으로 두를 수 있는 것은 초인들조차 갈망하는 경지다.

무신이라 불리는 십대고수도 호신강기를 연달아 두를 수 있는 자는 절반도 되지 않는 것으로 알려져 있었다.

스스스슷.

정체불명의 기가 총사의 호신강기를 잇달아 소멸시키고 있었다. 마치 삼키는 것 같았다.

총사는 이를 악물었다.

이에 짓눌린 입술이 터져 선혈이 또르륵 흘러 턱밑으로 떨어졌다. 그는 자신이 이 순간 죽을 수도 있다는 것을 깨닫고 전율했다.

'이렇게 허망하게 죽을 순 없다!'

난생처음으로 두려움이 뇌리에 가득 찼다.

살기 위해선 막아야 했다.

그러나 아무리 몸부림쳐도 괴이한 기운은 우습다는 듯이 호신강기를 모조리 삼켜 버렸다. 그리고는 몸 내부로 노도처럼 밀려들었다.

"크으으윽."

기혈이 진탕되기 시작했다. 혈도의 기운이 뒤틀렸다.

이대로 약간만 진행된다면 주화입마를 피할 수 없었다. 그렇다고 저항을 포기한다면 정체불명의 기가 몸 내부의 모든 기운을 삼켜 버릴 것 같았다. 그리된다면 남은 것은 죽음뿐이었다.

"으아아아아!"

총사는 내부를 뒤흔드는 고통에 비명을 질렀다. 그 와중에서도 그의 단전은 끊임없이 내력을 뱉어내며 싸웠다.

그리고 다행히 다시 빗소리가 들리기 시작하더니 먹물 같던 어둠이 점차 엷어졌다. 이내 모든 것이 다시 평상으로 돌아왔다.

쏴아아아!

총사는 떨어지는 빗소리가 그렇게 좋은지 처음 알았다. 한바탕 악몽을 꾼 것 같았다. 방금 전까지 자신이 이상한 기운과 싸운 것이 현실이었는지조차 애매할 정도였다. 그러나 결코 꿈은 아니었다.

한순간에 칠 할에 가까운 내력이 사라져 버렸다. 자신의 칠 할 내력이라면 엄청난 것이다. 십대고수들에 뒤지지 않는 심후한 내력이었다.

"헉헉, 헉헉헉!"

총사는 눈앞의 무루가 비정한 미소를 짓고 있는 것을 보았다.

"지, 지금 무슨 사술을 부린 것이냐?"

"대단하군. 네가 버틸 줄은 정말 몰랐어."

대꾸하는 무루의 안색도 그리 밝지만은 않았다. 무루 역시 상당한 공력을 소모한 탓이다. 가뜩이나 수룡이 통제를 벗어나 제멋대로 기를 빨아낸 탓에 몸 상황이 그리 좋지 않았는데.

하지만 무루는 여유롭게 입을 열었다. 아직 몸 상태를 걱정할 정도는 아니었다. 그리고 그전에 상대를 향한 분노가 몸 상태를 잊게 만들었다.

"그러나 버텨줘서 고맙다고 할까? 억눌렀던 분노가 지나쳐 위영이 녀석의 부탁을 깜빡했거든. 조금만 늦게 녀석의 부탁을 상기하지 않았다면 너무 쉽게 널 죽일 뻔했군. 후우우……."

총사는 눈살을 찌푸렸다. 그가 눈가를 일그러뜨린 건 무루의 오만한 말 때문이 아니었다.

사라졌다.

자신의 뒤를 든든히 받쳐주던 수하들의 기운이 말이다.

그의 고개가 불안하게 천천히 뒤로 돌았다. 자신도 힘겹게 버텼다. 그렇다면 수하들은?

뒤를 돌아본 그는 그 자리에 못이 박힌 듯 멈춰 버렸다. 일백 명의 수하가 모두 죽어 자빠져 있었다.

휘청!

총사의 신형이 비틀거렸다.

"이건 대체……."

아연해진 그는 차마 말을 잇지 못했다. 어느 정도 예상했다고 해도 실제로 보면서 받는 충격은 컸다.

그때 허공에서 뭔가가 밑으로 떨어져 땅에 박혔다. 아까 무루가 허공으로 던진 호혈약이었다.

그것이 떨어진 자리는 공교롭게도 무루와 총사의 딱 중간 지점이었다.

무루가 총사를 향해 말했다.

"보았듯이 나는 강해. 그러니 너에게 거짓말을 할 이유가 없지."

"……?"

"내가 공력을 주입시켰더니 색이 달라졌을 뿐, 호혈약이 맞아. 사연이 좀 있지만 말해주기는 귀찮군."

"……."

"호혈약… 가져가 봐라, 능력이 된다면."

총사가 입술을 질끈 깨물었다.

대체 어디에서 이런 야차 같은 놈이 떨어졌단 말인가. 그의 머릿속에 저장된 무림의 어떤 정보에도 이런 괴물은 없었다.

은검지.

결국 놈은 그곳의 인물인 것일까? 은검지가 숨겨두었던 비밀병기인 것일까?

무루가 재우쳐 말했다.

"그렇게 원하던 호혈약이다. 그런데 왜 그렇게 멍하니 있지?"

"너 지금 나를 조롱하는 거냐?"

"맞아."

"……!"

"너 같은 놈에겐 검도 과분하지."

무루가 들고 있던 검을 등 뒤의 검집에 넣었다.

총사의 안면 근육이 분기로 인해 뒤틀렸다.

적수공권!

겨우 맨주먹으로 자신을 상대하겠다는 무루의 말에 숨이 넘어갈 만큼 화가 치밀었다. 하지만 그는 결코 냉정을 잃진 않았다.

이젠 무루가 엄청난 강자란 점을 인정한 것이다.

최선을 다하지 않으면 자신은 이곳에서 뼈를 묻어야 할 터였다. 그의 검이 붉어지면서 울기 시작했다. 주변의 공기가 험악해지더니 이내 바람이 불기 시작했다.

악마혈풍무였다.

총사는 작금의 자신이 가진 공력으로 악마혈풍무를 시전하는 것이 무리란 것을 알았다. 그러나 무리라 해도 할 수밖에 없었다, 악마혈풍무 외에 저놈을 상대할 수 있는 방법이 떠오르지 않았기에.

대신 오래 끌 수는 없었다.

섬뜩한 기세가 후원 전체로 퍼져 나갔다.

3

폭우 속에서 달리던 유라는 미간을 찌푸리며 발을 멈춰야 했다. 은당객잔의 별관 후원이 이제 겨우 삼십 장 거리에 있었다. 그러나 그녀는 후원으로 뛰어들어 가지 못했다.

무루의 전음이 그녀의 귀에 파고든 것이다.

[멈춰!]

전음과 함께 유라는 바로 정지했다. 혹 다른 지시가 전음으로 떨어질까 기다렸지만 감감무소식이다.

일각이 여삼추라.

그녀는 제자리에서 발을 동동 굴렀다. 두 태상장로를 업은 마붕권과 혈광비, 그리고 암독왕이 나타나 유라 곁으로 다가왔다.

앞으로 쭉 펼쳐져 있는 대로엔 흑룡문도들의 토막 난 시신이 즐비했다. 암독왕이 불신의 기색으로 눈을 빛냈다.

"믿을 수가 없군. 이렇게 패도적이면서도 깔끔한 검법이라니!"

그의 말에 모두가 고개를 끄덕였다.

슬쩍 훑은 것이지만 죽은 시신들에게서 자잘한 상처는 전무했다. 아마 죽은 자들은 자신이 어떻게 죽는지도 몰랐을 것이리라.

암독왕이 혀를 차며 고개를 설레설레 흔들었다.

"엄청난 자다."

암독왕의 뇌리에는 언뜻 잡히는 것이 하나 있었다. 그러나 감히 입 밖에 내지는 못했다.

사백 년 전에 강호를 아비규환 속에 빠뜨렸던 절세 무공과 그 무공의 주인. 그러나 무림 공적이 된 그는 결국 죽었고, 무공도 폐기되지 않았던가.

"그 엄청난 자에 걸맞은 무시무시한 고수 수하들이 무려 일백여 명이었소!"

혈광비가 뚱한 어조로 말을 받았다. 태상장로를 업은 것이 무루 때문이라 여겼지만 마붕권의 강압에 의한 것 같아서 기분이 좋지 않았다.

마붕권이 심각한 표정으로 유라를 향해 물었다.

"왜 멈춘 것이오?"

유라가 입술을 질끈 깨물었다.

더 이상 기다릴 수는 없다고 판단한 그녀가 다시 앞으로 달려나가려는 순간, 모두가 눈을 부릅떴다.

갑자기 후원이 사라졌다.

거대한 암흑.

후원을 삼킨 거대한 반구형의 흑막이 시야를 가렸다.

혈광비가 당황하며 눈을 껌뻑이다가 물었다.

"저, 저건 뭡니까? 진법?"

그러나 아무도 대꾸하지 않았다. 대답도 뭔가 알 수 있어야 할 수 있는 법이다.

"으음……."

난데없는 괴사에 모두가 신음을 흘렸다. 대체 저 흑막 안에서는 무슨 일이 벌어지고 있는 것인가?

도저히 추측할 수가 없었다.

호기심이 들었지만 감히 그 안으로 들어가고 싶은 생각은 들지 않았다. 아니, 무인으로서의 본능이 말렸다.

마침 흑룡근 중 가장 먼저 도착한 흑룡근주도 눈을 껌뻑이며 입을 벌렸다.

태어나 처음 마주하는 이 기괴하면서도 오싹한 풍경.

그리고 갑자기 흑막이 사라졌다.

유라가 기다렸다는 듯이 먼저 발을 떼고 앞으로 나가자 다른 이들도 따랐다.

그들이 후원의 담벼락에 올라섰을 때 발견한 것은 죽은 백여 구의 복면인과 분개한 어조로 고함을 지르는 한 죽립복면인이었다.

그는 무루를 향해 버럭 소리를 지르고 있었다.

"건방진 놈! 검을 집어넣은 것을 후회하게 만들어주겠다! 죽인다! 반드시 널 죽인다!"

슈아아아앙!

후원 곳곳을 할퀴는 바람에서 예기가 느껴졌다.

우우우우웅!

지독한 검의 울음소리.

유라 일행은 황급히 내력을 끌어올려 고막을 보호했다. 얼핏 보기에도 엄청난 기도가 느껴지는 죽립복면인의 검신이 지독히 붉은빛을 띤 채 천천히 허공에서 움직였다.

그때마다 검에서 피어오른 예기가 돌개바람을 일으키며 사방으로 영역을 확장시켰다. 그 속에 담긴 무수한 핏빛 강기가 닿는 모든 것을 초토화시켰다.

콰콰쾅!

후원에 있던 석등 중 총사 가까이에 있던 두 개가 균열이 일기 시작하더니 굉음을 일으키며 부서져 내렸다. 그 잔해가 계속 갈라져 가루로 화했다.

근방에 있던 나무도 마찬가지였다. 뿌리째 뽑혀 나가더니 쩍쩍 갈라지며 생살을 드러냈다.

그 광경에 암독왕이 불신의 눈빛으로 중얼거렸다.

"피, 피해야 해. 저건 역시… 사백 년 전에 실전된 악마혈풍무야. 맞서면 죽음뿐. 접근전이 아니라 거리를 두고 원거리에서 대적하는 것만이 유일한 방법이다."

그 말에 유라를 제외한 사람들이 대경하며 눈을 부릅떴다. 악마혈풍무의 검격은 범위를 점점 넓혀갔고 더 광폭해졌다.

모두가 담벼락의 지붕 위에서 다시 뒤로 물러나려는 순간 유라가 후원 안으로 뛰어내렸다.

그리고는 곽철의 수급을 취하고는 암독왕에게 건넸다. 암독왕은 밑에서 올려주는 수급을 얼떨결에 받고는 급히 말했다.

"소저, 일단 물러서야 하오. 악마혈풍무가 곧 이곳까지 들이닥칠……."

암독왕은 말을 잇지 못했다.

유라가 거침없이 악마혈풍무 속으로 다가서고 있었다. 그리고 반대편에선 무루가 이미 악마혈풍무 안으로 들어가 총사를 향해 계속 발을 내딛고 있었다.

암독왕은 아연한 얼굴로 중얼거렸다.

"스스로 악마혈풍무 속으로 들어가다니? 저건 미친 짓이야.

몸뚱어리가 조각나 버린다고!"

혈광비가 뚱한 어조로 말을 받았다. 마붕권이 싫은 만큼 그와 친해 보이는 암독왕도 싫었다.

"멀쩡한 것 같소만."

혈광비의 말대로 무루와 유라 주변으로 검경과 강기를 담은 사나운 바람이 덮치고 있었지만 그 둘은 멀쩡했다. 옷이 바람으로 인해 펄럭거릴 뿐.

암독왕은 자못 당황했지만 다시 외쳤다.

"버티는 것도 잠시! 악마혈풍무는 호신강기까지 찢어버려! 결국 잠깐 버티는 것이 전부다! 악마혈풍무의 거센 강기바람을 뚫고 공격할 수는 없어! 호신강기를 지키기에도 급급할 테니까!"

혈광비가 다시 어깃장을 놓았다.

"뭘, 공격… 하는데."

그의 말대로 무루가 주먹을 내뻗고 있었다. 암독왕은 입을 다물고 말문을 잃었다.

총사는 미칠 것만 같았다.

대체 악마혈풍무가 놈에게 왜 무용지물인지 까닭을 알 수가 없었다. 놈이 입은 옷조차 찢어지지 않았다.

무루가 무수한 강기세례를 받으면서도 묵묵히 다가오는 모습은 섬뜩하기 그지없었다. 당최 왜 악마혈풍무가 저놈에게만은 유독 관대한 것인가?

아니, 저놈뿐만이 아니다. 갑자기 나타나 뒤에서 다가오는 젊은 계집도 마찬가지였다.

계집은 약간 힘에 부치는지 호흡이 거칠어지고 속도도 현저하게 느려졌다. 그러나 여전히 악마혈풍무 속에서 멀쩡한 모습으로 다가오고 있었다.

총사의 얼굴에 드리운 그늘이 짙어졌다.

이럴 수는 없었다. 자신을 아직 한참 부족하다 여기는 회(會)의 윗분들도 악마혈풍무만큼은 인정해 주었다. 그런데 이들은 대체 뭔가?

총사는 쇄도하는 무루의 주먹을 보며 눈을 부릅떴다.

악마혈풍무의 검격 속에서 공격을 하다니!

총사는 두려움을 느꼈다. 이젠 놈이 무서워 겁이 날 지경이었다.

슈우우웃!

무루의 주먹에서 뻗어나온 권영(拳影) 백여 개가 덮쳐왔다. 무적야수포의 권편(拳編) 백권영(百拳影)이다.

총사는 눈앞이 아찔함을 느끼며 붉은 검을 전력을 나해 휘둘렀다.

슈가가각!

총사의 붉은 검이 수많은 초승달 모양의 강기 다발을 무차별적으로 쏟아내며 무루의 백권영과 충돌했다.

퍼퍼퍼펑—!

둘의 공격이 서로 마주치며 폭음을 터뜨렸다.

그런데 무루의 권영은 소멸하지 않고 직진을 거듭했다.

총사의 눈이 화등잔만 해졌다.

검의 강기를 능가하는 권영이라니!

펴펴펴펴펑!

권영이 총사의 전신을 난타했다.

"커흑!"

신음과 함께 핏물이 총사의 입에서 흘러나왔다. 뒤로 주르륵 밀려나가는 그를 반기는 이가 있었다.

유라였다.

그녀의 허리가 비틀리며 오른발이 허공으로 떠올랐다.

선풍각(旋風脚)!

몸까지 회전시키는 전력의 돌려차기가 총사의 등에 적중했다.

"컥!"

다시 방향을 바꿔 앞으로 쏠리는 총사는 어질어질한 정신속에서도 급히 한 발을 틀어 몸을 회전시켰다.

파라라라.

그의 야행복이 바람에 펄럭였다. 이미 악마혈풍무는 멈춰버렸다. 그러나 그 여파는 꺼지지 않고 곳곳에 바람을 일으켰다.

총사는 자신에게 달려드는 유라를 향해 검을 그었다.

전광석화란 말이 무색할 정도의 쾌검.

유라가 눈가를 찌푸리며 뒤로 빙글 돌았다.

마치 한 마리 나비가 방향을 트는 듯 자연스러우면서도 유려한 몸짓으로 총사의 검을 피해냈다. 그러나 총사는 쉬지 않고 검의 방향을 비틀었다. 이번엔 무루 쪽이었다. 계집을 먼저 제거하고 싶었지만 다가오는 무루가 너무나 위협적이었다.

슈가갓!

방금 쾌검이 느리다고 느껴질 정도로 빨랐다. 총사가 악마혈풍검 다음으로 자랑하는 일섬검(一閃劍)이었다.

잔영조차 볼 수 없다는 그 검짓에 담벼락에 있던 이들은 자신의 눈을 의심했다.

저건 어느 누구도 피할 수 없는 쾌의 궁극이라 생각했다. 혈광비는 마치 자신의 목이 잘릴 것 같은 기분에 손을 들어 목을 감싸 쥘 정도였다.

그런데 무루는 일섬검이 흐르는 검격 속에서 몸을 띄웠다. 모두의 입가에 탄식이 흘렀다. 몸까지 띄운다면 염라대왕이라도 피할 수 없는 쾌였다.

콰직!

"컥!"

허공에 뜬 무루의 무릎이 총사의 턱을 강타했다.

본의 아니게 관전하는 구경꾼이 된 마붕권과 암독왕이 서로 마주 보며 눈으로 물었다.

'봤나?'

'보았나?'

서로 똑같은 질문에 함께 고개를 흔들었다.

검도 보지 못했고 어떻게 피했는지도 보지 못했다. 그들이 본 것은 오로지 무루가 검의 안쪽으로 들어가 무릎으로 복면인의 턱을 쳐 올린 것뿐.

비슷한 심경을 느꼈을까?

혈광비와 흑룡근주의 입술 사이로 경탄과 탄식의 한숨이 흘렀다. 혈광비의 입새로 흘러나온 말이 모두의 귀에 나직이 들렸다.

"이젠 장담할 수 있어. 한무루는 최소 무신급이야. 겨우 스물여섯의 나이에 말이지."

마붕권과 암독왕이 고개를 주억거렸고, 흑룡근주는 인정하기 싫다는 듯이 인상을 긁었다.

피분수를 흘리며 허공에 뜬 총사에게 유라의 연검이 득달같이 쇄도했다.

파라라라!

총사는 눈을 감았다. 피할 길이 없었다.

허탈했다.

자신이 이리 허망하게 죽을 수 있다는 것을 생각해 본 적은 한 번도 없었다.

그러나 그는 허공에서 목을 베이지 않고 진창에 처박혔다. 무루가 유라의 검신을 손으로 잡아챈 것이다.

"오, 오라버니!"

유라가 눈을 치켜뜨며 경악성을 터뜨렸다. 연검을 움켜잡은 무루의 손에서 핏방울이 주르륵 흘렀다.

담벼락 위에 있던 이들도 예상치 못한 광경에 눈을 치켜떴다. 무슨 말이라도 외치며 끼어들고 싶었지만 무루의 차가운 얼굴에 입조차 벙긋 못했다.

작금의 무루는 결코 건드리면 안 되는 존재였다. 그의 전신에서 흘러나오는 비정하고 삭막한 느낌이 꽤 거리가 있는 자신들에게까지 고스란히 느껴졌다.

무루가 굳은 얼굴로 입을 열었다.

"넌 이쯤에서 빠져라."

차가운 무루의 음성에 유라가 입술을 깨물었다.

"왜 이놈을 살려주는 거예요?"

"구위영의 부탁이다."

그 말에 유라의 눈에 안도의 기색이 스쳤다. 구위영이 보이지 않아 조마조마했었다.

"아무리 그래도……."

"쉽게 죽이기 싫다."

유라가 아미를 찌푸렸다가 홱 돌아섰다. 그리고는 별관 후원의 숙소로 향하며 대꾸했다.

"내 차례도 있는 거죠?"

"그래."

"사형은… 괜찮은 거죠?"

"내가 재웠다. 일단 들어가서 다른 사람들도 살펴봐."

"알았어요. 근데… 손 괜찮아요?"

무루는 대꾸없이 총사에게 걸어갔다.

한차례 피를 토한 뒤 일어난 총사는 다가오는 무루의 발소리에 경기를 일으켰다.

"오, 오지 마라!"

부우우웅.

무루의 주먹이 섬전처럼 쇄도했다. 총사는 이를 악문 채 검을 휘둘렀다.

콰직!

총사의 코가 주저앉았다. 그의 신형이 뒤로 다섯 걸음 밀려나다가 자빠졌다.

총사는 거친 호흡을 터뜨리며 가슴을 움켜잡았다.

환장할 것 같았다.

대체 왜 자신의 검이 무력화되는지 알 수 없었다. 어떻게 검을 뚫고 들어와 자신에게 주먹을 꽂아 넣는 건지 돌아버릴 지경이었다.

자신의 검기가, 검경이, 검강이 대체 왜 저놈의 몸 근처만 가면 소리도 없이 소멸하는지 미칠 것 같았다.

'일단 피해야 한다. 지금은 아니야.'

그는 남은 내력을 쥐어짜내 경공을 펼쳤다. 이젠 거의 바닥을 드러내는 단전으로 펼치는 이형환위. 총사는 여기서 빠져나가도 주화입마를 면치 못할 것이라 직감했다.

그래도 죽는 것보단 나았다. 회의 윗분들이 자신을 어떻게 해서든지 회복시켜 줄 것이라 믿었다.

파앗!

그의 신형이 사람들의 시야에서 사라졌다. 그 바로 직후, 십오 장 떨어진 후원의 담벼락 지붕 위에서 퍼억 하는 소리와 함께 총사의 비명이 터졌다.

"꺼으윽."

이형환위를 펼친 총사를, 무루가 앞서 달려나가서 다가오는 총사의 배를 주먹으로 가격한 것이다.

철퍽!

총사의 얼굴이 이 장여를 날아가 진창에 박혔다.

지켜보던 혈광비가 자신의 배를 손으로 문지르며 찔끔했다.

"저거… 진짜 아팠겠는걸."

모두가 고개를 끄덕였다.

총사는 부들부들 떨면서도 오뚝이처럼 벌떡 일어났다.

여기서 주저앉는다면 자신의 미래는 없다는 것을 잘 알고 있는 총사였다. 그리고 오랜 시간 지독한 수련을 받은 그의 정신은 이 와중에서도 살길을 찾았다.

하지만 그건 무루가 원하는 것이었다.

파앗!

총사의 몸이 다시 사라졌다. 이번엔 별관 건물로 들어가는 입구 쪽이다. 그리고 어김없이 먼저 당도한 무루의 주먹이 총사를 맞았다.

퍼억!

총사의 한쪽 눈이 푸욱 들어갔다.

극성의 속도로 달리는 사람에게 그를 마중 나오는 주먹은 그냥 얻어맞는 것보다 몇 배 더 큰 고통을 안겼다.
그래도 총사는 벌떡 일어서 움직였다.
지켜보는 사람들이 놀랄 정도로 대단한 정신력이었다.
파앗! 퍼억!
"크흑."
파앗! 콰직!
"컥!"
빠져나가려는 총사의 시도와 무루의 봉쇄가 짧은 시간에 십여 차례나 이뤄졌다. 그리고 마침내 기력이 소진한 총사가 쓰러진 채 일어나지 못했다.
얼굴에서 형체를 알아볼 수 있는 곳이 없을 정도로 망가진 총사는 호흡만 거칠게 내뿜었다.
대자로 누운 그는 쏟아지는 빗방울마저 따갑고 아프게 느껴졌다. 이젠 손을 들 힘조차 없었다.
누워 있는 그의 시야로 무루가 들어섰다.
총사가 치를 떨며 말했다.
"무서운 놈. 지독한 놈. 쿨럭쿨럭!"
기침하는 입에서 검붉은 핏물이 꾸역꾸역 흘러나왔다.
무루는 잠시 총사를 물끄러미 내려다보았다. 무루의 눈에 이채가 스쳤다.
총사라는 이 사람.
상황이 이 지경인데도 눈빛은 아직 죽지 않았다. 눈 깊숙한 곳에 복수의 칼날을 가는 것이 느껴졌다. 바늘구멍만 한 틈만 있다면 무슨 짓이라도 할 위인이었다.

무루의 입가가 서늘해졌다.

"너… 예전의 나와 같군."

"……?"

"그 독기, 아주 마음에 든다. 그래야 나도 제대로 할 맛이 나거든."

"쿨럭! 무, 무슨 말이냐?"

무루가 이번엔 다짜고짜 발길질을 시작했다.

퍽! 퍽퍽! 퍽퍽퍽!

총사는 입을 쩍 벌린 채 비명조차 지르지 못했다. 그의 흰자위가 눈을 하얗게 덮었다. 무루는 그렇게 무려 일각을 두들기다가 멈췄다.

그 광경을 지켜보는 사람들은 그저 침묵했다.

아까 도착한 흑룡근 일백도 목젖만 꿀렁거릴 뿐 아무 소리도 내지 않았다. 총사가 맞을 때마다 모두가 몸을 움찔움찔 떨었다.

특히나 맞아본 전력이 있는 혈광비와 마붕권은 결국 고개를 돌렸다. 그렇게 고개를 돌리다 눈이 마주친 둘은 화들짝 놀랐다.

'너도?'

'당신도?'

둘은 좀 전까지 앙숙이었던 것도 잊고 서로 씩 웃었다. 차마 말로 표현할 수는 공포의 기억. 묘한 동질감이 둘 사이에 흘렀다.

'고생했겠다.'

'힘들었겠소.'

마주 보며 웃던 그들은 왠지 쑥스러워져 헛기침을 해댔다.

무루가 발길질을 멈추고 잠시 후, 총사가 기침과 함께 피를 쏟아내다가 힘겹게 말했다.

"주, 죽여라."

무루가 고개를 끄덕이며 웃었다. 눈 속의 저항심은 여전히 살아 있었다. 그러나 좀 전에 비해 현저하게 흐려졌다.

"그럴 거야."

"……."

"일 년 뒤에."

총사의 전신이 공포로 경련을 일으켰다. 이런 고통을 일 년이나 주겠다는 말인가?

강인한 그의 정신도 결국엔 예전 마붕권처럼 붕괴되었다.

"제, 제발… 지금 죽여줘. 잘못했어. 내가 잘못했어."

무루는 냉정하게 대꾸했다.

"그건 너무 무책임한 발언이야."

"……?"

"진충 어르신, 곽 무사님, 진설의 일가, 소령의 할아버지, 그리고 네 칼에 죽어간 숱하게 많은 선량한 사람들."

"무, 무슨 말을… 쿨럭! 하려는 거냐?"

"너에게 무고하게 죽은 사람들 생각을 해야지. 아마 일 년 정도만 매일 이런 시간을 보내면 그 원혼들의 한도 조금은 풀리지 않을까?"

"으으으……."

"앞으로 매일 지금처럼 나와 좋은 시간을 가지자고. 참고로 난 용한 의원 한 명을 알고 있으니 치료는 걱정하지 않아도 될 거야."

결국 총사는 기절해 버렸다. 무루의 매질이 아닌 말에 의해서 말이다. 무루가 허리를 펴고 담장에 있는 사람들을 보았다.

시선이 마주치는 모두가 다시 움찔하는 반응을 일으켰다. 무루가 실신한 총사를 끌고 움직이자 잠시 객잔의 별관에 들어갔다가 나온 유라가 다가섰다.

그녀의 얼굴은 분노로 활활 타올랐다. 선천지기까지 일부 소진한 구위영의 내상은 생각보다 매우 심각했다. 그리고 소령의 할아버지가 죽었다.

"오라버니."

"왜?"

"이젠 내 차례잖아."

그녀의 말에 담벼락에 있는 모두가 전율했다.

진정 두렵고 무서운 것은 여인이었다.

第六章

살(殺)! 혼란! 각개격파!

절대고수 絕代高手

1

무루는 마붕권, 암독왕, 혈광비, 흑룡근주 네 사람을 대동하고 객잔의 이층으로 자리를 옮겼다.

여전히 정신을 차리지 못한 사굉파파와 종통선생은 무루가 앉은 탁자 위에 눕혀졌고 일백 흑룡근원들은 일층에 자리했다.

이층에서 각자 적당한 거리를 벌리고 앉은 네 사람은 모두 무루를 주시했다.

무루의 얼굴은 왠지 핼쑥해 보였다. 사람들은 그것이 당연하다 여겼다. 상당한 공력을 소진했을 테니까. 어쩌면 현재 그의 내력은 바닥일지도 모른다는 생각도 들었다. 하지만 그 누구도 나서서 시험하고 싶은 생각은 추호도 없었다.

무루가 먼저 말을 건넨 건 혈광비였다.

"당신에게 부탁이 있소."

지목을 받은 혈광비의 사자코가 찰나 경련을 일으키더니 주름이 얼굴 전체로 퍼져 나갔다. 한차례 경련의 파문이 지나간 얼굴에 어색한 웃음이 자리했다.

"하하하! 갑자기 웬 존대를……. 하여튼 말씀하십시오. 제 능력으로 가능하다면 들어드리겠습니다. 암요."

혈광비는 공손히 대답하며 속으로 생각했다.

이건 절대로 무루가 무서워서 수락하는 것이 아니라고, 자신이 모시고 있는 흑살과 협력 관계니까 돕는 것뿐이라고 스스로를 세뇌했다.

"청송표국을 아시오?"

혈광비가 냉큼 고개를 끄덕이자 무루가 말을 이었다.

"그곳의 표사 중에 소유량이란 분이 계시오. 오래전에 도움을 받은 분인데… 그분을 최대한 빨리 내가 구입한 장원으로 모시고 올 수 있소?"

혈광비가 어깨를 으쓱거렸다. 아마 이번에 호된 일을 당해 가까운 지인들을 미리 챙기려는 뜻이리라.

"그런 거라면 일도 아닙니다. 그게 전부입니까?"

"흑살과 연락이 가능하오?"

"물론입니다. 전달하실 거라도 있으십니까?"

"어차피 흑살도 남창에 머물고 있을 터이니 그곳에 있는 파양상단에 들러 내 말을 전해달라고 하시오. 애초에 그쪽이 원했던 대로 내가 그리 가겠으니 조금만 기다려 달라고. 이쪽에 급한 일이 있어 그것부터 수습하고 가겠다고."

황금련주와의 약속을 조율할 필요가 있었다. 그러나 영문을 모르는 혈광비는 뜬금없는 파양상단 얘기에 고개를 갸웃거렸다.

"그곳의 행수에게 그렇게만 전하면 되는 겁니까?"

"그렇소."

"또 부탁하실 것이 있습니까?"

무루가 고개를 젓자 혈광비가 일어섰다. 한시라도 빨리 이곳에서 나가고 싶은 것이 그의 심정이었다.

무루는 일절 기운을 끌어올리지 않았다.

그런데도 그에게서 느껴지는 위압감이 숨통을 옥조이고 있었다. 더불어 죽립복면인이 얻어터지는 광경을 보면서 예전 형산에서 자신이 맞던 생각이 떠올라 더 가슴이 답답한 차였다.

혈광비는 계단을 젖혀두고 근처에 있는 창을 통해 밖으로 이동했다.

그가 사라지자 무루는 마붕권에게 시선을 돌렸다.

"시간을 얼마나 주어야 하지?"

수하가 될 수 있냐는 말이다.

마붕권뿐만 아니라 암독왕의 눈도 빛났다.

암독왕은 이곳으로 마붕권과 나란히 달려오면서 여러 가지 대화를 나누었던 참이라 무루가 뱉은 말의 의미를 파악했다.

다만 흑룡근주는 밑도 끝도 없는 무루의 말에 고개를 갸웃거렸다. 마붕권이 입술을 잘근잘근 깨물다가 말했다.

그는 암독왕에게 들은 얘기로 자신이 사실상 토사구팽 되었다는 것을 알았기에 결심을 굳힌 상태였다.

"제가 공자를 주군으로 모신다 하더라도……."

그의 입에서 튀어나온 말에 흑룡근주가 눈을 부릅떴다. '어어?' 하는 나직한 혼잣말이 절로 터져 나왔다.

마붕권의 말이 이어졌다.

"제가 흑룡문과 싸우는 일은 없었으면 합니다. 그건 제가 몸담았던 곳에 대한 최소한의 도리라 생각합니다. 따지고 보면 도리라 할 것도 없을지 모르지만 그것만은 별로 내키지 않습니다."

"받아들인다."

"그렇다면… 따르겠습니다."

마붕권이 엎드려 머리를 바닥에 쿵 찧었다.

"나 마붕권은 공자를 주군으로 모시고 충성을 다하겠습니다."

무루가 빙그레 웃으며 반(半) 존대로 답했다.

"고맙소. 나 역시 그대를 아끼리다."

그렇게 바뀐 말투를 본 암독왕의 눈에 이채가 스쳤다.

보다 못한 흑룡근주가 결국 끼어들었다.

"마 장로님, 지금 무슨 행동을 하고 계신 겁니까? 이 무슨 변절을! 본 문에 반역이라도 하시겠다는 겁니까?"

마봉권 대신 무루가 말을 받았다.

"나는 태상장로란 두 인질이 있다. 저들을 죽이지 않고 넘겨주는 대가로 마 장로를 넘겨받을 생각이니 당신은 끼어들지 마라."

수장과 처리할 일이니 간섭하지 말라는 말에 흑룡근주가 발끈했다.

"귀공이 강하다 하나 이건 아니오. 어찌 남의 문파 장로를 마음대로……."

"그럼 내가 지금 이 태상장로들을 죽일까? 이자들이 날 죽이려 했으니 나에겐 그럴 명분과 권리가 있어. 그게 강호의 율법이잖나?"

"……!"

"말해보라고. 내가 이 노괴들을 죽일까?"

흑룡근주가 곤혹스런 표정으로 한숨을 삼켰다.

무루의 한 손이 종통선생의 목을 어루만지고 있었다.

저자는 정말 죽이고도 남을 자였다. 소름 끼치게 강할 뿐만 아니라 잔인함으로는 타의 추종을 불허했다.

흑룡근주는 이곳에서 자신이 나서는 것은 아무런 득도 없음을 깨달았다.

타초경사(打草驚蛇)라!

괜한 말실수로 상대의 심기를 상하게 한다면 가장 먼저 죽는 건 태상장로들이었다. 그리 일이 전개된다면 태상장로가 죽게 된 원흉이 자신이 될 판이었다.

흑룡근주는 생각을 접고 그가 할 수 있는 최선의 선택을 했다.

"좋소. 어차피 그대는 본 문의 문주님과 독대를 할 것이니 난 여기서 아무것도 보지도 듣지도 않은 것으로 하겠소. 대신 태상장로님들에게 더 이상의 위해를 가한다면… 참지 않을 것이오."

흑룡근주는 속으로 이를 갈았다.

바로 저놈이 태상단을 궤멸시킨 것이 확실했다. 당장 복수를 하고 싶은 마음이 굴뚝같았지만 참았다.

자신들만으로는 승부를 기약하기 힘든 강자였다. 놈의 얼굴엔 피로감이 겹겹이 쌓여 보였다. 하지만 그것이 놈의 내력이 바닥나서 그런 것이라 판단하는 것은 일렀다.

일단 놈을 흑룡문 안으로 데리고 들어가는 것이 현명한 일일 터였다.

그때 암독왕이 불쑥 끼어들었다.

"공자께 저도 한마디 올리고 싶습니다. 공자께서 방금 하신 말씀엔 중대한 오류가 한 가지 있습니다."

그의 개입에 흑룡근주는 한결 홀가분해졌다.

어차피 자신은 문주의 명만 따르면 된다. 그리고 이런 일은 자신보다 암독왕이 나서는 것이 훨씬 편했다.

암독왕은 독과 심후한 내력으로도 유명했지만 세 치 혀의 달인이기도 했다. 아마 잠시 후에는 논리적인 암독왕의 달변에 무루가 궁지로 몰릴 것이리라.

다만 한 가지 불편한 것은 마붕권에 이어 암독왕까지 무루에게 깍듯한 존대를 한다는 점이 거슬렸다.

무루가 눈살을 찌푸리며 물었다.

"오류라고?"

"그렇습니다."

무루가 목소리를 착 내리깔았다.

"오류가 아닌 말장난이라면……."

모두의 시선이 무루에게 쏠렸다.

"암독왕! 넌 이곳에서 죽는다."

쿵!

사람들은 자신의 심장이 바닥에 처박히는 것 같았다.

그러나 정작 암독왕은 여전히 미소를 짓고 있었다. 하지만 무루의 말이 충격적이긴 했는지 안색이 일부 핼쑥해진 것은 숨길 수 없었다.

"공자께서 언급하신 두 태상장로와 마붕권의 교환 조건은 어폐가 있습니다. 마 장로가 오백 위 초인이라 하나 태상장로들은 마 장로를 능가하는 고수입니다. 또한 태상장로들은 문주의 어린 시절 사부이기도 합니다. 힘으로나 지위로나 상징적 의미로나 마붕권 장로는 태상장로들에 견줄 수가 없습니다."

무루의 눈빛이 묘하게 변했다. 어째 이야기 전개가 다르게 흘렀다.

"그 말의 의미는?"

"공자께서는 더 많은 것을 요구하셔야 합니다."

무루뿐 아니라 마붕권까지 쓴웃음을 베어 물었다.

그러나 흑룡근주는 기가 막혀 말조차 못하고 암독왕을 쏘아보았다. 그가 기대했던 대화와는 정반대였다.

암독왕의 말이 거침없이 이어졌다.

"며칠 전 객잔에서의 사고나 오늘 밤 태상전과의 충돌도 공자께는 잘못이 없습니다. 시비를 건 것은 본 문이었으니까요. 그러므로 공자께서는 본 문에 훨씬 더 많은 것을 요구하셔야 하는 입장입니다."

흑룡근주가 결국 참지 못하고 노기를 터뜨렸다. 참고 지켜보는 것도 한계가 있는 법이다.

"암 장로님, 지금 그걸 말이라고 하는 것입니까? 지금 장로께서는 어느 소속의 장로인 것을 망각하고 있는 것 아닙니까? 어찌 그런 궤변을 늘어놓는단 말씀이시오?"

암독왕은 흑룡근주를 보지도 않은 채 대꾸했다.

"흑룡근주, 궤변이라고 했소? 그렇다면 그대가 내 말 중에 허점을 짚어보시게."

흑룡근주의 눈동자가 흔들렸다. 분기로 흔들리던 어깨가 잦아들었다.

허점이라고?

없었다. 하지만 그것이 오히려 더 분했다.

역시 문주의 예측대로 영입된 고수들은 완전한 문의 사람이 아니었던 것이다.

"어쨌든 암 장로는 본 문의 장로가 아니십니까?"

"난 내가 어느 소속이냐는 얘기를 한 게 아니오. 옳고 그름과 사리 분별을 얘기한 것이오."

"그딴 명분 같은 건 정파에게나 중요합니다. 우리는 사파예요."

암독왕이 가소롭다는 미소를 지었다.

"말 잘했소. 그 역시 마찬가지요. 사파에게 가장 중요한 것은 힘! 약육강식, 강자존(强者尊)! 그렇다면 강자를 몰라본 본 문은 더더욱 공자께 큰 죄를 지은 것이오."

청산유수(青山流水)에 점입가경(漸入佳境)이다.

흑룡근주는 분해서 손까지 떨렸다. 피가 거꾸로 치솟는 것 같았다.

이딴 자들에게 그동안 주었던 권력과 돈이 아까울 지경이다.

암독왕의 말이 거침없이 이어졌다.

"근주, 명분으로 살펴보아도 힘으로 따져도 여기 계신 공자는 잘못한 것이 없소. 모든 것이 자신이 살기 위한 정당방위였소."

"암 장로, 당신… 은혜를 원수로 갚는 것이오?"

흑룡근주의 격한 고성이 허공을 울렸다. 그러나 암독왕은 태연자약하게 웃음을 터뜨렸다.

"크크큭. 문주께서 토사구팽을 염두에 계시고 있음을 내가 모를 것이라 생각하는 거요? 오늘 밤 마 장로를 죽이려 했고,

나도 단물을 다 빼먹으면 제거하겠지."

흑룡근주의 눈동자가 흔들렸다.

"그, 그건… 뭔가 오해가……. 문주께서 나를 보낸 것은 마 장로를 살리려 함이었소. 암 장로도 앞으로도 오랫동안……."

그는 너무 놀라 말을 제대로 잇지 못했다.

암독왕이 마침내 고개를 돌려 흑룡근주를 마주 보았다. 그의 검버섯 피어난 얼굴에 비웃음이 한가득 걸려 있었다.

"앞으로 오랫동안이라고? 그 시간이 얼마인데?"

"……."

"자네 같은 토박이들은 모르겠지만 우리처럼 흡수된 사람들은 하루하루가 가시방석이었다! 가끔 가다가 말도 안 되는 이유로 숙청당하는 동료를 보는 심정이 어떨 것이라고 생각하나? 그 가당치도 않은 누명이 언제 내 목을 옭아맬지도 모른다는 심정을 아나?"

암독왕의 격한 어조가 객잔 이층을 뒤흔들었다. 일층에 있던 흑룡근원들이 웅성거렸지만 근주의 명이 없기에 올라서진 않았다.

"그, 그렇게 불만이 많았다면… 왜 건의를 하지 않은 것이오? 불평으로 가득한 속내를 숨기고 겉으로만 충성을 외친 장로는 결국 이중인격자에 불과하오."

"기가 막히는군. 자네들이 늘 우리를 감시한 것을 모르는 줄 아나?"

"그, 그건 권력 다툼이 하도 심하니까……. 감찰을 맡고 있는 우리로서는 당연한 일이오."

"크크큭! 그래서 영입한 고수들만 감시한 건가? 나와 마 장로는 개인적인 대화조차 기막을 둘러치고 얘기해야 했어."

"……."

"토박이와 영입파의 권력 다툼이라고? 웃기는 소리 말게. 우리는… 생존을 위해 싸워온 거야. 살기 위해서 말이지. 조금이라도 우리 편을 더 만들어 누명 쓰는 동료들을 변호하고 싶었던 거야. 너희의 꼭두각시로 살다가 폐기처분당하는 삶을 멈추게 하고 싶었던 거라고!"

흑룡근주는 입을 다물었다. 더 이상 반박할 수 없었다. 그러나 자신은 문주를 최측근에서 모시는 흑룡근의 주인이다. 이런 반역행위를 지켜보고만 있을 수는 없었다.

이들을 용납하면 두 번째, 세 번째 배신자가 나올 것이다. 그렇다면 흑룡문의 세는 급격히 저하될 터였다.

"밖으로 나오시오."

그가 검파를 잡은 채 일어서며 으르렁거렸다. 암독왕이 자리에서 벌떡 일어나 대꾸했다.

"좋아, 싸워주지."

서로를 마주 보는 두 초인의 눈에서 불꽃이 튀었다.

2

흑룡근주가 움직이고, 암독왕이 그 뒤를 따라나서려는 순간 잠자코 지켜보던 무루가 입을 열었다.

"앉아."

그 말에 암독왕이 입술을 깨물더니 다시 자리에 앉았다. 마치 충견(忠犬)이 주인의 말에 복종하는 것 같은 광경에 흑룡근주가 어이없어 혀를 찼다.

"쯧쯧. 암 장로, 완전히 개 같은 모습을 보이는구려. 앉으라고 쪼르륵 앉다니."

무루가 흑룡근주에게도 시선을 주며 말했다.

"너도 앉아."

"……."

흑룡근주의 얼굴이 굳었다. 그가 이를 악물고 서 있자 무루가 손을 등 뒤의 검파에 가져다 댔다.

흑룡근주의 이마에 드러난 혈관이 도드라졌다.

무루의 얼굴은 여전히 피곤해 보였다. 역시 내력이 바닥난 것일까? 하지만 오판이라면 어떻게 되는 것이지?

이자는 흑룡문의 배경이 전혀 안 먹히는 인물. 또한 아주 잔인한 자였다.

"앉기 싫다면 베어주지."

"으음……."

흑룡근주는 신음을 흘리며 자신의 자리로 걸어갔다. 그리고 천천히 앉았다. 앉는 그의 얼굴이 굴욕감에 시뻘겋게 달아올랐다.

그 광경에 마붕권과 암독왕이 조소를 흘렸다. 무루는 흑룡근주를 향해 말을 이었다.

"암독왕은 원래 나와 대화를 하고 있었다. 그러니 넌 조용히 있든지 내 칼에 죽든지 선택해라."

흑룡근주가 얼굴을 잔뜩 구기며 분통을 터뜨렸다.

"암 장로는 본 문의 장로. 이건 본 문의 내부 일이오. 귀공이야말로 끼어들 이유가 없소이다."

무루가 피식 웃었다.

"웃기는 자군. 그럼 아까 마 장로에게는 왜 가만히 있었나?"

"그, 그때야 태상장로님의 목숨을 위협했으니까."

"그건 지금도 똑같아."

"다르오! 마 장로는 태상전에 의해 제거당할 뻔했으니 변절했다고 하지만 암 장로는 제멋대로……."

목에 핏대까지 올리며 외치던 흑룡근주는 아차 하는 표정을 지었다. 스스로의 입으로 마붕권을 죽이려던 음모가 있던 것이 사실임을 인정해 버린 꼴이었다. 아까 오해라고 한 말이 퇴색해 버렸고, 자신이 논쟁을 할 명분도 잃었다.

무루가 싸늘하게 쏘아보며 말했다.

"내가 당신에게 준 선택 사항은 두 개뿐이었다. 조용히 있거나 죽거나. 그 경고, 지금부터 발효한다."

흑룡근주는 전신이 싸늘한 한기에 사로잡히는 것을 느꼈다. 실수에 모욕까지 당한 그가 검을 빼내려는 순간 무루가 말했다.

"그 검… 꼭 빼봐라."

흑룡근주의 검신이 삼 할 정도 모습을 드러낸 어정쩡한 상태에서 멈췄다.

암독왕이 끼어들었다. 그는 주변에 기막을 둘러쳐 자신들의 대화가 일층에 전달되지 않게 하고는 말했다.

"공자, 죽이십시오."

흑룡근주는 진심으로 당황했다. 그러나 암독왕의 말은 칼날이 되어 가슴을 계속 후벼 팠다.

"어차피 공자께서는 흑룡문과 일전을 결심하신 것이 아닙니까? 평화로운 관계를 가지려 했다면 크고 작은 분란거리를 만들지도 않았을 터! 틀립니까?"

"……."

"제 말이 맞는다면 이 자리에서 흑룡근을 모조리 제거하십시오. 원하신다면 저도 돕겠습니다. 마 장로는 흑룡문과 싸우지 않겠다고 했지만 저는 싸울 겁니다. 배신은 저나 마붕권이 한 게 아니라 흑룡왕이 한 것이니 터럭만큼의 가책도 없습니다."

무루가 팔짱을 끼며 웃었다.

"후후후, 당신 정말 재미있는 사람이군."

"이들을 그냥 보내면 나중에 반드시 후회하게 될 겁니다. 흑룡문은 천하십대방파입니다. 그 저변에 흐르는 힘은 상상 이상으로 강대합니다. 그렇다면 기회가 왔을 때 조금이라도 힘을 줄여놓는 것이 좋습니다."

"……."

"무림이란 곳의 속성은 명분이 어쩌고 재력이 어쩌고 해도 결국은 힘입니다. 힘이 있어야 돈도 들어오고 사람도 모입니다. 그곳에서 명분까지 생겨나지요. 공자가 강대한 힘을 보여주어야 흑룡왕도 함부로 움직이지 못합니다. 공자께서 힘을 보여주어야 마 장로나 저 같은 이들을 얻으실 수 있습니다."

"힘을 보여주어야 더 큰 힘을 얻는다?"

암독왕의 얼굴이 밝아졌다. 무루가 질문을 던졌다. 그 의미는 자신의 얘기에 관심을 기울인다는 것이다.

"그렇습니다. 공자께서는 이미 태상전을 몰락시켰고, 이에 더해 흑룡근까지 제거하면 그 명성이 강호 전체에 퍼질 것입니다. 그렇다면 공자께서는 흑룡문과 경쟁하는 방파나 흑룡문을 꺼리는 방파와 손을 잡으실 수 있습니다. 일을 그렇게 전개하면 흑룡왕도 쉽게 공자를 건드릴 수 없게 됩니다. 공자께서는 당당히 맞서 싸우실 수 있습니다."

암독왕의 말에 마붕권은 눈을 치켜뜨며 놀랐다. 자신은 앞으로 흑룡문에 쫓기는 삶을 상상했다.

그러나 암독왕은 거대한 흑룡문과 동등하게 대적할 방법을 주장하는 것이다.

'이 친구, 하여튼 머리 쓰는 건 대단하단 말이지. 하지만 이 정도인 줄은…….'

마붕권은 혀를 내둘렀다.

반면 흑룡근주의 얼굴은 새하얗게 질려갔다.

암독왕이 지금 내뱉은 계책은 그야말로 무시무시한 것이었다. 자신들을 제거하라는 말도 그렇거니와, 다른 방파와 연대하라는 말도 충격적이었다.

강서 땅을 주름잡는 제일방파는 흑룡문이다.

강서와 동쪽, 남쪽으로 인접한 복건과 절강에도 그 지역의 대표 강자들이 존재했다.

복건의 패궁(覇宮)과 절강의 파도문(破刀門).

패궁은 흑룡문과 같은 사파였고, 파도문은 정사 양쪽 어디에도 속하지 않는 중도 성격의, 오로지 힘, 패(覇)를 추구하는 문파였다. 이 두 방파는 욱일승천하는 흑룡문에게 매우 심한 반감을 가지고 있었다.

불과 십 년 전까지만 해도 흑룡문은 강서삼대방파에 속했다. 지금은 강서성에서 지리멸렬해진 두 대방파는 바로 패궁, 파도문과 각각 사돈지간이었다.

그리고 북쪽으로 남직예 땅에는 정파 천하제일 검가(劍家)인 남궁세가가 흑룡문의 성세를 심기불편한 눈으로 주시하고 있었다.

신화라고 불릴 정도로 지독히 빠른 성장의 뒷면은 시기하는 자들과 원한을 가진 이들, 견제하는 이들을 배출하게 마련이다.

무루는 충분히 그들 중 어디라도 연대할 힘을 가졌다.

비록 몇 명의 소수라고는 하나 한무루, 유라, 암독왕, 마붕권, 일단 확인된 네 사람만 보아도 오백 위 초인의 경지, 혹은 그 이상이었다. 어떤 방파라도 쌍수를 들고 환영할 것이다.

뒤에서 듣고 있는 흑룡근주는 자신도 모르게 거칠게 숨을 내쉬었다. 암독왕의 심계와 세 치 혀가 대단한 줄은 알고 있었지만 이 정도인 줄은 몰랐다.

흑룡근주는 이제야 문주가 암독왕에 대한 감시를 다른 이들보다 훨씬 더 치밀하고 꼼꼼하게 해온 이유를 깨달았다. 암독왕은 아군일 때는 그저 괜찮은 소모품일 수 있었다. 그러나 적이 된다면 이 사람처럼 두려운 사람도 없을 터였다.

무루가 앞머리를 이마 위로 넘기며 소리없이 웃었다.

"볼수록 재미있는 사람이었군. 그대는 독왕이라는 칭호보다는 책사 자리가 어울리겠어."

암독왕이 화답했다. 무루가 자신을 향해 마음의 빗장을 조금씩 여는 것이 느껴졌다.

"과찬이십니다, 공자. 제 말을 허투루 듣지 마시고 과감히 결단을 내리시길 바랍니다. 아무리 강한 힘을 가졌어도 단호하지 못하면 아무것도 이룰 수 없습니다. 독하지 못하고 치밀하지 못하면 상대는 그 틈을 노리고 들어옵니다."

무루는 고개를 주억거렸다.

"지금 한 말은 전적으로 동감이야. 하지만 다른 곳과 연대한다는 것은 왠지 마뜩치 않군."

암독왕이 묘한 미소를 머금었다.

이미 그럴 것을 예상했다는 표정이다. 그리고 그도 무루가 그러기를 바랐다.

"그러시다면 타 방파와 연대하는 것은 차후 최악의 경우로 두시면 됩니다. 어쨌거나 급한 불을 끄고자 타인에 의존하게 되면 나중에 반드시 대가를 치르게 되는 법이니까요. 당장 힘들고 어렵더라도 스스로 헤쳐 나가겠다는 공자의 말씀이 옳습니다."

"당신, 점점 더 마음에 드는군. 그렇다면 최선책을 염두에 두고 있다는 말인데, 그건 뭐지?"

암독왕은 허리를 꼿꼿이 펴고 눈을 빛냈다.

자신이 무루에게 진정으로 인정받을 수 있는지는 이제부터였다.

"저는 공자께서 저와 같은 생각을 하고 있었을 것이라 생각합니다. 살(殺)! 혼란! 각개격파! 아닙니까?"

무루의 눈가가 찰나 파르르 떨렸다. 그러나 태연한 표정으로 물었다.

"무슨 말을 하는지 모르겠는데?"

암독왕이 무루의 표정을 살피며 말했다. 자신을 시험하고 있었다. 필요한 인재인지 아닌지 말이다.

"그러시다면 말씀드리지요. 이들을 해치우고 흑룡왕에게 가는 겁니다. 독대의 약속이 있지 않습니까?"

무루가 담담하게 대꾸했다.

"그렇지. 내가 야율강의 비급을 전해주는 대가로 그전의 소란을 무마시켜 주고 내 작은 요구를 들어달라 말할 참이었지."

암독왕이 결연한 표정을 지었다.

"그 작은 요구… 제가 말씀드린 첫 번째, 살(殺)! 흑룡왕과의 비무가 아닙니까? 그의 목숨을 취하려는 것이 아닙니까?"

그의 말에 마붕권과 흑룡근주가 눈을 부릅떴다. 그러나 무루만은 일체의 표정 변화 없이 침묵했다.

"많은 적을 상대해야 할 때 기회만 있다면 우두머리를 먼저 치는 것이야말로 최선의 방법입니다. 공자께서는 흑룡왕을 그곳에서 제거하고 빠져나올 생각이었을 겁니다."

무루가 속으로 웃었다.

그랬다.

자신은 예전 혈동야차 시절에도 기회가 있으면 반드시 수장을 먼저 노렸다. 무루가 양손의 깍지를 끼고는 관절을 비틀었다. '투투툭!' 하는 소리가 왠지 섬뜩하게 들렸다.

"당신, 아주 위험한 자로군. 어떻게 알았지?"

"크크큭. 사실 몰랐습니다. 그러나 태상단을 궤멸시킨 것을 보고 뭔가 이상하다 생각했지요. 거래를 하려는 사람이라면 결코 태상단을 몰살시키지 않았을 겁니다."

"난 정당방위였다고. 살기 위해 어쩔 수 없었어."

암독왕이 빙그레 웃었다.

"그렇다면 모두를 제거할 필요까지는 없었을 겁니다. 제압하는 수준으로 끝냈겠지요. 제압이 더 힘들다 해도 그렇게 몰살시킬 이유는 없습니다."

"……."

"며칠 전 은당객잔의 일도 그런 맥락에서 보니 이해가 되더군요. 싸움이 붙은 자들은 결코 살려두지 않는다. 공자께서는 흑룡문의 전력을 기회가 있을 때마다 최대한 약화시키려는 의도였지요. 물론 겉으로는 먼저 시비를 걸었으니 어쩔 수 없다는 아주 적절한 핑계를 만들었고 말입니다."

"대단하군. 인정해. 그런데 그것만으로 그런 추측을 했단 말인가?"

"저에겐 목숨을 건 승부입니다. 허투루 할 수야 없지요. 전 공자께서 악마혈풍무를 간단히 무너뜨리는 것을 보며 흑룡왕을 능가하는 고수라 확신했습니다. 사실 그 죽립복면인과의 대결을 보지 못했다면… 제 이런 가정은 그저 상상으로 끝났을 겁니다."

마붕권은 한숨을 삼키며 멀뚱히 허공을 바라보았다. 곰곰이 생각해 보니 아까 무루가 말한 것처럼 참으로 긴 밤이다. 그런데 자신이 이 긴 밤 동안 한 것은 딱 한 가지라는 생각이 스쳤다.

놀라는 것.

무루에게 놀라고, 유라에게 놀라고, 암독왕에게 놀랐다. 지난 수십 년간 놀란 것보다 오늘 밤에 놀란 것이 훨씬 많았다.

그리고 밤은 아직 끝나지 않았다. 더 놀랄 것이 남아 있을까?

암독왕은 목이 마른지 혀로 입술을 몇 번 축이고는 말했다.

"제가 이런 말을 늘어놓는 이유는 공자께 인정받고 싶어서입니다."

"나에게 인정을 받아서 무엇을 하겠다는 거지?"

"제 인생에서 마지막이자 유일한 기회라 판단했습니다. 실제로는 노예와 같은 생활을 하고 있는 제 자신을 구원할 수 있는, 그리고 제 모든 것을 바칠 수 있는 주군을 모실 기회라 여겼습니다."

"……."

"저는 재주가 있어도 그것을 제대로 펼칠 수가 없었습니다. 그릇의 크기가 되지 않는 상관에게 그런 재주를 모두 보였다가는 오히려 토사구팽당하기 딱 좋으니까요."

무루가 어깨를 으쓱하며 대꾸했다.

"지금의 마붕권처럼 말인가?"

마붕권이 입맛을 다셨다. 그 모습에 암독왕이 실소를 머금었다.

"크크큭. 마붕권과는 달리 저는 아직은 괜찮았습니다. 다만 흑룡왕은 결국 저를 내칠 것입니다."

"좋아, 일단은 원래의 얘기를 계속해 보자고. 흑룡왕을 해치운 다음엔?"

암독왕의 말이 계속됐다.

"흑룡왕을 해치우면 수장을 잃은 흑룡문은 혼란에 빠질 겁니다. 태상장로까지 여기에 있으니 더욱 그렇겠지요."

"그 후엔 아까 말한 것과 같은 차례인가? 살, 혼란, 그리고 각개격파?"

"예. 이쪽의 숫자는 적습니다만 모두가 대단한 고수입니다. 그러니 적당한 은신처를 마련하고 치고 빠지는 것으로 괴롭힌다면 제아무리 흑룡문이라도 무너질 수밖에 없습니다. 흑룡왕이 없는, 그리고 태상장로까지 잃은 그들로서는 내부 단속하기에도 정신이 없을 것입니다."

"……."

"왜냐하면 눈치만 보고 있던 내원의 고수들 중 상당수가 들고일어설 가능성이 크기 때문입니다. 그들은 결코 흑룡문에 복종하고 있는 것이 아닙니다."

"흑룡왕의 힘에 눌리고 있었다는 말이군."

"그렇습니다. 흑룡왕은 당근과 채찍을 적절히 사용하며 내원의 영입된 고수들을 힘으로 누르기도 했고 이간질로 분열시키기도 했습니다. 그런데 흑룡왕이 사라진다면… 상당수가 흑룡문에서 탈퇴하거나 아니면……."

무루가 씨익 웃었다.

"아니면 힘을 합쳐 아예 흑룡문의 비어 있는 권좌를 노리겠지."

암독왕이 '역시' 라는 표정을 지으며 고개를 주억거렸다.

"그렇습니다. 더구나 태상장로까지 없으면 내원 고수들의 반발을 쉬이 제압할 수 없을 겁니다. 그럴 만한 능력을 갖춘 이가 없습니다. 그리고 밖에서 공자께서 혼돈의 흑룡문을 괴롭힌다면… 제아무리 천하십대방파라 해도 무너질 수밖에 없습니다."

무루가 이마의 머리를 쓸어 넘기며 웃었다.

"후후후, 다행이군. 능력을 갖춘 자네가 흑룡왕 편이었다면 나는 꽤나 애를 먹었을 것 같아."

암독왕은 때가 무르익었음을 깨닫고 자리에서 내려와 무릎을 꿇었다. 그리고 머리를 바닥에 쿵 찧었다.

"마붕권처럼… 저도 받아주십시오, 주군."

무루는 이미 짐작했다는 듯이 물었다.

"마지막으로 묻지. 왜 나를 선택한 거지? 토사구팽이 두려워서? 감시받는 삶이 지겨워서? 내가 흑룡왕보다 더 강해 보여서? 아님 그 모두인가?"

"그 모두입니다. 그 외에 한 가지 이유가 더 있습니다. 아주 중요한!"

"그것이 뭐지?"

"공자께서는 흑룡왕과 달리 지인과 수하를 아끼기 때문입니다."

"……?"

"힘없는 능금장수 일가를 아끼는 모습, 예전에 은혜를 받았단 이유로 표사 한 명의 안위까지 챙기는 모습, 그리고 아까 후원에서 그렇게까지 분노하신 이유, 호법 때문이라고 들었습니다."

유라가 구위영의 상세를 돌보기 위해 들어가면서도 칭얼거리는 것을 놓치지 않고 들은 것이다.

암독왕이 허리를 펴고 고개를 들었다. 그리고 무루를 마주보며 또박또박 말했다.

"그런 분이라면… 결코 충성하는 수하를 토사구팽하지는

않을 것이라 판단했습니다. 부디 저를 받아주십시오. 스스로를 평가한다는 것은 어려운 일이지만 약속드릴 수 있습니다. 공자께서 절 계속 믿어주신다면 결코 후회하지 않을 것이라 말입니다. 저는 꽤 쓸 만한 재주가 많은 노인네입니다. 공자께서 무엇을 원하시든지 그것을 이루는 데 있어서 상당한 도움이 될 것이라 자부합니다."

무루는 잠시 말없이 암독왕을 바라보다가 묘한 표정을 지었다. 괜찮은 책사가 있고 없고는 조직에 있어 커다란 차이를 가져온다. 많은 호걸들이 단체를 구성함에 있어 가장 공을 들이는 것이 바로 책사였다.

그런데 전혀 예상치도 못한 상황에서 뜻밖의 인물이 자신을 받아달라고 간청하고 있다.

"내가 여기서 그대의 청을 받아들이지 않는다면 입장이 아주 곤란해지겠군?"

암독왕이 대수롭지 않다는 어조로 답했다.

"그렇다면… 강호를 떠나 아무도 모르는 곳에서 은거를 해야겠지요."

"흑룡문이 도망가는 그대를 보고만 있을까?"

"그럴 겁니다."

"추격을 하지 않을 거라고?"

"왜냐하면 당분간 저에게 신경 쓸 틈이 없을 테니까요. 발등에 떨어진 불을 먼저 꺼야 하지 않겠습니까?"

발등에 떨어진 불! 무루를 일컬음이다.

무루는 손바닥을 짝 치며 감탄했다.

"볼수록 놀라운 두뇌군. 그런데 당신을 믿어도 될까? 이미 사천당문을 배신한 전력도 있지 않나? 한 번도 아니고 두 번이나 몸담고 있던 곳을 배신한 자를 내가 어떻게 믿지?"

처음으로 암독왕의 얼굴에 그늘이 내려섰다. 그가 당황해 말을 하지 못하자 숨죽여 지켜보던 마붕권이 청했다.

"믿을 수 있습니다. 사천당문에서 쫓겨난 건 그가 원해서가 아니었습니다. 그때도 역시 문주가 저 친구를 꺼림칙하게 여겨서 파문시킨 것이지요. 주군이 먼저 버리지 않으면 절대 등을 돌릴 사람이 아닙니다. 그건 벗인 제가 장담할 수 있습니다."

"좋아, 그건 그렇다고 치지. 그런데 당신 정도의 인물이면 스스로 개파해도 괜찮을 것 같은데? 왜 그러지 않았지?"

암독왕은 천하삼대독왕 중 일인이다. 그가 문파를 열었다면 상당한 사람들이 몰려들었을 터. 성공을 담보 받을 수 있는 많지 않은 인물 중 하나였다.

암독왕이 고개를 숙이며 말했다.

"저는 스스로의 그릇을 잘 압니다. 한 방파의 수장을 할 그릇이 아니지요. 그렇기에 사천당문을 나와서도 문파를 개파하지 않은 것입니다."

"……."

"왜냐하면 저는 지나치게 머리를 굴리는 경향이 있습니다. 그런 사람이 수장의 자리에 있으면 그 조직은 결코 제대로 굴

러갈 수가 없습니다. 얼마 안 가 서로 의심만 하게 될 테니까요. 또한 사람이 많아지고 조직이 커질수록 수장의 의심도 비례해서 커지는 법입니다."

"그럴 수 있겠군."

"공자께서도 심계가 대단하시다는 것을 이번 일을 보고 알았습니다. 하지만 머리는 쓰시되 그것을 많은 이들에게 모두 드러내지는 마십시오. 그것을 받아들이는 사람들은 처음엔 감탄할지 모르나 나중엔 공자와 거리를 두려 할 것입니다. 사소한 것들은 믿을 만한 수하나 책사에게 일임하십시오. 큰일들은 대화를 통해 상의하십시오. 설사 치밀한 계획이 서 있더라도 말입니다."

무루가 멋쩍게 웃었다.

암독왕은 독선적이 되지 말라는 조언을 하고 있었다. 그의 말이 이어졌다.

"장수가 작은 일에까지 머리를 굴리고 간섭하면 결국 수하들만 피곤해집니다. 그런 과정이 반복되면 장수는 자신도 모르는 사이에 의심병이 들게 됩니다. 그 밑의 수하들은 책임지고 어떤 일을 하려기보다는 제 한 몸 지키는 데 급급하게 됩니다. 악순환이 계속되는 거지요."

듣고 있는 마붕권도 심히 공감이 가는 바가 있어 '맞아!' 라며 작게 중얼거렸다. 무루 역시 공감하며 고개를 주억거렸다.

"공자, 수장의 그릇이란 사람을 제대로 보고, 그 사람을 믿어주는 크기로 말할 수 있습니다. 결국 강호에서 수장에게 가장 필요한 덕목은 강력한 힘과 인재를 보는 눈, 그리고 신뢰, 이 세 가지만 있다면 능히 큰일을 도모할 수 있습니다. 어떤 시련도 이겨낼 수 있습니다."

무루가 고민을 끝내고 결론을 내렸다. 질질 끌 이유가 없었다.

"암독왕, 그대도 받아들이겠소."

암독왕의 눈이 희열로 물들었다. 그는 머리를 조아리며 외쳤다.

"감사합니다!"

어찌 보면 훈훈한 장면 같아 보일 수도 있었다. 그러나 아는 사람이 본다면 황당한 광경이었다.

천하의 오백 위 초인이 자신을 받아달라고 애걸복걸하는 모습이라니.

그러나 마붕권과 암독왕은 서로 마주 보며 씩 웃었다.

모두가 미소를 짓는 사이에 한 중년인만 울상을 지었다. 그는 다름 아닌 흑룡근주였다.

저 셋이 똘똘 뭉쳤다.

그 의미는 자신이 여기서 살아 나갈 수 없다는 것이었다.

이미 악마혈풍무의 복면사내가 전력을 다한 이형환위를 펼치며 도망가려던 것이 속속 제지된 것을 보았다.

죽립복면인의 경공은 오백 위 초인인 자신이 보아도 정말로 대단해 믿겨지지 않을 정도였다. 그런데 무루는 한술 더 떴다.

천상천(天上天)!

하늘 위의 하늘이다.

상식을 넘어 상상까지 가볍게 뛰어넘어 버리는 무시무시한 괴물. 상황이 이러니 자신은 일층의 수하들 곁에 가기 전에 목이 떨어질 판이었다.

살아날 수 있는 방법.

이 자리를 모면할 수 있는 방법이 절실했다.

순간 방금 암독왕이 한 말이 흑룡근주의 뇌리를 스쳤다. 무루가 지인과 수하를 아낀다는 그 말.

흑룡근주의 입가가 길게 늘어났다. 하늘이 무너져도 벗어날 구멍은 있었다.

第七章

비굴하지 말고 당당해라

절대고수 絕代高手

1

흑룡근주는 검을 쥐고 있지 않은 왼손을 등허리로 돌렸다. 그리고는 허리를 감싸고 있는 요대의 안쪽을 들췄다.

손바닥 길이만 한 비수 하나가 그의 왼손에 떨어졌다.

그의 행동은 매우 자연스러워서 아무도 눈치채지 못했다.

흑룡근주는 속으로 회심의 미소를 지었다. 겨우 삼 보(三步) 거리에 암독왕의 등이 있었다.

암독왕은 기쁨에 겨워 흥분한 상태였다.

심신의 평정이 깨지고 세 걸음 앞에 등을 드러내고 있는 상대. 제아무리 오백 위 초인이라 해도 자신의 비수를 피할 길은 없었다. 또한 자신도 초인이었다.

흑룡근주는 일체의 기운도 끌어올리지 않았다. 그저 자연스럽게 손을 뻗으며 움직였다.

슈아앗!

번갯불에 콩 볶을 시간에 흑룡근주의 비수가 암독왕의 목젖에 드리웠다. 마붕권이 놀라고 암독왕이 이를 깨물며 방심을 자책했다.

흑룡근주가 비소를 흘리며 말했다.

"흐흐흐. 암독왕, 그대는 내 인질이 돼주어야겠소. 손끝 하나라도 움직인다면 난 그대의 목을 베어버릴 것이란 것을 명심하시오."

"비겁한……."

"아무 말도 하지 마시오. 그리고 약간의 기운이라도 일으킨다면… 곧바로 숨통을 끊어드리리다. 그대의 독이 얼마나 무서운지는 다른 누구보다 내가 잘 아니까."

흑룡근주는 암독왕의 어깻죽지로 오른손을 넣어 몸을 일으켰다. 그리고는 빠른 동작으로 마혈을 짚어나갔다.

꼼짝도 하지 못하게 된 암독왕이 침통한 표정으로 한숨을 삼켰다.

이제야 제대로 된 주군을 만나 마음껏 재주를 펼쳐 보일 수 있다고 생각했다. 그런데 이렇게 허망하게 끝난다고 생각하니 힘이 쭉 빠졌다.

지척의 마붕권이 성난 얼굴로 다가들려 하자 흑룡근주가 고개를 저었다.

"절친한 벗이 죽는 꼴을 보고 싶소?"

그 말에 마붕권이 큰 주먹을 떨면서 거친 숨만 터뜨렸다. 암독왕이 잡히며 기막이 풀리자 일층에 있던 흑룡근원들이 심각한 상황임을 깨닫고 우르르 이층으로 몰려들었다.

흑룡문 삼대무력단체 중 하나답게 일백이나 움직이는 데 작은 소음 하나도 없었다.

흑룡근주는 암독왕의 목을 움켜잡은 채 뒤로 천천히 움직였다. 그에 따라 몸을 움직일 수 없는 암독왕이 질질 끌려갔다.

마붕권이 어쩔 줄을 몰라 하다가 무루를 향했다.

마붕권의 얼굴이 일그러졌다. 무루가 태연한 얼굴로 물끄러미 구경만 하고 있었다. 그 표정이 너무나 담담해 화까지 일었다.

"주군!"

다리까지 꼬고 앉은 무루는 한 손을 들어 마붕권에게 조용히 하라고 일렀다.

"재미있군."

흑룡근주가 이맛살을 찌푸렸다. 수하들이 자신의 바로 뒤로 주욱 늘어서자 마음에 여유가 생겨나는 중이었다.

그런데 한 놈!

바로 문제의 인물인 한무루가 거슬렸다. 전혀 동요하는 기색을 찾을 수가 없었다.

"뭐가 재미있다는 거지?"

"너, 내가 암독왕을 신경 쓰지 않으면 어쩌려는 거지? 날 감당할 자신이 있나?"

흑룡근주는 속이 뜨끔했다. 그러나 태연을 가장하고는 대꾸했다.

"글쎄. 과연 그럴까? 두 배신자는 그대에게 인간적인 매력을 느낀 것 같은데… 너는 그것이 거짓이었다는 것을 과연 스스로 드러내는 짓을 할까?"

"할 수도 있지."

"……!"

"그리고 넌 지금 내 앞에 누워 있는 태상장로들이 안 보이나? 난 인질이 둘이야. 그 인질은 네가 모시는 흑룡왕의 사부고. 지금 너의 행동으로 내가 이들을 죽여도 좋나?"

흑룡근주는 잠시 머뭇거렸다.

사실 그 문제를 생각하지 않은 건 아니었다. 어쩌면 암독왕이 이리 쉽게 자신에게 당한 것도 두 태상장로가 무루의 앞에 떡하니 인질로 있어서 더 방심한 탓도 있었을 것이다.

그러나 흑룡근주는 독하게 마음을 다잡았다. 저 술수에 말리면 당장 자신의 목숨이 위험해질 것이다.

"죽일 테면 죽여라."

"훗, 후후후, 후후후후."

무루가 싸늘한 표정으로 웃었다. 그 웃음이 흑룡근주의 신경을 긁어댔다. 설마 저 녀석, 정말 수하가 된 암독왕이 죽어도 상관없다는 것일까? 그렇게 되면 곤란해진다.

"왜 웃는 거지?"

"그냥. 네놈은 마붕권과 암독왕에게 변절자라고 욕을 해댔어. 그런데 너는 그보다 더 못한 놈인 것 같아서."

"뭐라고?"

"마붕권과 암독왕은 단순히 토사구팽이나 목숨이 두려워 변절한 것이 아니야. 충성을 바쳐도 외면하고 호시탐탐 숙청할 기회만 찾던 흑룡왕이 문제였던 거지. 하지만 넌 뭐지? 넌 흑룡왕에게 총애를 받는 가신이 아닌가? 그런데도 흑룡왕의 사부가 어찌 되든 자신부터 살고 보자는 것 아닌가?"

"말조심해라!"

정곡을 찔린 흑룡근주가 속내를 숨기기 위해 버럭 고함을 질렀다. 그러나 무루는 담담하게 말을 이었다.

"내 말이 틀렸나? 그건 말이지, 마음이 돌아서서 절연을 선언하는 것보다 더 개 같은 짓이야. 아니, 개보다 못한 짓이지. 주인이 따뜻이 보살펴 주는데도 무는 짓이잖아."

"네 멋대로 지껄여라. 나는 무시해 주마."

"그래? 그럼 계속 내 방식대로 말해보지. 자! 나는 이 태상장로를 죽이겠어. 네가 당장 암독왕을 내놓지 않는다면."

무루가 사굉파파의 목을 우악스럽게 움켜쥐고는 말을 이었다.

"그래도 넌 암독왕을 내놓지 않겠지?"

"흥! 내가 네놈에게 속을 것 같으냐? 넌 결코 태상장로님들을 해치지 못한다. 죽이려고 했으면 벌써 했을 터! 넌 사실 우리 문주님과 본 문의 막강한 힘을 두려워하고 있는 거지. 그래서 태상장로님들을 인질로 잡고 있는 것을 내가 모를 줄 아느냐?"

"그렇게 생각한다면? 좋아, 태상장로의 목숨을 살리는 방식을 취해볼까? 네가 암독왕을 내놓는다면 난 두 명의 태상장로를 너에게 내어주지."

흑룡근주가 비소를 걸치며 호기롭게 외쳤다.

"개수작하지 마라. 넌 결코 태상장로님들을 못 내놔. 그게 네 생명줄일 테니까."

"훗. 끝까지 태상장로를 살리고 싶다는 마음은 없다는 말이로군. 거봐. 넌 흑룡왕의 충성스러운 수하인 척하지만 결국 새빨간 거짓말이었던 거야."

"나는 네가 속임수를 쓰려는 것임을 알고 있다. 그깟 것에 내가 속을 것 같으냐?"

"더 시험해 볼까? 네가 날 믿지 못한다면 믿게 해주지. 나는 너에게 먼저 두 태상장로를 넘겨주겠어. 그럼 넌 암독왕을 풀어줄까? 아니, 아닐 거야. 넌 애초에 충성이니 뭐니 하는 말과는 어울리지 않는 개보다 못한 종자니까. 너야말로 이중인격자인 것이지."

무루가 두 태상장로의 허리춤을 양손으로 번쩍 들더니 흑룡근을 향해 던졌다. 마붕권이 놀라 눈을 부릅떴다. 반면 말도 못하고 서 있던 암독왕은 침통함에 눈을 감았다.

하지만 암독왕의 얼굴엔 기이하게 감격한 표정도 있었다. 아까 흑룡근주가 이중인격자며 배신자라 욕한 것을 통쾌하게 되갚아주고 있는 것이다. 문제는 그 대가가 너무 컸다.

두 태상장로를 넘겨주다니!

흑룡근주의 옆에 있던 수하들이 얼떨결에 두 태상장로를 받았다. 무루는 양손을 털며 말했다.

"자, 네가 믿지 못하겠다고 해서 내가 먼저 넘겨줬다. 이젠 네가 넘겨줄 차례인 것 같은데? 난 내가 한 말을 증명했다. 이젠 네가 네 말을 증명해라. 개보다 못한 종자가 아니라면 말이지."

흑룡근주는 잠시 당황하다가 씩 웃었다.

"무공은 고강하나 나이는 못 속이는 건가? 역시 풋내기였군. 어쨌든 태상장로님들을 돌려보낸 것은 고맙게 여긴다. 대신 나도 흑룡문으로 돌아가면 암독왕을 풀어주지."

"그곳에서 암독왕을 처단하려고?"

흑룡근주는 더 이상 대화를 나눌 필요를 느끼지 못했다. 그는 암독왕의 허리를 한 손으로 두르고는 떠날 채비를 마쳤다.

"한무루, 다음에 보자."

다급해진 마붕권이 무루에게 외쳤다.

"주군! 이대로 보내시면 암독왕은 죽습니다!"

"나는 보내준다고 한 적 없어."

경공으로 발을 떼려는 흑룡근주의 가슴이 덜컥했다.

인질과 상관없이 죽이겠다는 의미인가? 어쨌거나 이 자리를 피하는 것이 급선무였다. 그는 발을 떼기 전에 수하들에게 명을 내렸다.

"혹 저놈이 따라오면 막아라!"

그리고 무루를 향해서도 말을 잊지 않았다.

"명심해라. 네가 따라온다면 암독왕은 죽는다."

"과연 죽일 용기가 있을까? 그럼 나는 아무것도 구애받지 않고 너를 죽일 텐데? 솔직히 내가 지금 매우 피곤한 상태이긴 하지만 너 정도는 어렵지 않게 해치울 수 있지."

무루의 친절한 설명에 흑룡근주는 또다시 가슴이 철렁했지만 냉정을 유지하려고 애썼다.

"그럼 이렇게 하지. 따라오면 먼저 암독왕의 팔 하나를 베어버릴 것이다. 그래도 따라오면 다른 팔 하나를 잘라낼 것이다."

잔인하기 그지없는 말이다. 그러나 그 말에 무루가 허리를 젖히며 싸늘한 웃음을 터뜨렸다.

"후후후, 아마 오백 위 초인 중 너처럼 제 목숨만 연연해하는 사람은 네가 유일할 거야. 너, 칼밥을 먹고사는 무인으로서 최소한의 긍지도 없냐?"

흑룡근주는 귀를 막고 싶었다.

한마디 욕설이라도 뱉어주고 싶었지만 더 대화를 나누는 것이 두려웠다. 적나라하게 자신의 속내를 까뒤집는 놈의 혀를 할 수만 있다면 뽑아버리고 싶은 심정이었다.

그는 분기로 붉어진 얼굴로 바닥을 박찼다.

쇄애액!

그의 신형이 가장 가까운 창으로 향했다. 그가 창밖으로 빠져나가는 순간 '터엉!' 하는 소리가 일었다. 동시에 흑룡근주가 뒤로 튕겨 나왔다.

그는 뒤로 자빠질 뻔한 것을 가까스로 중심을 잡아 섰다. 어처구니없게도 창가의 빗물이 막을 형성하고 자신을 튕겨낸 것이다.

"대, 대체?"

그로 인해 뒤따르려던 흑룡근 전원도 당황했다. 흑룡근주는 이를 악물고 무루를 노려보았다.

"저까짓 빗물로 내 앞을 막을 것이라 생각했다면 오산이다."

"그래, 이젠 막지 않을 거야. 모르고 당했으면 모르되 알면서 빗물 따위를 못 뚫을 네가 아닐 테니까. 그래도 넌 명색이 오백 위잖아. 찌질하게 인질이나 잡고 있지만."

무루가 한 손을 앞으로 쭉 뻗었다. 순간 흑룡근주는 전신의 피가 싸늘하게 식는 기분을 느꼈다. 창졸지간에 느낀 차가움에 당황하며 뒤로 물러나려는 순간 그의 눈이 찢어질 듯이 커졌다.

몸이 움직이지 않았다.

그리고 자신의 양팔이 저절로 좌우로 벌어지고 있었다.

"으으으……."

몸 내부의 기력은 충만했다. 단전은 열심히 회전을 했다. 그런데 몸이 얼음마냥 굳어버렸다. 그리고 팔은 제멋대로 풀어헤쳐졌다.

지척에 있는 수하들이 당황해 그를 향해 다가들었다.

"근주님? 헉!"

흑룡근원이 화들짝 놀라며 손을 뻗었다. 암독왕이 근주의 품에서 빠져나와서는 무서운 속도로 움직였다.

암독왕이 이동한 목적지는 마붕권의 품 안이었다.

그러나 정작 암독왕을 안게 돼버린 마붕권은 벗이 인질에서 풀려났다는 기쁨보다 의아함과 놀람만이 가득한 얼굴이었다. 역시 오늘 밤은 계속 놀라는 일만 벌어지고 있었다.

"자, 자네, 언제 마혈을 푼 건가?"

"아, 아니네. 나는 그냥……."

암독왕이 말을 하다가 눈을 부릅떴다. 아혈이 풀려 있었다. 그리고 혈도도 해혈되어 있었다. 그는 마붕권의 품에서 벗어나며 무루를 보았다.

흑룡근주에게 잡혀 있을 때 정체를 알 수 없는 청량한 기운이 자신을 감싸더니 홱 잡아당겼다. 그 기운의 정체가 누구 것인지는 자명했다.

"주군……."

볼수록 그가 가진 능력이 놀랍기만 했다. 검이나 물건을 잡아 드는 격공섭물의 수준이 아니었다. 마붕권도 무루가 한 것임을 깨닫고 고개를 절레절레 흔들었다.

얼음마냥 몸이 굳어버린 흑룡근주는 단숨에 단전의 내력을 폭발시켰다.

"으으으윽!"

뼈가 욱신거릴 정도의 고통이 전신을 강타했다. 그러나 다행히 그 대가로 겨우 몸을 움직일 수 있게 되었다.

"헉, 헉헉……."

흑룡근주가 비 오듯 땀을 쏟아내며 무루를 보았다. 수하들의 '괜찮으신 겁니까?' 라는 말이 귀에 이는 이명 속에서 희미하게 들렸다.

"죽여라!"

"옛?"

"저들을 죽이란 말이다!"

흑룡근주는 마음을 굳혔다.

수하들을 희생양으로 삼아서라도 자신은 일단 이곳을 빠져나가야 했다. 꼭 자신만 살려고 해서라기보다는 이 일을 급히 문주께 알릴 사람이 필요했고, 자신이 적임자라 억지로 믿었다.

물론 그건 그만의 생각이었다.

흑룡근원들의 얼굴에 짙은 어둠이 내려섰다.

상대는 고강함의 끝을 알기 어려운 고수와 오백 위 초인 두 명.

아무리 흑룡근이라 해도 이번의 승부는 어려웠다. 아니, 어려운 정도가 아니라 자신들은 필히 죽을 것이다.

그러나 이미 명은 떨어졌다.

차아아앙!

이층의 객잔이 발검 소리로 경기를 일으켰다.

그러자 마붕권이 큰 주먹을 불끈 쥐고 임전 태세를 갖췄다.

암독왕의 손이 검게 물들며 독을 출수할 준비를 마쳤다. 그리고 무루의 검이 '딸깍' 소리를 내며 뽑혀져 나왔다.

무극검경 제일초식 파(波)!

검이 흔들리며 공기가 따라 춤췄다. 객잔에 있는 이들은 모두 고수. 그들은 공기가 일그러지더니 거대한 파도를 일으키는 것을 느꼈고, 이내 눈으로 보았다.

작다면 작고 크다면 큰 객잔의 이층 공간.

그 공간에 무루의 검끝에서부터 거대한 해일이 시작됐다.

그건 여태 자신들이 알고 있던 검기도 아니었고, 검경, 검강도 아니었다. 동시에 그 모든 것을 품고 있는 기의 축제였다. 아니, 그것을 넘어서는 거대한 힘의 발현이었다.

"마, 막아야 해!"

일백 명 중 거의 절반 가까이가 절규하다시피 고함을 질렀다. 모두가 하나가 되어 검을 휘둘렀다.

폭포수처럼 쏟아져 나오는 검기와 검경!

아직 빠져나가지 못한 흑룡근주의 검에선 쪽빛 검강이 피어올랐다.

쏴아아아—

실제로 소리가 나지는 않았지만 사람들은 환청을 느꼈다. 다가온 파도가 흑룡근 전체가 쏟아낸 기운들을 삼켰다. 소멸시켰다. 그리고 계속 너울대며 나아갔다.

다급해진 이들이 몸을 띄웠다. 더 격하게 검을 흔들었다. 뒤로 물러났다.

그러자 느릿하니 움직이던 파도가 갑자기 전면 전체에 쫘악 퍼졌다.

쿠쿠쿠쿵!

일백 흑룡근 전원을 삼킨 검파가 객잔의 한쪽 벽면을 붕괴시키며 비 내리는 어둠으로 뻗어나갔다.

쫘아아아!

비가 한쪽 벽이 사라진 객잔으로 들이쳤다. 흑룡근이 즐비하게 쓰러져 있었다. 그 위에 흑룡근주만이 망연자실한 얼굴로 홀로 서 있었다. 쪽빛 검강은 흔적도 없이 사라졌다.

"이, 이건……."

중얼거리는 그의 얼굴에 빛살처럼 다가온 무루의 주먹이 박혀들었다.

콰직!

흑룡근주의 고개가 뒤로 젖혀졌다. 쇠망치로 얻어맞은 듯한 통증에 정신이 아득해졌다.

퍼억!

명치에 무루의 주먹이 꽂혔다.

흑룡근주의 상반신이 기울더니 이내 쾨당 하며 자빠졌다. 즉사한 것이다.

무루가 뒤돌아서 마붕권과 암독왕을 향해 입을 열었다. 마붕권은 여전히 주먹을 꽉 쥔 상태였고, 암독왕은 검어진 손에서 독이 밑으로 줄줄 흘렀다.

"근주를 제외하면 죽은 자들은 없을 거요. 다만 이틀 정도는 일어나지 못하겠지. 기력을 찾으려면 또 이틀이나 사흘 정도 걸릴 테고, 완전히 회복하려면 며칠 더 소요될 거요."

"……."

"……."

"이봐!"

무루의 호통에 그제야 마붕권과 암독왕이 퀭한 시선을 거뒀다.

2

수탄과 수룡을 보았던 마붕권이 그래도 면역이 있는지라 먼저 정신을 차렸다.

"주, 주군, 무슨 말씀을 하셨습니까?"

무루가 실소를 지으며 고개를 저었다. 그런 무루의 모습은 이제 피곤하다 못해 초췌해 보이기까지 했다.

그러나 정작 지척의 마붕권과 암독왕은 그것을 전혀 느끼지 못했다. 방금 본 무루의 무공에 반쯤은 넋이 나간 상태였던 것이다.

"마 장로는 내가 나가면 유라에게 가서 모두 장원으로 이동하라고 전해주시오."

"장원이라면?"

"그렇게 말하면 알 것이오."

"예, 알겠습니다."

“그리고 태상장로와 흑룡근도 수습해야겠는데…….”

무루는 미간을 찌푸렸다. 인원이 너무 많았다.

“일단… 마 장로는 잠시 이곳을 지켜주시오.”

“알겠습니다.”

무루의 시선이 암독왕에게 향했다.

“암 장로는 나와 함께 밖으로 나갑시다.”

암독왕이 헝클어진 호흡을 다잡으며 물었다.

“흑룡문으로 가시는 겁니까?”

무루가 고개를 저었다.

“아니.”

암독왕의 얼굴이 와락 구겨졌다. 가슴이 답답해졌다.

“왜? 주군, 지금이야말로 흑룡왕을 제거할 수 있는 최고의 적기입니다.”

무루가 정색하며 대꾸했다.

“흑룡왕은 바보가 아니오.”

“……?”

“내가 은당객잔으로 되돌아오지 않았다면, 나는 그대의 말처럼 움직일 생각이었소. 하지만 난 어쩔 수 없이 돌아와야 했고, 결국 적지 않은 시간을 지체했지. 흑룡왕은 이미 상황이 돌아가는 것을 간파했을 공산이 크오.”

암독왕은 무루의 말을 인정했다. 그럼에도 불구하고 오늘 밤과 같은 기회를 다시 얻을 수 없다는 생각에 안타까웠다.

“예, 주군의 말씀이 옳습니다. 하지만 아직 대비하지 못했을 수도 있습니다. 일단 근처에라도 가서 확인해 보시는 건 어떻습니까?"

"시간낭비요."

무루가 단칼에 잘랐으나 암독왕은 미련을 버리지 않고 거듭 말했다.

"주군, 그래도 그쪽에 가보는 것은 매우 중요합니다. 그들이 대비를 하고 있다면 어떤 대비를 하는지 정찰할 필요도 있습니다. 주군을 기다리며 매복을 심어둘지 아니면 주군을 찾아 공세적으로 움직일지 모르지 않습니까?"

암독왕이 숨을 고르며 말을 이었다.

"만약 흑룡왕이 수하들을 밖으로 푼다면… 필시 내원의 고수들을 이용할 것입니다. 태상전이 궤멸됐으니 어중간한 자들을 내보내지는 않을 터. 이 역시 기회입니다."

"빈집털이란 말이오?"

"빈집까지야 아니겠지만 많은 고수들이 밖으로 나간다면… 흑룡왕에게 접근하는 것이 어렵진 않을 것입니다. 저는 흑룡문 총타 내부 지리에 훤합니다. 경계 서는 곳과 인적이 드문 길목을 꿰뚫고 있지요."

"그렇겠군."

암독왕은 왠지 무루의 음성이 시큰둥하다 생각했다.

"주군, 어쩌면 무리일 수도 있는 것을 제가 계속 주장하는 것은 흑룡왕이 아직 저와 마붕권의 마음이 돌아선 것까지는 모를 것이기 때문입니다."

암독왕의 말이 계속됐다.

"주군, 제 의견이 탐탁지 않으시다면 저 홀로 들어가 보겠습니다. 제가 흑룡왕을 제거하는 데 성공한다면… 탈주하는 저를 도와만 주십시오."

마붕권이 화들짝 놀라 끼어들었다.

"자네가 흑룡왕을? 그건 무리네. 흑룡왕은 우리가 일정 거리 이내로 접근조차 못하게 하지 않나?"

암독왕이 결연한 표정으로 말했다.

"사람이 놀라면 주변에 대한 경계가 느슨해질 수밖에 없지. 나는 흑룡왕에게 자네의 변절을 알릴 것이네."

"……!"

"그럼 그는 분노하겠지. 거기에 그의 사부인 태상장로들도 인질로 잡혔다고 말하면 기름에 불을 끼얹게 되는 격이지."

마붕권이 양손을 들며 졌다는 표정을 지었다.

"허어, 아무리 흑룡왕이라도… 자네를 경계할 정신이 없겠군."

"거기에 흑룡근의 전멸까지 알리면 어떻겠나? 노발대발 날뛰겠지. 그렇다면 충분히 접근이 가능해. 경계심을 잊은 그의 등 반 장 거리까지만 접근하면 승산은 충분하네."

"하지만… 그래도 흑룡왕은 십대고수네. 무신이야."

마붕권은 여전히 벗이 사지가 될 수 있는 곳으로 들어가겠다는 것이 마음에 들지 않았다.

무루가 둘의 대화를 끊었다.

"그만. 이제 됐소. 암독왕의 결심과 충심을 충분히 느꼈소. 그거면 됐소."

암독왕은 안타까운 표정으로 외쳤다.

"재고해 주십시오! 오늘 밤을 놓치면 우리는 상당한 기간 동안 쫓기는 삶을 살아야 합니다! 우리만이라면 모르겠으나 주군에게는 무공을 익히지 못한 사람들과 부상을 입은 수하도 있지 않습니까? 반드시 오늘 밤 흑룡왕만큼은 끝장내야 합니다!"

무루가 혀를 차며 정색했다.

"안 되는 이유를 말해주겠소."

"이유라 하셨습니까?"

암독왕이 의아한 얼굴로 무루를 보았다.

"솔직히 말하면 내가 좀 피곤하오. 오늘 밤 제법 적지 않은 공력을 썼으니까. 그리고 내일 아침에도 좌호법인 구위영을 위해 상당한 공력을 써야 할 것이오."

그제야 마붕권과 암독왕은 제대로 무루의 신색을 보게 되었다. 마붕권이 고개를 숙이며 자책했다.

"죄, 죄송합니다. 저희가 주군의 신위에 놀라 가장 중요한 것을 살피지 못했습니다."

암독왕도 머리를 조아렸다. 하지만 그는 끈덕졌다.

"저 역시 죄송합니다. 하지만 저 혼자라도 보내주십시오. 오늘 밤 기회를 놓치면 주군께도 고생길이 열립니다."

무루가 혀를 차며 고개를 저었다.

"암 장로의 계책이 나쁘다는 것이 아니오. 예전의 나 같아도 그리했을 것이니까. 그러나 나를… 수하가 죽을 것이 빤한 곳으로 들어가게 하는 무능하고 염치없는 사람으로 만들지 마시오."

암독왕의 얼굴에 안타까움이 서렸다. 그런데 괴이하게도 입가에는 작은 미소가 피어났다.

그가 자신을 걱정하고 있었다.

그것은 처음 느껴보는 아주 생소한 감정이었다. 태어나 누가 자신을 이렇게 걱정해 준 사람이 있던가? 더구나 윗사람이 말이다.

만약 자신이 무루의 입장이라면 얼씨구나 하고 허락했을 것이다. 암독왕은 자신도 모르게 어깨를 움찔거렸다. 심장이 덜컹거리며 빨리 고동쳤다.

"그리고 나는 내 수하가… 비겁한 암습 따위나 하는 것을 용납할 수 없소. 차라리 내가 할지언정. 아까 흑룡근주가 당신을 기습했을 때 그대가 한 말을 잊었소? 그대 스스로 흑룡근주에게 비겁하다고 했소."

"저, 저는……."

암독왕의 눈동자가 흔들렸다. 무루가 그를 물끄러미 보며 말을 이었다.

"물론 그대는 살신성인의 마음으로 나와 내 주변 사람들을 위해 그런 결심을 한 거겠지. 하지만 내 사람이 되려면 한 가지 알아둬야 할 것이 있소."

"뭐, 뭡니까?"

"비굴하지 말고 당당하시오."

예상치 못한 말에 암독왕뿐만 아니라 마붕권까지 눈을 치켜떴다.

"이건 부탁이 아니라 명이오. 그 누구에게도 당당하시오. 나에게도 당당하시오. 당신이 무인이란 것을 잊지 마시오."

"주, 주군……."

"사람이 억지로라도 웃으면 기분이 절로 좋아지는 법이오. 이와 마찬가지로 항상 어깨를 펴고 당당하시오. 그럼 그대는 늘 당당한 자신을 보게 될 것이오. 강자에게 웅크리지 않는 기백을 가진다면 모든 것이 새로워질 것이오. 삶도 무공도."

주군으로부터 받는 호된 꾸짖음이었다. 그런데 듣는 암독왕이나 마붕권은 가슴이 뻥 뚫리는 것 같은 후련함을 느꼈다.

비굴하지 말고 당당하라. 주군인 그의 앞에서조차.

가슴이 이제는 대놓고 쿵쿵 뛰었다.

한바탕 말을 늘어놓은 무루는 지나치게 흥분한 자신을 보고 실소를 머금었다.

"방금 한 말은… 서른세 번의 꿈을 꾸면서 느꼈던 것이오. 부디 내 말에 따라줬으면 좋겠소."

마붕권과 암독왕이 서로 마주 보며 빙그레 웃었다. 서른세 번의 꿈? 아마 쑥스러워서 핑계를 만든 것이라 여겼다. 그리고 그건 중요한 게 아니었다.

비정함, 가공스러운 무위.

그 한 꺼풀 뒤에 인간이 있었다. 그 인간은 자신도 단순한 수하가 아닌 인간으로 대우해 주고 있었다.

암독왕은 흑룡왕 암살 시도가 무위로 돌아감으로써 앞날이 순탄치 않을 것이라 짐작했다.

그런데 괜찮았다.

억울하거나 안타깝기는커녕 절로 미소가 술술 잘도 흘러나왔다. 그건 정말이지 아주 오랜만에 느껴보는 기분 좋은 웃음이었다.

주군의 말을 따라 어깨를 한 번 크게 펴보았다. 가슴도 따라서 넓어졌다. 그러니 마음도 넓어지는 것 같았다. 세상이 훤해졌다.

또다시 기분이 좋아졌다. 그렇게 계속 기분이 좋았다. 미소가 멈추지 않았다.

"알겠습니다."

"그럼 암독왕은 나와 함께 밖으로 나갑시다."

무루의 말에 암독왕이 고개를 갸웃거렸다. 그러고 보니 처음에도 주군은 밖으로 가자고 말했다.

흑룡문은 아닐 것이다.

"어디를 가시려는 겁니까?"

"그대는 흑룡전장으로 가시오. 그곳에서 수레와 마차, 그리고 인력을 동원해서 이곳으로 오시오."

눈치 빠른 암독왕이 무슨 말인지 파악했다.

아직 자신의 변절을 흑룡전장은 모를 터이다. 그러니 인마를 동원해 와 여기 있는 흑룡근을 장원으로 이동시키려는 것이다.

“예, 무슨 뜻인지 알겠습니다. 그런데 주군께서는 어디로 가시려는…….”

물어보려는데 이미 무루는 계단을 통해 일층으로 내려가고 있었다.

“주군, 문 앞까지라도 함께 가시지요!”

그가 쪼르륵 무루의 뒤를 좇았다. 그 광경에 마붕권이 배를 잡고 큭큭거렸다.

천하의 암독왕이 마치 어린아이가 된 것 같았다. 그 광경이 그리 웃길 수가 없었다.

그렇게 한참 웃던 마붕권은 뜻 모를 한숨을 내쉬었다. 평소 때의 주름살 짓는 한숨이 아니었다. 그 역시 어깨를 쭈욱 폈다.

“좋군.”

그의 혼잣말이 조용히 울렸다.

앞으로 주군과의 고생길이 훤히 보였다. 그런데도 다시 기분 좋은 웃음이 실실 새어 나왔다. 그는 아무도 없는데 혼잣말을 이어갔다.

“왜냐고 묻지 마라. 어쨌든 좋단 말이지. 큭큭큭, 크하하하!”

그랬다. 좋은 건 그냥 좋은 것이다.

第八章

정심신 합일(精心神 合一)

絶代高手
절대고수

1

암독왕을 흑룡전장으로 보낸 무루는 근처에서 가장 가까운 미잠산(微岑山)으로 향했다.

세 개의 봉우리가 있는 미잠산은 크거나 높지는 않았다. 그러나 세 봉우리에 둘러싸인 골짜기인 불접곡(不接谷)은 깊고도 험했다. 오죽하면 산짐승마저도 이곳은 피해간다는 말이 떠돌 정도였다.

그런 이유로 근방의 사람들은 미잠산을 이용하기는 했으나 봉우리 사이의 불접곡엔 얼씬도 하지 않았다.

가벼운 경공으로 미잠산에 당도한 무루는 거친 호흡을 터뜨리며 헐떡였다. 식은땀이 이마를 덮었다.

주변 사람들이 걱정할까 봐 많이 내색하지 않았지만 그가 느끼는 심신의 피곤함은 위험 수준이었다. 하긴 숨을 좀 돌리고 싶어도 그럴 시간조차 없었던 긴박한 밤이었다.

주령산에서 밤새도록 무공을 펼치던 때와는 전혀 달랐다. 그때는 차곡차곡 종선기를 사용하며 내력의 바닥까지 내려간 것이고, 그 결과 피곤하기는 했어도 속은 후련했다.

그러나 지금은 몸이 천근만근 무거웠다.

아무래도 수룡이란 것이 화근인 듯싶었다.

통제를 벗어나 제멋대로 종선기를 뽑아낸 단전 고리는 시간이 갈수록 몸과 정신을 늘어지게 했다.

어쨌든 그런 와중에서 무극검경에서 가장 공력을 소모하는 멸(滅)을 사용했고, 총사와 다퉜다. 그리고 흑룡근까지.

무루는 여전히 수룡이란 무공에 의혹이 일었다. 두 태상장로를 삼켰을 때, 대체 왜 단전 고리는 통제를 벗어났을까?

그 당시를 곰곰이 생각하던 무루는 혹시 하는 생각이 들었다.

마음이 망설였다, 죽여 후환을 제거해야 하는지 살려 인질로 삼아야 하는지. 득실을 고민했다.

"설마 종선기가 내 마음에 인 혼란을 읽었단 말인가? 그 혼돈 속에서 종선기가 폭주를 한 것일까?"

무루는 오싹한 기분이 들었다. 종선기는 그저 기일 뿐이다. 생각을 할 수 없다.

하지만 무루는 이내 고개를 갸웃거렸다.

물론 종선기는 사고(思考)를 할 수 없다. 하지만 결국 기란 것은 사람의 마음에 의해 좌지우지되는 법이다. 그리고 자신은 이미 주령산에서 혼원일기공과 자신의 심신이 일체화되는 경험을 하지 않았던가!

무루는 천천히 고개를 끄덕였다. 그럴 가능성이 농후했다. 아니, 그것 외에는 설명할 길이 없었다.

산을 오르는 무루의 신형이 가끔 비틀거렸다.

그러나 무루는 이를 악물고 산 정상에 올랐다. 그리고 협곡을 가득 메운 원시림, 불접곡을 향해 발을 내디뎠다.

어둠과 비, 그리고 빽빽한 나무 때문에 이동하는 것이 쉽지 않았다. 그냥 아무 데다 자리를 잡고 빨리 운기조식을 하고 싶은 마음이 굴뚝같았다.

하지만 그건 위험부담이 너무 컸다.

사람이 결코 다니지 않는 곳으로 들어가야 안전했다. 또한 사람의 때가 묻지 않은 순수한 숲의 기가 충만한 곳이 필요했다.

마침내 무루가 만족할 만한 장소를 찾아냈다.

사방이 울창한 수목으로 빽빽한 그곳은 하늘조차 보이지 않았다.

무루는 주저앉듯이 질퍽한 바닥 위로 가부좌를 틀었다.

빗줄기는 이제 현저하게 약해져 있었다.

"시간이 너무 지체됐다. 서둘러야겠어."

중얼거리는 무루는 고소를 머금었다. 예상보다 훨씬 빠른 속도로 몸 상태가 악화된 탓이었다.

무루는 곧바로 운기행공에 빠져들었다. 굳이 구결을 외울 필요도 없었다.

주령산에서 혼원일기공과 심신이 하나가 된 후 그의 마음이 원하는 대로 단전 고리와 혈도의 기가 움직였다. 역시 이번에도 상단전에서 중단전으로 내려온 기는 하단전까지 내려섰다.

무루의 하단전은 이제 겨우 좁쌀만 했다. 그도 그럴 것이, 개통된 지 얼마 되지 않은 탓이다.

무릇 삼단전은 세 가지의 성질을 가진다.

하단전은 정기(精氣).

중단전은 심기(心氣).

상단전은 신기(神氣).

무루는 심기와 신기를 사용해 종선기를 만들어냈다. 그리고 이제는 정기를 활용할 수 있었다. 하단전의 정기는 인간의 근원에 가장 충실한 곳이었고, 외부의 자연기와 소통하는 자리였다.

무루는 이 세 개의 단전을 단순히 연결하는 것이 아니라 통합해야 한다고 생각했다.

지금의 경지에 만족하면 하단전이 개통된 의미가 없었다. 그저 종선기의 확장이 이루어진 것일 뿐.

하단전 본래의 성격을 회복해야 했다. 만약 성공한다면 오늘처럼 잇따른 고수들과의 대결이 있더라도 마르지 않는 기를 사용할 수 있을지도 몰랐다.

정심신(精心神)의 합일.

종선기와 자연기의 통합.

들숨과 날숨이 반복적으로 진행됐다.

무루는 점차 삼단전(三丹田)을 연결하는 고리가 정상적으로 도는 것을 느꼈다. 몸속의 종선기가 고리를 따라 빠른 회전을 시작했고, 일천 세맥 위로도 둥둥 떠다녔다.

"후우우흡."

무루의 얼굴이 잠시 긴장된 표정을 지었다. 이제부터가 중요했다. 자신이 굳이 이렇게 깊은 숲으로 들어와서 운기조식을 하는 이유는 단순히 타인에게 들키지 않기 위한 것만은 아니었다.

음양오행 중 목(木)의 기운.

그것은 자연기 중에서도 생(生)의 기운을 뜻한다.

선천지기와 일맥상통하는 기운이다.

몸 내부의 고리를 통해 종선기를 만드는 것에 추가해서 자연기 중에서 가장 흡사한 생의 기운을 흡수할 생각을 가지고 이 깊은 곳까지 들어온 것이다.

종선기가 전신의 모공을 활짝 열고는 나무가 가진 생의 기운을 받아들이기 시작했다. 점점 그 범위가 넓어져 불접곡의 기운이 무루에게 몰려들었다.

활짝 열린 전신의 모공으로 기운이 빨려들었고, 종선기가 그 기운을 혈도로 하단전으로 인도했다.

쿠쿠쿠쿵.

무루는 몸속의 울림소리를 들었다.

하단전이 흔들리며 나는 소리다. 혈도를 흐르는 종선기와 새로운 이방인인 자연기가 충돌하다가 이내 합쳐지는 소리였다.

이미 예전에 임독양맥이 개통되고, 종선기가 돌아다니며 잘 닦아놓은 길목.

그 탄탄대로 위에서 새로운 기운이 거침없이 질주했다. 솜에 물이 흡수되듯이 하단전은 일주천(一週天)을 마치고 돌아오는 기운을 그대로 다 받아주었다.

쿠쿠쿵!

무루의 이마 위로 힘줄이 도드라졌다.

작은 하단전에 너무 많은 기가 들어오면서 몸에 고통이 일었다. 그러나 무루는 지금이 중요한 때임을 인식했다. 종선기로 하단전을 감싸며 보호했다. 동시에 살며시 하단전을 문지르고 당기면서 확장시켰다.

무루는 끊임없이 숲의 기운을 요구했고, 종선기는 그 기운을 이끌었다. 그리고 하단전에는 자연기를 품은 종선기의 새로운 내력이 차곡차곡 쌓였다.

다른 무인들이 수십여 년에 걸쳐 쌓을 단전의 공력이 혼원일기공의 종선기와 음양오행의 목편(木編)에 의해 파죽지세로 진행됐다.

"으으으으……."

무루의 꽉 물린 입술 사이로 고통을 참지 못한 신음이 나지막이 흘러나왔다. 입을 벌리면 자칫 주화입마를 입을 수 있었다.

성공한다면 쓰고 퍼내도 모자라지 않을 무적의 내력을 가질 토대를 구축하겠지만 실패하면 종선기와 자연기가 조화를 이루지 못하고 폭발해 다른 무인들처럼 주화입마로 폐인이 될 공산도 있었다.

그러나 무루의 입가엔 슬쩍 미소가 늘어졌다.

고통?

한동안 잊고 있었지만 얼마 전까진 늘 자신을 따라다니던 놈이다. 너무 익숙해져 친근감마저 들 지경이었던 녀석.

간만에 녀석과 붙는다는 생각에 오히려 기분 좋은 긴장감이 들었다.

쿠쿠쿠쿵!

몸 내부를 울리는 소리가 무루의 귀를 쉬지 않고 두들겼다. 그러나 무루는 멈추지 않았다.

그리고 언제부터인지는 몰라도 멈출 수가 없었다. 무루는 시간이 어떻게 지나는지도 모르고 온 정신을 종선기와 자연기의 조화에 힘썼다.

한 시진 정도를 예상하고 온 그였지만, 이미 그는 무아지경에 빠져 버렸다.

무루는 자신도 모르는 사이에 시간을 망각해 버렸다.

절대고수로 가는 길을 여느냐, 아니면 폐인으로 살아가게 되느냐?

운명의 신은 둘 중 하나의 결과만을 초조히 기다렸다.

2

흑룡왕은 태사의 주변에서 서성였다. 도저히 앉아 있을 수가 없었다. 한 흑룡근원에게서 전해진 급보는 마른하늘에 날벼락과 같았다.

태상단의 전멸!

게다가 태상장로들이 기절했다니! 어떻게 그런 일이 발생할 수 있단 말인가?

그의 집무실에 있는 오동나무 탁자 좌우엔 마붕권과 암독왕을 제외한 전 장로 열 명이 앉아 있었다. 그리고 흑룡왕의 아들인 소문주 마륵도 함께했다.

이 자리에 있는 열 명의 장로는 모두 흑룡문 창립 때부터 함께해 온 개파 공신들이었다.

기실 마붕권과 암독왕이 짧은 시간에 끈끈한 벗이 된 이유에는 열두 명의 장로 중 둘만이 외부에서 영입됐다는 동병상련의 처지도 한몫했다.

문주의 집무실에 모인 사람들은 갑자기 전해진 비보에 불신의 기색이 역력했다.

문주의 자리인 태사의에서 좌측으로 가장 가까운 곳에 위치한 장로, 백혈군(白血君)이 고개를 갸웃거리며 입을 열었다.

"문주님, 뭔가 잘못된 것일 겁니다."

백혈군의 맞은편에 앉은 마륵도 맞장구를 쳤다.

"아버지, 말도 안 되는 일입니다. 태상전이 전멸하다니요?

백혈군 장로의 말처럼 착오가 있었을 겁니다."

그 둘의 말에 다른 장로들도 하나둘 입을 열었다. 이구동성으로 무슨 착오가 있을 거라 주장했다.

집무실 내에 웅성거림이 커지자 흑룡왕이 인상을 구기며 태사의를 발로 걷어찼다.

콰앙!

의자가 벽으로 날아가 부딪치며 산산조각이 나자 장로들이 모두 숨을 죽였다.

"그럼 흑룡근이 거짓을 고했단 말인가?"

좌중은 침묵하며 문주의 눈치를 살폈다. 그들의 눈길이 이내 소문주 마륵에게 향했다. 내일모레면 환갑을 바라보는 쉰여덟의 소문주다.

화난 문주에게 말실수라도 하면 뒷감당이 어렵다. 그러나 마륵의 경우는 예외였다.

흑룡왕은 아들을 너무 윽박지르면 소문주의 체통이 서지 않는다는 생각에 그에게만은 관대했다. 어쨌거나 나중엔 자신의 자리를 물려받을 녀석이다.

마륵은 자신에게 쏟아지는 시선을 느끼며 입을 열었다.

"아버지, 물론 흑룡근이 거짓을 아뢸 이유는 없습니다. 하나 보고된 내용이 상식적으로 이해가 가지 않는 것도 사실이지 않습니까? 태상전이 어떤 곳입니까? 마 장로가 데려오는 청년이 야율강이 남긴 모종의 신공을 익혔다고 해도… 그런 일이 발생할 수는 없다고 생각합니다."

마륵의 말에 모든 장로들이 고개를 끄덕이며 동의의 뜻을 표했다.

흑룡문 삼대무력단체 중 하나인 태상단.

그것도 두 명의 태상장로가 함께 있는 태상단은 어지간한 중견 방파를 불과 한 시진 안에 초토화시킬 만큼 강력한 무력을 가지고 있었다.

그러나 흑룡왕은 신중했다.

"그건 모르는 일이다. 야율강은 십대고수에 속했던 인물. 그가 말년에 얻은 심득은… 어쩌면 우리 예상보다 훨씬 대단한 것일지도 모르지. 혹 그게 아니라 그 청년이 야율강의 예전 무공만을 대성했다고 해도 불가능한 일은 아니다."

그의 말에 실내가 조용해졌다.

흑룡왕이 언급한 십대고수란 말은 그렇게 영향력이 컸다. 야율강은 십대고수였다. 그 청년이 그 정도의 경지에 올랐다면 태상전의 궤멸이 불가능한 일이라고만 생각할 수도 없는 노릇이었다. 물론 쉽지는 않았겠지만 말이다.

마륵이 분위기에 안 맞게 키득거렸다. 흑룡왕은 속으로 체통머리없다고 생각했지만 다른 장로들이 있는지라 노염을 삭이고 물었다.

"왜 웃는 것이냐?"

"아버지, 그건 억측입니다. 그 녀석, 겨우 스물여섯이라 들었습니다. 야율강이 남긴 무공이든 새로운 신공이든 간에 그것을 대성하기엔 아직 나이가 턱없이 어립니다. 상승 무공이란 것이 하루아침에 대성할 수 있는 것이 아님은 누구보다 아버지께서 잘 아시지 않습니까?"

흑룡왕이 입술을 깨물었다. 그의 뇌리로 한 명의 인물이 스치고 있었다.

서른 이전의 나이에 십대고수에 오른 인물이 하나 있었다. 정파와 사파, 마도가 모두 인정하는 당금의 천하제일인.

적검왕(赤劍王)!

그는 긴 무림사를 통틀어 최강의 무인이란 호칭을 듣는 사람이었다. 스물여덟에 십대고수에 들었고, 서른다섯의 나이에 명실공히 천하제일인의 자리에 우뚝 서 천하를 경악케 한 인물.

행보 하나하나가 모두 전설이 된 그는 가히 고금최강자라는 호칭에 가장 어울리는 자였다.

그가 강호에서 이룩한 업적은 부지기수로 많았다.

그중에서도 가장 대표적인 것을 들자면 지금으로부터 사십오 년 전, 마교의 중원 칠차 침공 때 가장 치열했던 광원평 혈투를 들 수 있었다.

금강불괴를 이룬 마교주 십이대 천마, 그리고 마교의 최정예 고수들이 운집한 이백 명의 천마수라대(天魔修羅隊), 오십여 구의 혈강시, 칠십여 구의 철강시, 삼십 구의 생강시로 구성된 역천강시대(逆天殭屍隊).

이 마교의 중추 세력을 광원평(廣原平)이란 곳에서 검 하나만 들고 이틀 동안 홀로 막아선 이가 있었으니 그가 바로 적검왕이었다.

광원평 혈투.

그때 적검왕의 나이 겨우 마흔이었다.

이 싸움에서 팔 하나를 잃은 마교주 천마는 눈물을 흘리며 패퇴를 명했다.

대륙의 절반 가까이가 마교에 의해 짓밟혔던 무림인들은 열광했다. 절대고수의 탄생이라고 외쳐 댔다.

그때 적검왕이 겸손하게 언급한 것은 무림 역사상 가장 유명한 말 중에 하나가 되었다.

“절대고수는 없소. 절대란 거창한 칭호는 다음 시대에 나올 초인을 위해 지금을 살고 있는 우리가 남겨둬야만 하는 여백과 같은 것이라 생각하오.”

무수히 많은 이들이 적검왕의 얼굴을 한 번이라도 보기 위해 수천 리 길을 마다 않고 달려왔다.

그런데 적검왕은 그의 나이 마흔둘, 광원평 혈투가 있은 지 이 년 뒤에 돌연 은거에 들어갔다. 그리고 그는 세상에서 사라졌다.

그것이 벌써 사십오 년 전의 일이다.

그러나 강호의 모든 사람들은 여전히 행방이 묘연한 그를 살아 있는 전설, 천하제일인으로 꼽는 데 주저하지 않았다.

적검왕이 은거한 뒤로 정파의 힘은 급격히 내리막길을 걸었다. 마교의 칠차 침공 때 입은 피해가 너무나 큰 탓이었다. 반면 중원에 자리 잡고 있던 사파들은 욱일승천했다.

마교는 사파들을 건드리지 않았었다.

그렇기에 전력을 고스란히 간직하고 있던 사파들은 눈엣가시 같던 적검왕이 사라지자 잔뜩 웅크렸던 날개를 펴기 시작한 것이다.

그래서 많은 정파인들은 어디에 있을지 모르는 적검왕이 은거를 깨고 재출도해 주기를 간절히 소원하고 있는 것이 현 무림의 정황이었다. 반면 사파인들은 그가 세속에 싫증을 느껴 우화등선했을 것이라 떠들었다.

무릇 세상일이란 것이 다 자신에게 유리하게 주장하는 법이다.

정파인들은 적검왕이 재출도하는 날이 천하에 비틀린 협(俠)을 다시 세우는 시작이 될 것이라 믿었고, 사파인들은 설사 적검왕이 다시 나타난다 해도 자신들은 충분히 강해졌기 때문에 호락호락 당하지 않을 것이라 생각했다.

어쨌거나 적검왕은 그가 무림에 있을 때나 없을 때나 여전히 많은 강호인들에게 숱한 화두를 제기하고 있었다.

적검왕이 강호에 얼마나 대단한 영향력을 행사하는지는 그가 여전히 천하제일인의 자리에서 내려오지 않고 있다는 것만 보아도 알 수 있었다.

실종 아닌 실종이 된 지 사십오 년이나 지났음에도 말이다.

잠깐 상념에 사로잡혔던 흑룡왕이 나직이 말했다.

"그야 모르지. 적검왕 같은 인간이 또 있을지도."

그의 말에 마륵이 가당치도 않다는 표정을 지었다.

"아버지, 적검왕은 긴 무림사 중에서 유일한 돌연변이 같은 인물입니다."

"그건 그렇지."

흑룡왕은 자신이 지나치게 반응한다는 것을 인정했다. 그러나 그는 신중한 인물이었다.

"그러나 중요한 건 태상전이 무너졌다는 것이다. 즉, 이 상황에서 가장 큰 가능성은… 놈의 배후에 누군가가 있다는 것이다."

그의 말에 마륵과 장로들의 표정이 굳었다. 백혈군이 조심스럽게 물었다.

"문주님, 그 말씀은… 어떤 세력이 본 문을 노리고 움직이고 있다는 뜻입니까?"

흑룡왕에 이어 백혈군의 발언이 가지고 온 파장은 작지 않았다. 모두가 다시 웅성거리며 옆의 사람과 의견을 교환했다.

말을 나누다 보니 그럴 공산이 가장 높았다. 마륵이 입을 열었다.

"태상전이 전멸한 것이 정녕 사실이라면… 아버지의 말씀에 일리가 있습니다."

분위기가 심각해졌다.

하지만 장로들은 여전히 반신반의했다. 태상전은 그렇게 허망하게 무너질 곳이 아니기 때문이었다. 그들은 아직도 흑룡근원이 잘못된 정보를 올렸을 수도 있다고 생각했다.

백혈군이 입맛을 다시다가 말했다.

"먼저 사람을 보내서 태상전의 전멸이 사실인지의 여부를 파악하는 것이 우선인 것으로 사료됩니다."

"이미 흑사각(黑蛇閣)을 급파했다. 그들이 돌아올 때가 되었는데……."

흑룡왕의 말이 이어졌다.

"그런데 왠지 예감이 좋질 않단 말이야. 아무런 일도 없었다면… 태상장로들께서 왜 지금까지 돌아오지 않는 것인지, 태상단원은 또 왜 한 명도 돌아오지 않는 것인지……."

그의 의문에 답할 수 있는 사람은 아무도 없었다. 일단은 문주가 보냈다는 흑사각주가 정보를 가지고 돌아오길 기다릴 수밖에.

그때 밖에서 몇몇 인영이 집무실을 향해 급히 달려오는 것을 내실에 있던 사람들은 느꼈다. 그는 흑사각주와 그의 수하들이었다.

"문주님!"

흑룡왕이 눈을 가늘게 뜨며 말했다.

"어서 들어오라."

말이 떨어지기가 무섭게 흑사각주가 안으로 들어와 허리를 숙였다. 흑룡왕이 숨 돌릴 틈도 주지 않고 질문을 던졌다.

"어떻게 되었느냐?"

"흑룡근원의 보고가 사실이었습니다."

마륵과 장로들의 얼굴이 동시에 굳었다. 천하의 흑룡왕도 평정을 잃고 분기에 찬 소리를 질렀다.

"사실이었단 말이지."

"예. 태상단 전원의 사망을 확인했습니다. 흑룡근원의 보고처럼 태상장로들은 없었습니다."

잠시 정적이 흘렀다. 흑룡왕은 신음 같은 탄식을 흘리다가 눈을 빛냈다.

"사인(死因)은?"

흑사각주가 난감한 표정을 지었다.

"그것이 참 이상한 것이……."

"……?"

"일단 시신들을 모두 수습해 왔으니 차후에 확인해 보시면 알겠지만, 전원의 시신에 수많은 구멍이 뚫려 있습니다."

흑룡왕이 입을 열었다.

"만천화우(滿天花雨) 같은 것에 당했단 말인가?"

만천화우는 천지를 가득 메우는 암기술로 사천당문 최고의 무공이라 할 수 있었다. 그러나 그것을 대성한 인물은 지난 삼백 년간 나오지 않았다.

한 번 펼쳐지면 결코 피할 수 없다는 극상승의 암기술. 흑사각주가 고개를 끄덕이며 답했다.

"예, 비슷하다 할 수 있을 것입니다. 다만 의아한 것은 암기의 흔적이 전혀 없습니다."

사람들은 눈을 부릅떴다. 얼마 전에 비슷한 사건이 있었다. 미궁에 빠져 아직 흉수를 알아내지 못한 사건.

패겁혈마가 이끄는 흑겁단의 몰살이 바로 그것이다.

백혈군이 벌떡 자리에서 일어나 물었다.

"이번에도 시신의 몸속에 흙 알갱이들이 가득 찼단 말이냐?"

"아닙니다. 시신을 해부해 봐야 정확한 것을 알겠지만, 이번엔 빗물에 의한 것 같습니다."

백혈군이 도로 털썩 주저앉으며 입을 쩍 벌렸다.

"저번엔 흙이고 이번엔 비다?"

어처구니가 없었다. 하도 어이가 없으니 실소가 나올 지경이었다.

대체 어떻게 흙으로 흑겁단을 몰살시키고, 빗물 따위로 고수들이 즐비한 태상단을 함락한단 말인가?

흑룡왕도 이맛살을 찌푸리며 고개를 갸웃거렸다.

흙과 비라…….

비슷한 것 같기도 했고 전혀 다른 것 같기도 했다. 즉, 흉수가 동일인일 수도 있고, 아닐 수도 있다는 것이다. 절로 욕설이 흘러나왔다.

"제길. 이래서야 흉수가 누구인지 알 수가 없잖나?"

흑사각주가 머리를 조아렸다. 문주의 말처럼 생전 처음 보는 무공인지라 대체 어떤 인물, 어떤 세력이 자신들을 괴롭히는지 추측조차 불가능했다.

"죄송합니다."

"마붕권이나 암독왕, 그리고 흑룡근을 보지는 못했나?"

"예. 그래서 시신을 다 이곳으로 수습하고는 본 각의 수하

몇 명에게 은당객잔으로 가보라 지시했습니다."

그들은 흑사각의 수하들이 마붕권에게 당한 것을 다음날이 되어서야 알았다. 어쨌든 그건 나중 일이다.

흑사각주의 말을 끝으로 다시 정적이 흘렀다.

짧은 순간에 오만가지 생각이 그들의 머릿속을 회오리쳤다.

그때, 흑룡왕이 손대고 있던 오동나무 탁자가 쩍쩍 금이 그어지더니 갈라져 두 토막이 났다. 그의 꽉 물린 입술 사이로 분노의 노염이 모래알처럼 갈렸다.

"어떤 놈들이냐? 감히 본 문에 이빨을 들이미는 놈들이!"

내실에 있던 모든 이들은 모종의 세력이 자신들에게 시비를 걸고 있다고 판단했다. 그리고 야율강의 후계자라 스스로 일컫는 청년은 그 세력에 속한 고수로 자신들을 꼬드기는 미끼일 터였다. 그렇게밖에 생각할 수 없었다.

적검왕이 살아서 돌아오지 않은 이상, 그 어느 누구도 홀로 흑룡문에 대적할 수는 없었다.

백혈군이 급히 말했다.

"일단 전 총타에 비상령을 내리고 주변 경계를 강화시켜야 합니다. 묵혈조에게 근방의 도로를 꼼꼼히 점검해 수상한 집단이 있는지 파악시키고, 외당에게 도로 외의 평지와 숲을 수색하라 명하십시오."

다른 장로들도 말을 받았다.

"내당과 모든 각(閣), 루(樓), 전(展), 대(隊), 조(組)에게 비상대기를 명하십시오."

"혹시 모르니 내원의 고수들을 소집시키십시오. 혹 기습이 있다면 그들을 전면에 내세워 기선을 제압해야 할 것입니다. 어디서 적이 쳐들어오더라고 상대할 수 있게 만반의 준비를 갖춰야 합니다."

마륵도 거들었다.

"외부에 나가 있는 흑룡묵갑대(黑龍墨甲隊)를 불러들이겠습니다."

흑룡묵갑대는 흑룡문 삼대무력단체 중 일백오십의 최다 인원을 소유한 기마대(騎馬隊)로, 내원의 고수들을 제외하면 가장 강력한 단체였다.

아니, 사실상 흑룡문 최강의 무력 단체였다. 내원의 고수들이 똘똘 뭉쳐서 움직일 리는 없으니까 말이다.

소문주인 마륵이 이끄는 직속 단체였는데 지금은 열흘간의 외부 훈련으로 밖에 나가 있는 상태였다.

흑룡왕은 그렇게 하라고 허락한 다음 천천히 자리에서 일어섰다. 순간 그의 뇌리로 한 가지 가능성이 번개처럼 스쳤다.

"아차! 마붕권, 암독왕."

갑자기 문주의 입에서 흘러나온 말에 장로들이 의아한 표정을 지었다. 그는 주먹을 불끈 쥔 채 부르르 떨었다.

"암독왕! 혹시 내 의도를 간파한 것인가? 그래서 나 몰래 외부 세력과 손을 잡고?"

그의 중얼거림에 마륵과 장로들이 눈을 치켜떴다. 흑룡왕의 살기 어린 눈이 짙은 안광을 뿜어댔다.

"만약 그렇다면… 너희가 개입되어 있다면, 후회하게 될 것이다. 최고의 고통 속에서 죽여주마. 너희들과 너희와 손잡은 놈들 모두 다!"

그의 전신에서 짙은 예기가 거침없이 흘러나왔다. 그 기가 너무 강렬한 바람에 장로들은 급히 호신지기를 끌어올려야 했다.

가장 무공이 약한 마륵이 울상을 지으며 외쳤다.

"아, 아버지!"

어쨌든 흑룡문이 선택한 것은 곧바로 무루나 혹시 있을 세력을 찾아 나선 것이 아니었다.

일단 있을지 모를 기습에 대비한다. 그리고 날이 완전히 밝은 후에 수하들을 풀어 외부의 적을 찾는다. 적이 분명해지면 그들을 제거한다.

사실 흑룡문의 선택이 잘못된 것은 아니었다. 아니, 그들이 택한 방법은 지극히 자연스럽고 신중한 것이었다.

그러나 그들은 몰랐다.

그 당연한 결정이 이번에는 결코 현명한 것이 아니었다는 것을. 무루와 일행에게 얼마나 천우신조(天佑神助)였는지 말이다.

밖에 내리던 폭우가 잦아들고 있었다.

第九章

그들의 오판(誤判)

절대고수 絕代高手

1

미시 초(未時初:오후1시).

구름 한 점 없는 맑은 날이다.

장포 차림의 말쑥한 청년 하나가 장원 앞에 멈춰서 뒤로 돌았다.

장원 앞으로 펼쳐진 널찍한 평야와 좌측의 동산으로 바람만이 휑하니 돌아다녔다. 청년은 소나무들이 듬성듬성 자리한 동산을 세심하게 살피고 나서야 장원의 정문으로 향했다.

그는 손에 힘을 주어 문을 밀었다. 그러나 저번과 똑같은 현상이 일어났다.

분명 문을 밀고 있었는데 어느새 자신은 문을 등지고 서 있었다.

"허, 그것참 신기하단 말이지."

청년은 고개를 설레설레 흔들며 다시 뒤돌아 정문을 바라보았다. 그나마 내력을 사용하지 않았기에 이 정도로 끝나는 것이다. 괜히 공력을 사용했다가는 반탄력에 의해 큰 내상을 입을 수도 있었다.

청년은 품속에서 청동환 두 개를 꺼내 한 손으로 잡고는 문에 가져다 댔다. 채 손이 닿기도 전에 문이 스르르 열렸다. 청년은 냉큼 안으로 뛰어들었다.

그가 장원 안으로 들어간 직후 다시 문이 소리도 없이 닫혔다. 언제 열렸냐는 듯이.

장원 안으로 들어선 청년은 연무장으로 사용해도 좋을 만큼 널찍한 마당에 있는 사람들을 보며 미소 지었다.

마붕권과 혈광비가 담벼락 근처에 있는 느티나무 밑에서 뭔가 숙덕이고 있었다. 소령의 오라버니인 수헌(壽獻)이 마당을 쓸다가 그를 보고 인사를 했다.

"오셨습니까?"

"그래, 고생하는군. 점심은 먹었는가?"

"아직. 어머니께서 찬을 차리는 중이시니 곧 될 것입니다. 함께 들어가서 드시지요."

"자네 모친께서도 고생하시는군. 시부(媤父)께서 돌아가신 충격이 아직 가시지 않았을 터인데. 쯧쯧. 곧 들어가겠네."

"예. 그럼 저는 안에 들어가서 어르신이 돌아오셨다 전하겠습니다."

"그래, 곧 가겠네."

둘을 지켜보던 마붕권이 장포청년을 향해 손을 흔들었다.

"식사는 이따가 챙기고 어서 이리 오게나."

청년이 고개를 주억거리며 그들을 향해 발을 놀렸다. 그의 양손이 얼굴 주변을 몇 번 만지작거리다가 뭔가를 확 뜯어냈다.

인피면구(人皮面具)였다.

벗겨진 가면 뒤로 드러난 그의 얼굴은 검버섯이 자글자글한 암독왕이었다. 암독왕은 그 둘 앞에 서서 입을 열었다.

"자네들, 꽤 친해진 것 같은데?"

그 말에 둘이 동시에 손사래를 쳤다. 마붕권이 먼저 입을 열었다.

"아침 댓바람부터 나가더니 흰소리만 배워 돌아왔나? 객쩍은 말은 집어치우고 밖의 동정은 어떤가?"

"어제와 별다른 것은 없네."

그 말에 마붕권과 혈광비가 동시에 안도의 한숨을 흘렸다. 마붕권이 다행이라는 표정을 짓고는 암독왕에게 말했다.

"자네도 참 대단하군. 그 짧은 시간에 그런 소문을 만들어내다니."

암독왕이 만들어낸 소문이란 것은 정체불명의 복면인들과 흑룡문이 충돌해 상당한 사망자가 발생했다는 것이다. 그 와중에 번화가의 평범한 사람들도 부지기수로 목숨을 잃었고 말이다.

그리고 무루의 얘기는 쏙 빼버리고는 화두를 복면인들로 향하게 만들었다.

지금 안의 땅은 복면인의 정체 얘기로 들끓고 있었다. 대체 흑룡문을 건드릴 간 큰 집단이 어디냐는 추측성 얘기들이 사방에 난무했다.

한편 흑룡문도 이 소문에 속아 넘어갔다.

흑룡문은 마붕권과 암독왕이 정체불명의 집단과 손잡고 배신한 것이라 단정 지었다. 무루란 청년은 그 괴집단 소속의 고수이고.

흑룡왕은 노발대발했다.

태상단의 전멸, 태상장로와 흑룡근의 실종.

흑룡문이 자랑하는 삼대무력단체 중 두 곳을 잃어버린 것이다. 그리고 흑룡근주와 태상장로들까지.

흑룡왕을 논외로 친다면 흑룡문 전력의 삼 할 가까이를 잃었다고 해도 과언이 아니었다.

그 와중에 흑룡전장의 장주 국야한은 배신자인 암독왕에게 수레와 마차를 내줬을 뿐만 아니라 그들이 어디로 갔는지 파악하지 않았다는 이유로 치도곤을 맞았다.

국야한의 입장에서는 억울하기 그지없었지만 변명조차 할 수 없었다. 평소라면 뇌물로 막을 수 있었겠지만 현 흑룡문의 분위기는 살벌했다.

조그마한 실수라도 하면 곡소리가 나는 판국이었다.

혈광비가 끼어들었다.

"내가 생각해도 암 장로의 대처는 대단했소."

혈광비와 마붕권이 사흘 전 새벽을 떠올리며 고개를 주억거렸다.

늦어도 동이 트기 최소 한 시진 전에는 온다던 무루가 오지 않자 암독왕은 과감한 결정을 내렸다.

흑룡전장에서 데리고 온 인원을 모두 돌려보내고 곧바로 장원으로 이동했다.

암독왕은 근방에 목격자가 있을지 뒤졌지만 정확한 사정을 아는 이는 아무도 없었다.

가까운 곳에 있던 이들은 이미 총사나 복면인에 의해 죽었고, 멀리 있던 이들은 두려움에 질려 아예 문을 걸어 잠근 지 오래였다.

또한 암독왕은 평온하게 죽은 복면인들의 시신을 마구 헤집었다. 마치 난투 끝에 죽은 것처럼 말이다.

그리고 마침내 암독왕은 마붕권과 함께 마차와 수레의 흔적을 지우고 아무도 몰래 안의의 변두리에 위치한 장원 안으로 들어서는 데 성공했다.

그리고 그날 아침부터 암독왕은 청년, 평범한 노인, 거지 등으로 변해서 밖에 엉뚱한 소문을 퍼뜨리는 데 주력하고 있었다. 그것이 벌써 사흘째였다.

암독왕이 담담한 얼굴로 말했다.

"하지만 이대로 버티는 건 한계네. 흑룡근이 깨어나기 시작하면서 그들에게 미음과 죽을 주고 있어. 이대로 가면 얼마 못가 비축해 두었던 식량이 동날 거야."

그의 말에 마붕권과 혈광비가 고개를 주억거렸다. 대량의 곡물을 들여오면 상권을 장악하고 있는 흑룡전장에서 눈치 못 챌 리 없었다. 또한 사방에는 흑룡문도들이 감시의 눈초리를 번뜩이고 있었다.

식량도 문제지만 조만간 감시의 영역은 확장되어 이곳까지 올 것이 자명했다.

굳이 그런 것이 아니더라도 흑룡문은 누군가에게 기습을 당할 수도 있다는 우려를 완전히 털어내면 본격적으로 총타를 지키고 있는 고수들을 움직일 것이다.

상황이 그렇게 전개되면 이곳은 금방 발각될 수밖에 없었다. 그리고 암독왕이 파악하지 못한 목격자가 언제라도 나올 수 있는 것도 문제였다.

마붕권이 깊은 한숨을 내쉬었다.

"대체 주군께서는 어디에 가셨기에 사흘 동안이나 연통 한 번 주시지 않는 것인지……."

그의 탄식에 암독왕도 따라 한숨을 뱉었다. 자꾸만 마지막에 보았던 그의 안색이 걱정스러웠다.

잇따른 고수들과의 대결 이후 심신이 지친 그는 대체 어디로 간 것일까?

혈광비가 피식 웃으며 말했다.

"그 사람을 걱정하는 거요?"

마붕권과 암독왕이 당연한 것 아니냐는 표정으로 그를 보았다. 그러자 혈광비가 혀를 차며 고개를 저었다.

"별 걱정도 다 하십니다그려. 내 생각엔 어디 멀리 가서 술독에 빠져 있을지는 몰라도 결코 누구한테 당할 인물은 아니외다."

마붕권이 불쾌하다는 어조로 말했다.

"술독이라니! 너는 우리 주군께서 이런 상황에 술이나 퍼마시고 있을 거라 말하는 거냐?"

"누가 그렇다고 했소? 그냥 예를 든 거 아니오! 어쨌든 그는 멀쩡할 거요. 내 평생 그런 괴물은 본 적이 없으니까. 그 유라라는… 정말 예쁜 처자와 구 소협도 별 걱정 하지 않는 것 보면 모르겠소?"

혈광비의 말대로 유라와 구위영은 의외로 조용했다. 가끔 유라가 투덜대기는 했지만 구위영을 치료하느라 정신없이 시간을 보내고 있었다.

그녀는 무루를 걱정하는 것보다 구위영의 내상이 심했던 것에 더 많은 짜증을 냈다. 그래서 구위영의 회복을 도운 다음엔 꼭 총사에게 그 화풀이를 하고 있었다.

암독왕이 고개를 주억거리며 말을 받았다.

"그러면 좋겠건만……. 심계가 깊은 분인데 왜 지금 같은 시기에 자리를 비우는 것인지. 당최 이해할 수가 없으니……."

"하여튼 그 사람은 신경 쓰지 않아도 될 거요. 차라리 그 시간에 진짜 걱정해야 할 사람을 걱정하는 게 낫소."

"걱정할 사람?"

마붕권이 묻자 혈광비가 혀를 찼다.

"바로 여기 있는 사람들이 걱정 아니오? 자칫 발각이라도 되면 바로 끝장일 텐데. 애먼 사람이나 걱정하고 있으니."

"그야……."

"그리고 나도 좀 봐주시오."

마붕권과 암독왕이 쓴웃음을 지었다. 혈광비는 요즘 도통 잠을 이루지 못하고 있었다. 왜냐하면 그가 무루에게 받은 명을 수행하지 못한 탓이다.

청송표국의 소유량!

그의 고집은 가히 쇠심줄만큼이나 질겼다.

떠나는 표행이 있는데 반드시 참가해야 한다고 박박 우기더라는 것이다.

혈광비는 만약 무루의 소중한 사람이 아니었다면 두들겨 패서라도 끌고 오고 싶었지만 후환이 두려워 어쩔 수 없이 물러났다.

곧바로 무루에게 사정을 얘기하려 돌아왔는데, 그는 깜깜무소식이다. 그리고 소유량은 결국 표행을 떠나 버렸다.

혈광비가 둘을 보며 말했다.

"어쨌든 이건 분명 내 잘못이 아니라는 것을 두 장로께서 당신들의 주군이 돌아오면 꼭, 꼭 내 옆에서 잘 말씀드려 줘야 하오."

마붕권이 배를 문지르며 발을 뗐다.

"배고프군."

암독왕이 동의하며 따랐다.

"그래, 어서 가자고."

둘이 나란히 움직이자 그 뒤를 혈광비가 따르며 윽박질렀다.

"지금의 언행은 뭐요? 왜 갑자기 대화를 끊고? 도와주지 않겠다는 것이오?"

마붕권이 시큰둥하게 대꾸했다.

"그건 네놈 일인데 왜 우리 보고 그래?"

"뭐, 뭐요? 좀 전에 내가 말하면 옆에서 거들어준다고 했잖소? 그래서 내가 은자 닷 냥이라는 거금까지 내주었잖소!"

둘의 대화를 듣던 암독왕이 피식 실소했다.

아까 사이좋게 뭔가를 쑥덕거리던 것이 겨우 그런 흥정을 하고 있었던 것인가?

약간 어이가 없었다.

마붕권이 혈광비를 돌아보며 고개를 저었다.

"이봐, 난 확답을 준 적 없어. 네가 무작정 닷 냥을 안긴 거지."

혈광비는 두 눈을 동그랗게 뜨고는 펄쩍 뛰었다.

"그런 말도 안 되는!"

"모자라. 닷 냥만 더 내놔라."

"이, 이런 날도둑놈 같으니!"

혈광비가 눈에 쌍심지를 켰다. 그러자 마붕권이 마주 쌍심지를 켰다.

"너, 지금 나한테 날도둑놈이라고 했냐?"

마붕권의 신형으로 묵 빛 기운이 흘렀다. 그의 묵혈마공이 발동된 것이다.

혈광비가 화들짝 놀라 물러서며 외쳤다.

"뭐, 뭐요? 우린 당분간 한편 아니오?"

"그러니까 겨우 열 냥에 해주겠다는 거 아냐?"

"열 냥이 겨우요? 그거면 보통 사람들이 일 년을 놀고먹을 수 있는 돈인데!"

"너 나보다 돈 많잖아! 나는 갑자기 흑룡문을 나와서 빈털터리라고."

"돈 많은 것과 이게 무슨 상관이오? 그저 옆에서 말만 조금 거들어달라고 한 건데……."

혈광비는 분이 나서 씩씩거렸다. 그러자 마붕권이 정색하며 말했다.

"넌 모르지?"

"뭘 말이오?"

"넌 객잔에서 명을 받자마자 나가 버렸잖아."

혈광비가 고개를 갸웃거리며 물었다.

"그 후에 무슨 일이 있었소? 당신들을 수하로 받아들인 것과 흑룡근을 제압한 거. 그 외에?"

마붕권이 고개를 끄덕이며 뒷짐을 지었다.

허공을 바라보는 그의 눈에 두려움이 어렸다. 그의 신형까지 살짝 흔들렸다. 그리고 내뱉는 말조차 떨렸다.

"주, 주군께서 얼마나 무서운 분인지 아나? 고수들만 모여 있는 흑룡근을… 단칼에 제압했지. 적검왕이 돌아온다면 모를까 그런 무위를 가진 사람은 천하에 다시없을 거야."

"그, 그거야 나도 들어서 아오. 그러니까 그런 괴물을 걱정할 필요는 없다고 한 거 아니오?"

"그리고 주군께서 우리를 수하로 받아들이면서……. 아! 그때만 생각해도 절로 소름이 돋는군. 그분께서 말씀하시길……."

혈광비의 목젖이 꿀렁거렸다. 입안의 침이 바짝 말라 갈증까지 났다.

"뭐라 말했는데 그리 뜸을 들이는 거요?"

"당신께서 내린 명을 제대로 시행하지 못한다면……."

마붕권이 말을 멈추고 몸을 오들오들 떨었다. 그러자 혈광비까지 덩달아 몸을 떨었다.

"어, 어서 말해보시오."

"주군께서 말씀하시길… 저번에 맞았던 것의 딱 두 배만 더 맞자라고 하셨다."

"끄어어억!"

혈광비가 게거품을 물었다. 형산에서 곡소리 나게 맞던 기억이 아직도 악몽으로 가끔 나타나는데 그 두 배만 맞자고!

마붕권이 갑자기 혈광비를 무섭게 쏘아보았다.

"난 그래도 명을 수행 못한 자네 사정이 딱해서, 그래도 같은 아픔을 공유했다는 동병상련의 마음으로 겨우 열 냥에 도와주겠다는 것인데!"

혈광비가 잽싸게 돈을 꺼내 마붕권에게 내밀었다. 혹시나 받지 않을까 하는 마음에 마붕권의 손을 덥석 잡았다.

"도와주시오! 제발!"

둘을 지켜보던 암독왕이 속으로 혀를 차며 마붕권에게 전음을 날렸다.

[자네 이상해졌군. 이딴 유치한 장난이나 하고. 비상시국에 아주 태평하군그래?]

[그냥 주군의 소식을 모르니 불안한 마음을 달래는 소소한 장난이라 생각해 주게.]

[아무리 그래도 이해가 안 가는군. 자네, 원래 이렇게 유치했었나?]

마붕권은 얼굴을 찡그리면서도 혈광비가 내놓은 닷 냥을 품속으로 갈무리했다.

혈광비는 마붕권의 찡그림을 내키지 않는데 자신을 생각해 받아주는 것으로 오해하고는 연방 고맙다는 말을 해대며 다른 손을 잡아 흔들었다.

[그럴 리가 있나? 그냥 이 녀석을 내 곁에 꽉 잡아두려는 것이지.]

[자객 따위를 잡아둬서 뭐에 쓰게?]

[수하로 쓰지. 나는 이 녀석을 길들일 요량이네.]

[수하라……. 그렇군.]

암독왕이 속으로 쿡쿡 웃었다.

그러고 보니 작금의 자신들에겐 수하가 없었다.

힘없는 소령 일가는 무공도 모르니 어떤 일을 시킬 수도 없었고, 그런 일은 주군이 용납하지 않을 것이다.

그런 의미에서 이 자객은 실력과 경험을 두루두루 갖춘 수하로서 옆에다 두고 부리기 최상이라 할 수 있었다.

[나쁘지 않은 생각 같군. 건투를 비네.]

[걱정 말게. 꼭 내 수하로 만들 테니.]

둘의 전음은 끝났다.

그러나 혈광비는 그런 사정이 있었는지 몰랐다며, 고맙다고 아직도 마붕권의 손을 잡고 흔들어댔다.

그때 앞마당과 붙어 있는 전각의 이층 대청에 모습을 드러낸 유라가 버럭 소리를 질렀다.

"어이! 할아버지들! 당장 안 뛰어오면 밥 없어!"

그녀의 호통에 셋이 동시에 움찔했다.

주군만큼이나 두려운 존재가 있다면 바로 유라였다. 무공도 강했지만 요즘 총사를 다루는 모습을 보면 마녀가 따로 없었다.

패고, 때리고, 쥐어박고, 꼬집고, 다시 패고…….

선녀와 악녀의 두 얼굴을 가진 여인.

셋은 유라를 처음 봤을 때 심장이 뛰었던 것을 생각하면 지금도 절로 몸이 떨렸다. 저 여자와 인연을 맺었다면 아마 일 년, 아니, 반년도 살지 못하고 맞아죽었을 것이 분명했다.

황당한 것은 그녀의 포악함을 보았음에도 가까이서 그녀를 보게 되면 호흡이 엉킨다는 것이었다. 예뻐도 어느 정도 예뻐야지 말이다.

그래서 그들은 유라가 더 무서웠다. 그들에게 유라는 선녀의 얼굴을 한 악마, 그 이상도 이하도 아니었다.

셋이 체통도 잊고 후다닥 뛰었다.

유라는 그들을 보다가 홱 돌아섰다. 요즘 그녀의 신경은 무척 예민했다.

자신이 호들갑을 떨면 진설이나 소령 일가가 걱정할 것 같아 꾹 참는 중이었다. 하지만 속으로는 무루의 행방불명에 신경이 곤두선 상태였다.

"대체 어디에 콕 박혀 있는 거야?"

가슴속에서 계속 부아가 치밀었다.

요즘 들어 하나도 제대로 되는 것이 없었다. 사형의 치료도 쉽지 않았다. 기혈이 너무 뒤틀려 하나씩 잡아나가는 데 시간을 상당히 잡아먹었다.

만약 무루 오라버니가 있었으면 금방 해결했을 터인데 말이다. 어쨌거나 꼬박 이틀 동안 사형에게 매달려 급한 불은 껐다.

정신을 차린 사형이 어제저녁부터 스스로 운기조식을 시작했으나 거동은 여전히 불편했다.

완치되려면 적지 않은 시간이 걸릴 터, 자신은 여전히 사형을 돕고 있었다. 사형만 건재했다면 자신은 몰래 무루 오라버니를 찾아 나섰을 것인데.

“돌아오기만 해봐.”

그녀는 세상 어느 누구도 오라버니를 해코지할 수 없다고 굳게 믿었다. 그렇기에 그가 잠적한 것은 뭔가 사정이 있을 거라 생각했다.

바로 그 점이 화가 났다.

자신에게 뭔가 숨기고 있다는 것이.

“절대로 이번엔 그냥 안 넘어가!”

그녀는 자신의 말을 반복하다가 싸늘하게 웃었다.

자신을 팽개친 대가를 톡톡히 받아낼 심산이었다. 그녀는 그런 방면의 머리로는 가히 최고의 천재였다.

“이번엔 엉덩이 한 번 만지는 거로는 안 돼!”

그녀는 복도의 안쪽으로 들어가다가 쟁반에 죽 그릇을 받치고 오는 진설과 마주쳤다. 거동이 불편한 사형에게 가는 것이다.

유라의 미소가 짙어졌다.

진설은 구위영을 지극정성으로 간호하고 있었다.

약을 달이는 일에서부터 시작해서 아침저녁마다 물수건으로 얼굴과 손발을 닦는 일도 마다하지 않았다. 잠조차 작은 침상을 옆에 두고 잘 정도였다.

모르는 사람이 보았다면 부부는 아니더라도 최소한 정혼자라 여길 정도였다. 더 재미있는 것은 구위영이 처음엔 극구 마다하더니 제풀에 지친 것인지 아니면 심경의 변화가 있는 것인지 어제부터 잠잠하다는 것이다.

'분명 둘 사이에 뭔가가 있어. 그냥 뭔가가 아닌 남녀 간의 뭔가가 말이지.'

유라는 진설을 향해 손을 들며 활짝 웃었다.

"고생이 많네."

진설이 어색하게 웃었다.

"고생은 언니가 더하죠. 저야 잔심부름만 하는 정도인데요, 뭐."

"아니야. 동생의 몸 상태도 그리 좋지 않은 거 알고 있어. 그리고 곽 무사님을 잃은 상처도 클 텐데……. 그런데도 우리 사형을 꼼꼼히 보살펴 주는 게 너무 고마워. 잊지 않을게."

"당연히 해야 할 일을 하는 것뿐이에요. 구 소협이 없었다면 저는 벌써 죽었을 테니까요."

"그 정도 했으면 충분해. 동생도 좀 쉬어. 이젠 내가 사형을 돌볼게."

유라의 말에 진설의 표정이 확 변했다. 당황하는 것이 역력했다. 그 모습에 유라는 사악하게 웃었다.

확실했다.

지금 저것들이 연애질을 시작한 거야!

"푸하하하하!"

웃음이 터져 나오려는 것을 유라는 간신히 참았다.

진설은 잠깐 우물쭈물하다가 유라의 눈치를 살피며 고개를 저었다.

"전 정말 괜찮아요. 곽 무사님을 잃은 슬픔을 잊기 위해서라도 뭔가에 열심히 집중하고 싶어요. 지금 가만히 있으면 오히려 더 힘들 것 같아요."

"그래? 동생이 그렇게 말한다면……. 알았어. 앞으로도 사형을 잘 부탁할게."

영원히 부탁한다는 말을 하고 싶었다. 무루 오라버니를 위협하는 연적(戀敵) 하나가 떨어져 나가는 소리가 귀에 들리는 듯했다.

그것은 환희의 찬가였다.

유라는 진설이 너무 예뻐 죽을 지경이었다.

"무겁지? 내가 들어줄게. 사형 처소 입구까지 같이 가자."

유라가 진설이 들고 있는 쟁반을 뺏다시피 잡아채며 말을 이었다.

"그런데 말이지, 사형이 사흘간 몸을 씻지 못했는데. 아마 사형은 지금 꽤나 찝찝해하고 있을 거야. 동생도 기억할 거야, 사형은 몸도 마음처럼 매일 닦아야 하는 것이라고 좋알거렸던 거. 그게 군자라고."

진설의 얼굴이 화악 달아올랐다. 유라는 새빨개진 진설의 얼굴을 짐짓 외면하며 앞장서서 걸었다.

"아무래도 동생이 하는 건 무리겠지?"

"……."

"아! 이런, 내가 지금 무슨 말을 하고 있는 거야? 그냥 내가 하면 되지. 아니면 소령에게 부탁해 볼까나?"

유라가 한 말에 진설의 눈이 화등잔만 해졌다.

"아뇨!"

앞에서 걷는 유라의 얼굴이 천공의 태양보다 더 밝게 빛났다. 역시!

진설의 말이 이어졌다.

"제, 제가… 해볼게요."

"설이가? 할 수 있겠어? 그래도 처녀가 그런 일을 하는 건… 좀 무리일 듯싶은데. 방금 내가 한 말은 잊어버려. 그냥 얼떨결에 나온 말이니까."

"언니도 하신다고 그랬잖아요."

"호호호, 나야 사형하고 어렸을 때부터 같이 목욕도 하고 그런 사이니까 상관없어."

"목욕을 같이 했다고요?"

진설의 목소리가 은연중에 날이 섰다. 그러나 유라는 태연하게 대꾸했다.

"아! 오해는 하지 마. 아주 어렸을 때니까."

"……."

"그런데 정말 할 수 있겠어?"

진설이 옹골찬 어조로 답했다.

"할 수 있어요. 저는 이제 대갓집의 규수가 아닌 것을 잘 알고 있어요. 곽 무사님까지 없는 지금… 저는 현실을 직시할 준비를 마쳤어요. 그리고 구 소협은 제 생명의 은인이에요. 제 작은 부끄러움 때문에 은인이 불편해하는 것을 지켜만 보는 건… 도리가 아니지요."

유라가 고개를 힘차게 끄덕였다.

"그렇긴 하지. 알았어. 그럼 그 일은 동생한테 부탁할게. 자, 그럼 어서 가자고. 배고프다. 호호호."

진설은 성큼성큼 뛰듯이 걷는 유라의 발걸음이 유달리 가볍다고 느꼈다. 왠지 뭔가에 속은 듯한 느낌이 들었다. 그러나 그녀는 이내 붉은 얼굴을 숙이며 몸을 꼬았다.

"내가 할 수 있을까? 남정네의 몸을 닦아준다고?"

상상조차 할 수 없는 일이었다. 그런데 이상하게 자꾸만 몸이 배배 꼬였다. 오만가지 환영이 그녀의 눈앞에서 어른거렸다.

"속옷도 벗겨야 하는 걸까? 아! 지금 내가 무슨 생각을! 이런 망측스런 생각을 하다니."

그녀의 얼굴이 붉다 못해 시뻘겋게 변했다. 몸이 계속 배배 꼬였다. 그러면서도 혼잣말은 멈추지 않았다.

"매일 닦던 분이 사흘간이나 안 닦았으니까… 많이 찝찝하실 거야. 구석구석 씻겨 드려야 하는 것이 도리가 아닐까?"

장원의 내부는 그렇게 긴장과 태평이 절묘하게 공존하고 있었다.

원래 사람의 속성이란 것이 그런 것이었다.

피 흘리는 전쟁 속에서도 사랑을 하고, 술 마시며 노래도 부르고, 왁자지껄 농을 주고받으며 웃기도 하는 것이다. 바로 그 점에 인간의 모순과 위대함이 있는 것일지도 몰랐다.

2

밀실의 한가운데.

몇 겹의 휘장으로 사방이 둘러 쳐진 원탁에 다섯 사람이 둘러앉아 있었다.

드르르륵.

내실의 문을 끄는 소리가 잠깐 일더니 중년 사내 한 명이 안으로 들어섰다. 그는 조용히 발을 놀려 원탁 앞에 서더니 고개를 숙였다.

"총사단이 전멸했다는 보고가 들어왔습니다."

잠깐의 침묵이 흐르고, 백발의 땅딸막한 노인이 약간 당혹스럽다는 어조로 물었다.

"총사도 죽었나?"

사안의 중대성에 비하면 지독히 무감정한 음성이었다.

중년 사내는 살짝 눈살을 찌푸렸다.

역시 이들에게 총사의 죽음이란 건 그다지 대수로운 일이 아니었다. 그러나 그도 담담하게 질문을 받았다. 자신 또한 총사를 소모품이라 여기고 있었으니까.

다만 총사가 이리 빨리 허망하게 사라질 줄은 정말 예상하지 못했다. 총사는 꽤 아까운 소모품이었다.

"아직 그것까지는 확인하지 못했습니다. 그러나 지금까지 생존 신호나 구조 신호를 보내지 않은 것으로 보아 죽었거나 잡혀 있을 가능성이 짙습니다."

다시 정적.

그리고 다시 땅딸보노인이 말했다.

"숨어만 있던 은검지에서 이제 정면으로 우리와 붙겠다는 뜻인가 보군. 우리야 기대했던 반가운 일이지만서두, 조금 당혹스럽군. 겨우 숨어서 우리 등만 노리고 있던 놈들이 적극적으로 돌변했다는 것이. 대체 무슨 꿍꿍이속일까?"

중년인이 답했다.

"은검지가 아닙니다."

땅딸보노인 옆의 원탁에서 유일한 여인이 입을 열었다. 흘러나오는 목소리에서 은은한 색기가 감돌았다.

"은검지가 아니라고? 무림맹이나 십대방파 중 하나와 붙기라도 했단 말이냐?"

말하는 어조가 그냥 해보는 말이란 느낌을 풍겼다. 중년인이 대답했다.

"그렇습니다. 상대는 흑룡문이었습니다. 아직 정확한 정보를 파악하지는 못했지만, 호혈약을 입수하는 과정에서 그들과 충돌한 것 같습니다."

여인이 신음을 흘렸다. 당혹스러움이 느껴지는 그 신음 뒤로 땅딸보노인이 다시 입을 열었다.

"나보고 그 말을 믿으라고 하는 것이냐?"

이번엔 중년 사내가 침묵했다. 원탁의 다섯은 모두가 고개를 갸웃거리며 서로를 마주보았다. 땅딸보노인이 얼굴을 찡그렸다.

"사실이란 말이군. 그렇다면 흑룡문도 타격이 상당히 클 텐데. 그들도 거의 궤멸에 가까운 지경이겠군."

"흑룡문의 전력 손실은 흑룡근과 태상전, 그리고 잡다한 수하 이백여 명이 전부입니다. 흑룡왕은… 이번 충돌에 개입하지도 않았다 합니다."

"……!"

원탁의 분위기가 싸늘해졌다.

도저히 못 믿겠다는 시선이 중년인에게 날아들었다. 덕분에 중년인은 노인들의 기세에 눌려 한쪽 무릎을 털썩 꿇었다.

"사, 사실입니다. 물론 안의 땅 근방에 본 회(本會)의 인물이 없는지라 아직 정확한 과정을 파악하지 못했습니다. 그러나 정보를 담당하는 무림방파들 사이에선 이미 기정사실로 굳어져 있습니다."

여인이 일어나 휘장을 걷고 밖으로 나왔다. 고급 비단으로 몸을 두르고 있는 그녀의 옥용은 놀랄 정도로 아름다웠다. 드러난 피부에는 윤기가 자르르 흘렀다. 거기에 중년의 성숙함까지 가세해 보는 이의 눈을 아찔하게 만들었다.

그러나 이곳에 있는 자들 중 여인에게 추파를 던질 인물은 아무도 없었다.

겉모습이야 중년의 미부였으나 실제 그녀의 나이는 여든하고도 셋이었다. 그리고 그녀의 무공 수위는 능히 홀로 십대고수 둘을 대적할 만했다.

강호에 알려진 그녀는 중견 방파인 중천궁(中天宮)을 이끌

다가 수장 자리를 후계자에게 넘겨주고 상(上)궁주의 자리로 물러난, 절정 수준의 고수다.

그러나 여기에 있는 사람들은 그녀의 진신 실력을 어느 정도 정확히 추정하고 있었다.

"네 말이 사실이라면… 우리가 무림의 힘에 대해 여태까지 잘못 인식하고 있다는 말이 된다. 그러나… 그럴 가능성은 없다. 그들과 우리의 힘 차이는 명명백백하다. 그건 너도 알고 있잖느냐?"

"홍월(紅月)님, 제가 허언을 고할 이유가 없지 않습니까? 저 역시 이 소식을 접하고 믿기지 않았습니다."

중년인은 식은땀을 흘리면서 나직이 외쳤다. 홍월의 붉은 손 하나가 다가오고 있었다. 저 손에 잡히면 저승사자라도 살 수 없었다.

"홍월님, 제발! 운풍각(雲風閣)을 안의 땅에 급파했습니다. 그러면 곧 세세한 정보를 얻을 수 있을 것입니다."

그러나 홍월의 손은 멈추지 않고 중년 사내의 목을 향해 다가들었다. 중년인은 결국 눈을 질끈 감았다. 그 순간 원탁에서 유일하게 태사의에 앉아 있는 노인이 입을 열었다.

"홍월, 그만 멈춰주시게."

홍월의 손이 중년인의 목 한 치 앞에서 멈췄다.

말을 꺼낸 태사의의 노인이 중년인을 향해 손을 대충 휘저었다. 그러자 바람이 일더니 중년인의 동체가 일 장여 뒤로 훌쩍 튕겨 나갔다.

홍월이 고개를 돌려 그 노인을 보며 싸늘히 웃었다.

"호호호. 회주(會主), 제 결정이 마음에 안 드나요?"

"책사가 무슨 죄인가? 올라온 정보를 취합해 보고한 것뿐인데."

"흑룡문 따위에게 전멸할 총사단이 아님은 여기 있는 모두가 다 알고 있는 사실이죠. 그런데 전멸이라니? 단 한 명도 도망쳐 나오지 못했다니? 말이 안 되는 거 아닌가요?"

"일말의 가능성도 없는 건 아니지. 무릇 세상일이란 게 늘 상식대로 흘러가는 것은 아니잖나? 흑룡문이 아무도 모르게 숨겨온 힘이 있었을지도 모르고……. 물론 설사 그렇다고 하더라도 완전히 이해가 되는 건 아니지만."

땅딸보노인이 말을 받았다.

"그리고 총사, 그 아이는 재주에 비해 자존심이 너무 컸지요. 끝까지 싸우다 전멸했을 가능성은 충분하다고 생각하오이다."

홍월은 아미를 찌푸리며 고개를 저었다.

"흑룡문이 어떤 힘을 숨기고 있었다 하더라도 총사나 총사단의 무력이 흑룡왕도 없는 흑룡문에 당할 정도로 약하지는 않다고 확신해요. 전 그 말을 하고 있는 거예요. 책사라는 자리가 그저 소문이나 전하라고 있는 자리는 아니지요. 분명 뭔가가 있어요."

홍월의 말에 부복하고 있는 중년인, 책사가 입술을 깨물었다. 홍월의 말이 일리가 있음을 자신도 잘 알고 있었다. 그러나 어쩌겠는가? 아직까지는 다른 정황이 포착되지 않은 상태인데.

"제 무능함을 변명하려는 것은 아닙니다. 다만 이번 사태를 정확히 파악하기엔 약간의 시일이 더 필요합니다. 운풍각이 안의에 잠입할 때까지만 기다려 주십시오."

그의 간청에 홍월이 혀를 차다가 휘장 안의 원탁으로 들어갔다. 그녀는 자리에 앉으며 말했다.

"제 생각을 말해보죠. 은검지가 끼어든 것이 아니라면 흑룡문이 호혈약을 취한 것이 분명해요. 그렇다면 총사단이 전멸한 것도 이해할 수 있죠."

그녀의 말에 모두가 고개를 끄덕였다. 책사도 함께 고개를 주억거렸다.

사실 책사도 그 생각을 안 한 것이 아니었다. 하지만 홍월의 말이 전적으로 옳다고 여기기엔 걸리는 문제점이 있었다.

"홍월님, 사실 저도 그 생각을 했습니다. 하지만 한 가지 문제가 걸립니다. 호혈약이 흑룡왕을 주인으로 선택했을 가능성은 없습니다. 다 아시겠지만 흑룡왕은 평생 자신이 뜻하는 것을 이루고 성취했습니다. 세상을 향한 뼈저린 증오심과 한이 그에게 있을 리 없습니다."

홍월이 자신의 의견에 반박한 책사를 노려보았다. 책사는 그 속에 담긴 적의를 느끼고 숨을 죽였다.

반년 전, 홍월의 잠자리 요구를 거절한 다음부터 그녀는 노골적으로 자신을 마뜩치 않아했다.

그러나 책사는 다시 그때로 돌아간다고 해도 그녀와 운우지정을 나눌 생각은 없었다. 그랬다가는 자신의 내력 중 최소한 절반 이상을 고스란히 내어주고 말 테니까.

홍월이 책사를 향해 매섭게 말했다.

"흑룡왕이 호혈약을 가지지 않았을지도 모르지. 흑룡왕이 자신의 아들인 마륵이나 최측근에게 넘겼을 가능성도 있지 않나? 그렇다면 총사단과의 충돌에 흑룡왕이 개입하지 않았다는 점도 수긍이 된다."

책사는 진땀을 흘렸다. 홍월의 말이 틀리다고 할 수는 없었다. 그러나 흑룡왕이 호혈약을 자신이 취하지 않는다는 것은 납득되지 않았다.

다행히 태사의의 노인이 이번에도 그를 구해주었다.

"홍월의 말과 책사의 말 둘 다 옳다. 그러나 정말 중요한 건 그것이 아니다."

땅딸보노인이 자신의 툭 튀어나온 배를 한갓지게 문지르며 툴툴거렸다.

"회주, 그 말은 무슨 뜻입니까?"

"총사단이 호혈약을 입수하려다가 흑룡문과 충돌해 전멸했다는 것이 중요하지. 그 의미는 호혈약이 지금 흑룡문에 있다는 것이다."

그의 말에 원탁의 모두가 씨익 웃었다. 홍월이 입을 열었다.

"회주의 말씀 인정해요. 그게 가장 중요한 거지요."

자연스럽게 도달할 수 있는 결론이었다. 그러나 이것은 치

명적인 오판이기도 했다.

홍월은 다른 네 노인과 모두 시선을 마주치고는 말을 이었다.

"이번 기회에 본 회가 무림에 좀 본격적으로 나서는 것이 좋겠다고 생각해요."

그녀의 예상치 못한 말에 다른 네 노인이 눈을 치켜떴다. 땅딸보노인이 히죽거렸다.

"그 말은 우리의 힘을 드러내자는 것이오? 그랬다가 은검지에게 뒤통수를 맞기라도 하면 진퇴양난에 처할 텐데?"

홍월이 한심하다는 표정으로 반박했다.

"대체 언제까지 그 빌어먹을 은검지 때문에 우리가 숨죽이고 있어야 하죠? 천하를 우리 발밑에 두자고 했던 야심을 모두 잊기라도 한 건가요?"

"키키킥. 잊을 리가 없잖소. 다만 모든 일에는 순서가 있는 법이오. 우리는 먼저 은검지부터 해결해야 하오."

땅딸보노인이 여전히 홍월의 비위를 긁었다.

"신출귀몰한 그놈들을 잡는다고 별러온 것이 벌써 수십 년이에요. 정말이지, 여기 계신 분들은 시간만 흘러가는 게 아무렇지도 않은 건가요?"

"누가 그렇다고 했소? 무리하게 움직였다가 그동안 키워온 꿈이 한순간에 물거품이 될 수도 있음을 경계하자는 말이잖소! 그리고 우리가 지난 세월 놀고만 있었던 것도 아니잖소. 우리는 강대해졌소. 마음만 먹는다면 반년 이내에 무림을 일

통시킬 만큼!"

홍월이 코웃음을 쳤다.

"흥! 우리가 힘을 키운 동안 은검지도 강해졌죠. 은검지의 전사들은 한 명 한 명이 이젠 십대고수에 육박해요. 다행히 그들이 소수라 망정이지."

허를 찔린 땅딸보의 얼굴이 와락 일그러졌다.

"홍월! 어차피 시간문제요. 그들의 은거지만 찾아낸다면 단숨에 쓸어버릴 수 있소."

"벌써 스무 번이나 찾아냈었죠. 하지만 그들은 매번 우리가 당도하기 직전에 교묘하게 빠져나갔죠. 이런 식으로는 결코 그들을 잡을 수 없어요."

홍월이 주먹을 말아 쥐며 좌중을 향해 말을 이었다.

"소심한 당신들이 끝까지 나서지 않겠다면 내가 움직여 주지요."

그녀의 말에 원탁의 네 노인이 눈을 빛냈다. 지난 몇 년간 서로 눈치만 보던 문제다.

원탁의 다섯 중 누구 하나가 강호에서 본격적인 활동을 시작하는 것이다. 그렇다면 숨어서 치고 빠지는 은검지를 밖으로 끌어낼 수 있었다.

즉, 희생양이 될 수도 있는 한 명이 필요했다.

태사의의 노인인 회주가 흐릿한 미소를 지었다. 그건 반가움이 사무친 미소였다. 다른 세 명의 노인에게서도 그런 표정이 드러났다.

"홍월 그대가?"

홍월이 속으로 욕설을 내뱉었다.

사내놈들이란 종자들은 다 이렇다. 겉으로는 자신이 강하다고 으스대지만 실제로는 여인보다 훨씬 겁쟁이인 경우가 많았다. 그리고 나이를 먹으면서 그런 경향은 더욱 짙어졌다.

지금 눈앞에 있는 네 노인처럼 말이다.

속에 너구리 수백 마리를 숨겨둔 채 겉으로는 태연과 여유를 가장하고 있었다.

"그래요. 제가 하겠어요. 어차피 강호는 흑룡문과 싸운 총사단의 정체를 파악하려고 난리일 터, 자연스럽게 강호에 발을 들이밀 좋은 기회예요. 총사단은 제가 키운 비밀병기라 천명하겠어요."

땅딸보노인이 팔짱을 끼며 웃었다. 수년간 차마 대놓고 말하지 못했던 문제가 해결되는 날이다. 이제 자신들은 굿이나 보고 떡만 먹으면 된다.

"호호호, 가히 홍월은 여장부요. 잘못하면 은검지에게 당할 수도 있을 터인데……."

홍월의 입가에 비소가 스쳤다.

"대신 조건이 있어요. 호혈약을 취하면 그건 내가 가지고 노야(老爺)께 가겠어요."

네 노인이 잠시 주춤했다. 잠깐의 침묵.

그러나 회주가 고개를 끄덕이며 화답했다.

"어차피 본 회는 하나. 상관없다고 생각하오."

그의 말에 다른 세 노인도 고개를 주억거렸다. 그러나 그들의 얼굴엔 언짢음이 자리했다.

홍월은 모두가 동의한 것을 확인하고는 입을 열었다.

"한 가지 더! 본녀의 수하 외에 추가 지원이 필요해요."

땅딸보가 시큰둥하게 대꾸했다.

"흑룡문 따위야 그대가 나서면 순식간에 초토화시킬 것이고… 키키킥. 하긴 은검지는 그대 홀로 상대하기는 많이 벅차겠지."

회주가 홍월을 향해 정색하고 말했다.

"총사단처럼 우리 다섯이 공통으로 관리하는 조직을 원하나, 아니면 우리 개별의 힘을 원하나? 아니, 둘 다 지원하는 것이 옳겠군. 이번 기회에 은검지를 확실히 발본색원하기 위해서라도."

세 노인이 모두 동의했다. 그런데 홍월이 고개를 천천히 저었다.

"염공(炎公)을 원해요."

원탁 노인들의 얼굴이 모두 굳었다. 땅딸보노인은 어이가 없다는 표정을 노골적으로 내비쳤다.

염공은 노야의 직전제자 중 한 명이다.

그녀의 말이 이어졌다.

"염공께서 폐관 수련을 마치고 휴식을 취하고 있다고 알고 있어요."

땅딸보가 버럭 화를 냈다.

"오만하군. 염공께서 그대의 요구에 부응할 것이라 생각하는 건가?"

"물론 나 혼자 요구한다면 무시당하겠죠. 그러나 우리 다섯이 모두 요구하면 당연히 들어주지 않을까요? 호호호! 내가 스스로 미끼가 되겠다고 자청했는데 여러분이 그 정도 수고도 돕지 않을 것이란 생각은 안 해요."

그녀의 웃음에 주변의 휘장이 펄럭거렸다.

네 노인의 얼굴에 당했다는 표정이 드러났다.

홍월!

그녀는 실보다 훨씬 더 많은 득을 얻게 될 것이다.

모두가 그녀의 심계에 탄복했다. 그래서 마음이 편치 않았다. 원탁의 노인들은 벌써 육십 년 이상을 함께해 온 동지였다. 동시에 경쟁자이기도 했다.

3

구위영은 빈 죽 그릇과 수저를 내려놓는 진설의 얼굴이 왠지 상기되어 있는 것 같다고 느꼈다.

"진 소저, 더우십니까? 그러시면 저쪽의 창들도 여시지요."

진설이 어색한 미소를 지으며 고개를 저었다.

"아뇨. 괜찮아요."

그녀는 침상 아래에 두었던 대야와 수건을 등받이 없는 의자에 올렸다.

구위영은 미안한 표정을 지으며 한숨을 내쉬었다.

"번번이 죄송합니다. 내일부터는 저 혼자 해도 될 것 같습니다. 그리고 이제 손은 됐습니다. 저 혼자 할 수 있으니까요."

"예."

진설은 수건을 대야의 물에 넣었다가 빼내 짰다. 그녀 얼굴의 홍조가 더 심해졌다. 그 모습에 구위영의 가슴이 철렁했다. 혹시 자신을 돌보다가 고뿔이라도 온 것은 아닐까?

"소저, 어디 몸이 안 좋으신 건 아닙니까?"

"괜찮아요. 그럼 발을 닦아드릴게요."

"예, 부탁드리겠습니다."

진설이 이불을 젖히자 구위영은 왠지 쑥스러워서 고개를 돌렸다. 한사코 말리는데도 자신의 손발이라도 닦아주어야 마음이 편하겠다는 진설의 고집에 결국 백기를 들고 만 지가 이틀째였다.

그냥 가볍게 손발을 닦는 것이라 생각하면 될 일이었다. 이것으로써 진 소저가 마음의 부담을 덜어낸다면 그것도 나쁘지 않은 일이라 생각했다.

그런데 이상하게 그녀가 자신의 손발을 물수건으로 문지르면 마음이 싱숭생숭해졌다.

딱히 기분이 나쁜 건 아니었다. 아니, 솔직히 좋았다. 그래서 진설에게 더 미안한 마음이 들었다.

많은 사랑을 받으며 귀하게 자랐을 터인데 자신의 발이나 닦게 하다니.

물수건이 오른발에 닿자 시원함이 느껴졌다.

슥, 슥슥.

구위영은 이를 악물었다. 간지러웠다. 그러나 지금 경망하게 웃음을 터뜨리면 진 소저의 체면이 어떻겠는가? 그것은 군자로서 할 도리가 아니었다.

갑자기 진설이 일어섰다.

"신경이 쓰여서 안 되겠네요."

"……?"

진설이 열려진 창으로 가더니 창문을 닫고 돌아왔다. 구위영은 의아해하다가 이내 고개를 끄덕였다.

'그렇군. 진 소저께서도 부끄러우신 거지. 사내의 발이나 닦고 있는 모습을 누가 보기라도 한다면 창피하실 거야.'

구위영은 미안하다는 말을 하려다가 관뒀다. 그 말은 너무 많이 했기 때문이다.

과례(過禮)는 비례(非禮)인 법이다.

슥, 슥슥.

다시 물수건이 움직였다. 구위영은 고개를 돌린 채 가만히 있었다. 시간이 왜 이리 늦게 가는지 답답했다. 오늘따라 진설의 손길이 더뎠다.

그런데 갑자기 진설이 심호흡을 하더니 헐렁한 바지의 끝단을 무릎까지 말아 올렸다.

"어? 진, 진 소저……."

"그동안 발만 닦아드리니 답답하셨죠."

"아, 아니……."

"죄송해요. 제가 눈치가 없어서. 모름지기 군자는 깨끗함을 숭상하는 법인데……."

슥, 슥슥.

구위영이 뭐라 대꾸하기도 전에 이미 물수건은 구위영의 종아리를 문지르고 있었다.

그는 갈등에 빠졌다. 굳이 그럴 필요까지 없다고 말할까 생각했지만 이미 시작했다. 여기서 내치면 진 소저가 얼마나 부끄럽겠는가?

그렇게 양 종아리를 닦는 것이 끝났다.

구위영이 고맙다는 말을 하려다가 눈을 치켜떴다.

하의를 또 말고 있었다.

"헉! 진 소저!"

구위영의 허벅지가 드러났다. 구위영이 미간을 찌푸리며 외쳤다.

"추, 충분합니다!"

"아니에요. 여기서 멈추면 오히려 더 찝찝하실 수도 있어요."

고개를 든 구위영에 눈에 비친 진설의 얼굴이 붉다 못해 시뻘겠다.

"정말입니다. 이제 그만두십시오."

슥, 슥슥.

이미 문지르고 있었다. 그런 진설의 표정은 엄숙하다 못해

비장했다.

“내일부터 스스로 닦으신다 하니 오늘만 제가 이렇게 해드릴게요.”

“정말 됐습니다.”

“불편해하지 마세요. 은인에게 이 정도도 하지 못한다면 제가 너무 염치가 없는 거지요.”

“진 소저!”

구위영이 숨을 헐떡였다. 무리하게 상체를 일으키려 한 탓이다. 대체 왜 갑자기 진설이 이러는지 알 수가 없었다.

진설이 구위영의 들려지는 상반신을 한 손으로 지그시 누르며 환하게 웃었다.

“전 정말 괜찮아요.”

시뻘건 얼굴로 웃는 그녀의 얼굴.

아름다웠다.

구위영은 다시 눕혀지며 자신도 모르게 몸을 부르르 떨었다.

“시원하신 거죠?”

“예? 예…….”

구위영은 얼떨결에 답했다.

슥, 슥슥.

그녀의 손길이 계속 위로 올라왔다. 현 구위영의 하의는 위로 접힐 대로 접혀져 마치 속옷의 모습과 같은 형태였다.

수건으로 문지르던 진설이 갑자기 동작을 멈추고 눈을 동그랗게 떴다. 허벅지 위쪽에 난 흉터가 들어온 것이다.

"어머! 여기 큰 흉터가?"

"아! 그, 그건 몇 년 전 수련하다가 다친 겁니다. 별것 아닙니다."

"아! 전 혹시 이번에 다친 건 아닌지 저어했어요. 그런데 이렇게 크게 흉이 남다니. 그때 매우 고통스러웠겠어요."

그녀의 손가락이 허벅지의 흉터를 어루만지며 안타까운 표정으로 말했다.

구위영의 낯빛도 점차 진설을 닮아갔다. 진설이 흉터를 만지며 얼핏 시선을 들었다가 깜짝 놀랐다. 붉어진 구위영의 얼굴. 그의 콧김이 씩씩 나왔다.

"구 소협, 아직 아픈가요?"

그녀가 흉터에서 손을 떼며 말하자 구위영이 울상이 된 얼굴로 고개를 저었다.

"아, 아닙니다. 이제 다 된 겁니까?"

"네? 예. 이제 다 됐……."

진설이 말하며 시선을 내리다 다시 놀랐다.

"어머! 여기 왜 이렇게 부었죠?"

진설이 정말 순수한 마음으로 구위영의 부은 곳을 잡았다.

"끄어어억!"

구위영이 괴성을 터뜨리며 없는 힘을 총동원해 진설의 손을 뿌리쳤다. 그 바람에 진설이 뒤로 꽈당 자빠지고 말았다. 구위영은 거친 숨을 내쉬며 젖혀진 담요를 얼른 몸 위로 덮었다.

넘어졌던 진설이 벌떡 일어나 덮이는 이불을 또다시 젖혀 버렸다.

"작은 상처라도 숨기면 안 돼요!"

"제발! 날 가만히 둬요!"

구위영이 울상이 된 얼굴로 소리를 질렀다.

"구 소협!"

"진 소저!"

둘의 시선이 허공에서 작렬했다.

"구 소협, 치료해야 해요."

"그게 아닙니다."

"숨기려고만 하면……."

"저는 한창 젊은 사내예요. 그뿐입니다."

"예?"

진설의 눈이 영문을 모르겠다는 듯이 껌뻑이다가 이내 화등잔만 하게 커졌다. 그녀는 사람의 얼굴이 얼마나 붉어질 수 있는지를 보여주었다.

"아! 그, 그러니까 그것이……."

그녀는 부끄러움에 숨이 넘어갈 것만 같았다.

난생처음 사내의 허벅지를 닦느라 정신이 하나도 없었다. 그런 와중에 상처를 발견해 마음이 애잔해졌다.

얼마나 지독한 수련을 했으면 하는 안쓰러움이 들었다. 그러다가 보게 된 그것에 정말 아주 걱정하는 마음뿐이었는데.

진설이 얼굴을 들지도 못하고 흐느끼듯이 말했다.

"죄, 죄송해요. 전 정말이지… 모르고… 그냥 순간적으로… 정말 모르고 잡았던……."

말을 이을 수도 없었다. 구위영도 그녀를 보지도 못하고 말했다.

"소저, 저야말로 죄송합니다. 저도 모르게… 정말이지… 전 아무런 정염도 품지 않았습니다. 그저 자연현상이었을 뿐입니다. 아! 갑자기 소변이 마려워서……."

구위영도 말문을 흐렸다.

참으로 구차한 변명이란 생각만 들었다.

질식할 것만 같은 침묵이 흘렀다. 서로 말도 못했다. 호흡은 여전히 거칠었고 낯빛도 시뻘겠다.

드르르륵.

갑자기 문이 열렸다.

유라였다.

그녀는 무심코 들어오다가 눈을 빛내며 멈췄다.

이 어색하고 괴이한 분위기는 뭔가?

"뭐야? 지금 둘 사이가 왜 그래?"

유라의 질문에 사형이 고개를 돌리며 헛기침을 해댔다.

"흠흠. 뭐, 뭐가?"

진설도 당황하며 대꾸했다.

"아무 일도 없었어요!"

유라의 눈이 커졌다.

"내가 무슨 일 있었냐고 물어본 건 아닌데……."

"언니, 그러니까 난… 죽을 먹여 드렸을 뿐이에요."

"누가 뭐래?"

"……."

"이상하네? 마치 뭔가 이상한 짓이라도 하다 들킨 것처럼……."

구위영과 진설이 동시에 외쳤다.

"무, 무슨 이상한 짓?"

"아무 일도 없었다니까요!"

둘의 격한 반응에 유라가 깜짝 놀라 한 걸음 물러났다.

"와아! 호호호! 알겠어. 흠흠. 사형, 축하해."

유라가 사악한 미소를 지으며 물러나 키득거렸다. 그리고 문을 닫으며 말했다.

"나 때문에 진도 멈춘 거면 계속해."

구위영과 진설이 다시 빽 소리를 질렀다.

"사매!"

"언니!"

그러나 유라는 이미 문을 닫았다.

"호호호! 아아! 누구누구는 좋겠네. 그런데 내 님은 어디에 있으려나? 오늘도 나타나지 않으면 찾으러 나서고 말 테야. 그나저나 사형, 무섭네. 아니, 설이가 무서운 건가?"

그녀가 멀어져 가며 흥얼거리는 말이 구위영과 진설을 더욱 힘들게 했다.

"소저, 저 때문에……."

"아뇨. 저 때문에……."

둘은 서로 곁눈질로 흘깃하다가 시선이 마주치자 화들짝 놀랐다. 진설이 급히 쟁반과 죽 그릇을 챙겼다.

"그, 그럼… 저녁에……."

"아, 예. 그럼 그때……."

진설이 급하게 문을 열고 나가다가 입술을 꼭 깨물었다. 지금 이대로 돌아서면 한동안 말도 섞지 못할 것 같았다. 그녀는 용기를 내어 말했다.

"저기……."

"예?"

"책임지시라면……."

"……?"

"책임질게요."

그 말을 끝으로 문을 닫았다. 구위영은 문 너머에서 도망치듯 달려가는 진설의 발소리를 들으며 멍하니 있었다. 그러다가 그의 입가에 피식 웃음이 흘러나왔다.

"풋. 대체 지금 무슨 일이 있었던 거지?"

어이가 없기도 하고 황당하고 기가 찼다. 그러다가 진설이 사라지면서 한 마지막 말이 떠올랐다.

"책임지시라면… 책임질게요."

구위영의 얼굴이 심각하게 굳었다.

굳은 그의 얼굴이 푸들푸들 경련을 일으켰다. 그러더니 이내 입이 쫙 벌어져 만개했다.

"우케케케케, 우케케."

평소 그의 늙수그레한 웃음이 아니었다.

第十章

우화등선(羽化登仙)

절대고수 絶代高手

1

무루가 눈을 떴을 때 가장 먼저 보인 것은 시야를 덮고 있는 나무들이었다. 무루는 누워 있는 상태에서 눈살을 찌푸렸다.

'여기가 어디지?'

잠에서 갓 깨어난 것치고는 머리가 맑았다.

그러나 자신이 왜 여기에 누워 있는지는 곧바로 떠오르지 않았다. 그러나 이내 기억의 편린들이 반짝이며 수면 위로 부상했다.

암독왕과 헤어지고 곧바로 미잠산의 불접곡으로 왔다. 그리고 운기조식에 들어갔고, 음양오행의 목편을 시전했다. 어느 순간부터 무아지경에 빠져 세상의 모든 것을 망각해 버렸다.

"아차!"

무루는 누워 있던 자세에서 몸을 튕기듯이 일으켰다. 대체 얼마나 시간이 흘렀는지 알 수 없다는 생각에 초조해졌다.

"응?"

몸을 일으키던 무루가 당황하며 헛바람을 토했다.

그저 일어서려 한 것뿐이었다. 그런데 신형이 허공으로 솟구쳐 위를 빽빽이 메우고 있는 나뭇가지들과 충돌을 해버린 것이다.

얼떨결에 무성한 가지들의 습격에 입고 있는 옷가지가 쫙쫙 찢겨 나갔다. 옷 전체에 말라붙은 진흙이 먼지를 일으켰다.

무루는 곧바로 정신을 수습해 몸을 틀어 움직여 한 나무의 꼭대기에 자리를 잡았다.

휘이이잉—

불접곡을 질주하던 시원한 바람이 무루를 반겼다. 천공의 중심에서 서쪽으로 이동하는 태양이 무심히 내려다보았다. 하늘은 눈이 시리게 맑고 푸르렀다.

그러나 무루는 사방으로 펼쳐진 광경에 혀를 차고 말았다. 자신이 위치한 나무부터 시작해서 주변 수십여 장의 나무가 죽어가고 있었다.

원인은 물어볼 것도 없이 자신이었다.

"대체 얼마나 이곳에서 운기조식에 빠져 있었던 거지?"

몇 시진 정도로 이런 현상이 나타날 리 없기에 무루의 초조함은 커졌다. 동시에 무루는 자신의 몸이 변한 것을 인지했다.

무림인들이 꿈에서도 간절히 소망한다는 환골탈태(換骨奪

胎)였다.

이미 무루는 천부팔관을 통과하며 두 번의 환골탈태를 경험했다. 그리고 무의식중에 또 한 번의 환골탈태를 거쳤다는 것을 직감했다.

그런데 예전의 환골탈태와는 전혀 다른 기분이었다.

전의 두 번처럼 뼈가 단단해지고 근육이 탄탄해지며 외모가 젊어지는 따위가 아니었다.

몸 내부에서 활력이 마르지 않은 샘물처럼 솟았다. 지금 같은 기분이라면 창공 끝까지라도 날아오를 것만 같았다. 평생 잠을 자지 않더라도 피로를 느끼지 못할 것 같았다.

나무의 꼭대기에 서 있음에도 마치 마른 대지를 밟고 있는 것처럼 편안했다.

'정심신의 합일과 종선기와의 조화가 성공했군.'

무루는 등에 메고 있던 검을 꺼내 들었다.

스르르릉.

맑은 소리가 잔잔히 일었다.

무루는 오른손에 잡혀 있는 검을 주시했다.

검을 쥘 때마다 느껴지던 팽팽한 긴장감이 사라졌다. 근육 역시 이완된 상태로 평소와 다름없었다. 자신이 검을 들고 있는 것인지, 아니면 허공을 쥐고 있는 것인지 모를 정도로 무게감이 느껴지지 않았다. 그런데도 위화감은 들지 않았다.

무루는 검을 위로 올렸다.

그의 검이 머리 위로 올라서 신형과 일직선이 되었다.

그리고 검이 천천히 내려섰다.

무극검경 일초식, 파. 이초식, 폭.

두 가지를 동시에 시전했다. 그러나 공력이 소모되는 느낌이 없었다. 그저 단전을 연결하는 고리의 회전이 약간, 아주 약간 빨라졌다고 느꼈을 뿐.

분명 빙글 도는 고리 위로 종선기가 생성되고, 힘으로 화해 배출됐다. 그런데도 공력을 소모하고 있다는 생각이 전혀 들지 않았다.

결과도 달랐다.

전과 달리 허공이 굽이치지 않았다. 공기는 잔잔했다. 협곡을 떠도는 바람은 여전히 제 갈 길을 달렸다.

그러나 무루는 그 고요함 속에서 기의 굉음을 들었다. 마치 천지가 붕괴되는 것 같은 울림이었다.

콰콰콰콰쾅!

수목들로 빽빽한 불접곡에 거대한 대로가 생겨났다. 무루가 있는 곳에서부터 불접곡의 저 끝까지.

무루는 힘을 거두었다.

계속 힘을 주었다가는 지금의 파괴가 산 정상까지 올라가 아예 산봉우리 하나를 날려 버릴 것만 같았다.

무루는 들고 있던 검을 툭 떨어뜨렸다. 검신이 햇볕을 반사시키며 반짝거렸다.

은빛의 검이 무루의 몸 주변을 빙글빙글 돌았다. 그러더니 한 마리 매처럼 창공으로 솟구치다가 내려서기를 반복했다.

이기어검술(以炁馭劍術)이다.

십대고수인 무신들이나 되어야 펼칠 수 있다는 극상의 무공. 그러나 무루가 펼치는 어검술은 그들의 것과는 전혀 달랐다.

십대고수들이 펼치는 이기어검술은 목표한 지점을 향해 검이 맹렬히 날아갔다가 다시 돌아오는 것을 뜻했다.

그들이 검을 손에서 떼고 기로 조절할 수 있는 시간은 그다지 길지 않았다.

예전 적검왕이 광원평 혈투에서 시전한 이기어검술은 반 각 정도 그의 몸에서 떨어져 있었고, 그건 지금까지 많은 사람들에게 과연 진실이냐 거짓이냐는 논쟁을 불러왔다.

그런데 무루가 선보이고 있는 이기어검술은 달랐다.

우선 속도가 차이 났다.

가공할 속도가 아니라 유유히 움직였다. 그러다 가끔 빛살처럼 빨리 움직이기도 했다.

그리고 시간과 방향의 차이.

한 지점을 목표로 쏘아졌다가 돌아오는 것이 아니었다. 계속해서 허공에 떠 있었다. 무루의 신형을 한 바퀴 돌고 동쪽으로 뻗어나가다 하늘 높이 솟구쳤다. 그러더니 어느새 서쪽에서 모습을 드러내 선회하더니 남쪽을 향했다.

그러길 어느새 일각을 훌쩍 넘어버렸다.

물끄러미 자신의 검을 보고 있던 무루가 시선을 위로 우러렀다. 그러자 통제를 벗어난 검이 숲 어딘가로 떨어졌다.

무루의 발이 한 발 허공 위로 올랐다. 그리고 남은 한 발도 나무에서 떨어졌다.

허공을 계단 밟듯이 오른다는, 오로지 전설로만 전해져 내려오는 천상제(天上梯)인가?

무루가 잇달아 허공을 밟으며 올라섰다. 뺨을 어루만지는 바람이 상쾌하면서도 기이하게 따스했다.

허공을 뚜벅뚜벅 밟는 무루의 입가에 형용할 수 없을 정도로 맑은 미소가 지어졌다. 그의 눈이 투명할 정도로 빛났다. 난데없이 새들이 몰려와 무루의 주변을 휘감았다가 무루의 전신에서 흘러나오는 서기에 뒤로 물러났다.

무루가 눈을 감았다.

'신선이라도 되는 건가?'

그는 우화등선(羽化登仙)을 경험하고 있었다. 그런데 갑자기 허공을 오르던 그의 발이 뚝 멈췄다.

피식.

그의 입가에 실소가 맺혔다.

무루가 하늘을 우러르다가 땅을 보았다. 그의 신형이 선택한 곳은 위가 아니라 밑이었다.

두 명의 사내가 미잠산을 내려가고 있었다.

청년과 노인.

하얀 수염이 가슴 아래까지 내려온 노인은 청수한 얼굴을 가지고 있었다. 그러나 그의 표정은 짐짓 굳은 상태였다.

반면 쪽빛 영웅건으로 이마를 둘러맨 청년은 어디 나들이를 나온 것처럼 마냥 들뜬 모습이었다. 그런데 그 청년의 외모가 아주 돋보였다.

전설의 미남자인 반악이 환생했다고 해도 믿을 만큼 아주 절세미남이었다.

"대체 흑룡문을 노린 복면인들의 정체가 뭘까요?"

노인은 힐끗 청년을 보았지만 대꾸를 하지는 않았다. 이곳에 오면서 청년이 족히 수십 번은 던진 질문이었다. 그러나 그것을 알아내기 위해 가는 길이었다.

청년의 말이 이어졌다.

"저는 복건의 패궁(覇宮)이나 절강의 파도문(破刀門)이 유력하다고 봐요."

웬일인지 청년이 스스로 문제에 대한 답을 제시했다.

노인은 자신이 계속 그의 질문을 묵살하니 녀석이 다른 방법으로 대화의 참여를 유도하고 있음을 짐작했다.

"쯧쯧, 패궁과 파도문이 미치지 않고서야 흑룡문에 대들 리가 없다. 질 것이 빤한 싸움을 하는 사람도 있다더냐?"

모처럼 입을 연 노인의 모습이 좋았을까?

청년의 얼굴이 밝아졌다. 그 환한 얼굴은 어느 여인네가 보았더라면 며칠간 잠을 이루지 못할 정도로 기막히게 아름다웠다.

"물론 전력상으로는 상대가 되지 않죠. 하지만 패궁과 파도문은 흑룡문에 적의를 가지고 있어요."

"적의가 있다고 무모한 시도를 한다면… 세상은 이미 예전에 뒤죽박죽이 되었을 거다."

"패궁과 파도문이 힘을 합쳤을 가능성은 없을까요?"

무심코 던진 듯한 말에 노인의 눈에 이채가 스쳤다. 노인이 다시 침묵하자 청년이 그 환한 미소를 다시 머금었다.

"가능성 있다고 생각하죠?"

그러나 노인은 고개를 저었다.

"그럴 가능성이 전무하다고는 할 수 없겠지. 그러나 희박하다."

"왜요? 그 두 방파의 지존들은 흑룡문에게 자식을 잃었어요. 자식을 잃은 부모라면 충분히 연합해서 흑룡문을 공격할 수 있을 것 같은데요?"

청년이 입술을 쭉 내밀었다. 약간 토라진 듯한 그 모습이 너무 앙증맞아 무뚝뚝했던 노인마저 자신도 모르게 헛웃음을 머금었다. 그러나 금방 다시 무뚝뚝한 표정으로 돌아갔다.

"그들이 자식을 잃은 지 십 년이다. 왜 이제야 복수를 운운하겠느냐?"

"그야 힘이 없었으니까 그런 거죠. 그러니 절치부심하며 힘을 몰래 키웠을 거예요. 그리고 더 이상 참지 못하고 복수의 칼을 확 빼 든 거 아닐까요?"

"쯧쯧, 십 년 전이나 지금이나 상황이 변한 것은 별로 없다. 패궁과 파도문이 힘을 합친다 해도 흑룡문을 감당하기는 여전히 불가능하지. 흑룡문의 성장이 훨씬 빨랐으니까."

청년의 눈이 반짝였다.

"그러니까 패궁과 파도문은 더 초조했을 거예요."

"……."

"선수필승(先手必勝)! 과감히 먼저 기습한 거지요. 본격적인 싸움에 앞서 최대한 흑룡문의 전력을 약화시키기 위해서 말이죠."

노인의 표정이 살짝 풀어졌다. 듣다 보니 전혀 일리가 없는 말도 아니다.

"하지만 여전히 문제가 있다. 겨우 백 명만으로 단번에 태상전과 흑룡근을 전멸시킬 만큼 강력한 무력을 가진 단체는 패궁과 파도문 어디에도 없다."

이쯤이면 청년이 물러설 만도 했다. 그러나 그의 고집은 만만치 않았다.

"복면인들의 정체가… 패궁과 파도문의 최고수들이라면 가능하지도 않을까요? 장로와 전 간부들로만 구성된 꿈의 조직이라면 말이에요."

"허! 지금 그걸 말이라고 하는 거냐? 그럼 모든 장로와 간부가 사라진 패궁과 파도문은… 수장 혼자서 큰 방파를 이끌고 간단 말이냐? 쯧쯧, 생각하는 것이 어째 그리 단순하단 말이냐?"

"패궁과 파도문도 상황이 이렇게 될 줄은 몰랐던 거죠."

"뭐라?"

"그러니까 태상전만 상대하려는 거였는데, 흑룡근까지 가세하는 바람에 패궁, 파도문의 최정예도 무너진 거죠. 그러니까 결국 제 꾀에 제가 넘어갔다고 해야 하나요?"

노인은 얼굴을 와락 구기며 인상을 썼다.

"네 녀석의 말에 응수했던 내가 바보지."

청년이 눈을 동그랗게 뜨며 반발했다.

"왜요? 제 논리에 어떤 허점이 있다고 그러시는 거예요. 완벽하잖아요."

"지금 흑룡문이 흉수의 배후를 알아내기 위해 눈에 불을 켜고 있다는 소문을 들었겠지."

"예."

"복면인들의 시신을 흑룡문이 보지 않았을까?"

"아아……!"

청년이 박수까지 치며 웃었다.

"제 추측에 그런 허점이 있었네요. 패궁과 파도문의 장로, 간부들이 복면인이었다면 흑룡문이 지금 흉수를 알아내기 위해 고심할 필요도 없겠군요."

"쯧쯧."

노인은 시간만 버렸다는 생각에 혀를 차며 발을 더 급히 놀렸다. 청년이 옆으로 따라붙으며 중얼거렸다.

"에이, 실수도 할 수 있는 거지 뭘 그거 가지고 삐치세요. 나이도 드실 만큼 드신 분이."

"뭐라?"

"어쨌든 저 때문에 심심하지는 않았잖아요."

"끄응."

"그나저나 그러면 그 복면인들은 대체 누구일까요?"

마침내 노인이 발걸음을 멈추고 폭발했다. 이 녀석과 말만 섞으면 항상 결과가 이랬다. 계속 무시했어야 하는 것인데.

"그러니까 지금! 우리가! 그것을 알아보기 위해 가고 있는 것 아니냐?"

청년이 움찔 놀랐다가 같이 큰 소리로 맞받아쳤다.

"아니 왜 갑자기 소리를 버럭 지르고 그러세요? 귀청 떨어지는 줄 알았네."

"어휴, 네 녀석은 정말이지……. 관두자."

노인이 손사래를 치며 다시 발걸음을 뗐다. 청년이 눈치를 보며 졸졸 따랐다.

"화나셨어요?"

"……."

"에이, 쪼잔하게 삐치긴."

"……."

"화 푸세요."

"네놈이 그 입만 닫으면 화낼 일도 삐칠 일도 없다. 맹주가 네 녀석하고 함께하라는 명만 내리지 않았다면 결코 동행하지 않았을 것이야."

청년이 입술을 꾹 깨물었다가 다시 열었다.

"어쨌거나 이제 안의 땅에 입성하네요."

"……."

"조심해야 해요."

"……."

"지금 안의는 복마전이에요. 대체 무슨 일이 있었는지 파악하려는 무림인들이 속속 모여들고 있어요."

"……."

"그리고 흑룡문도들도 혈안이 돼서 움직이고 있을 거구요. 그러니까 가능한 그들과 시빗거리를 만들지 않는 게 좋아요. 특히 흑룡문도들과는 말이죠."

노인은 입술을 꽉 깨물었다. 그의 청수한 얼굴이 조금씩 금이 가고 있었다. 굳이 다 아는 얘기를 늘어놓는 녀석이 성가시다 못해 천불까지 일었다.

"특히나 흑룡문도들은 아주 성질이 흉포하기로 유명하잖아요. 장로님께서 협객인 건 알지만 당분간은 봐도 모른 척, 들어도 모른 척하세요. 알았죠?"

"……."

"이번 일은 제가 처음으로 맡게 된 임무니까 사소한 실수도 있어선 안 돼요. 그건 아시죠?"

결국 노인의 입술이 떨어졌다.

"갈! 너나 잘해. 너만 가만히 있으면 아무 일도 없을 테니까 말이다."

노인이 씩씩거렸다. 청년은 머쓱한 표정으로 머리를 긁적였다. 둘이 아무 말도 안 하고 노려보는 사이로 목소리 하나가 들어섰다.

"일이 그렇게 진행됐다는 말인가? 재미있군."

노인과 청년의 눈이 커졌다. 둘의 시선이 자신이 왔던 산길을 향해 천천히 돌았다.

"……!"

옷이 넝마처럼 찢어진 청년 하나가 서서 다행이라는 표정을 짓고 있었다. 행색은 분명 거지였다. 그러나 거지가 산에 있을 리 만무. 그리고 청년의 눈빛은 거지라고 하기에는 너무나 맑았다.

무루를 바라보는 둘이 동시에 입을 열었다.

"넌 누구냐?"

"누구시죠?"

질문을 던지는 그들은 곤혹스러웠다. 자신들의 뒤를 이렇게 가까이 따라오고 있는 사람이 있다는 것을 전혀 짐작하지 못한 탓이다.

몇 가지 생각이 둘의 뇌리에 스쳤다.

일단 자신들이 감지 못한 저 청년은 평범한 인물이 아니다. 분명 고수다. 그런데 어느 정도의 고수인지 전혀 감이 잡히지 않았다. 어찌 보면 평범한 사람 같아 보였다.

혹 개방의 간부 중 하나가 자신들처럼 안의 땅의 동정을 살피기 위해 급파된 것일까? 개방 고수의 신분을 파악할 수 있는 포대자루나 매듭을 먼저 찾아보았다.

그러나 그것이 있을 리 없었다.

게다가 둘을 더 당혹스럽게 한 것은 그의 어깨 위로 검집이 슬쩍 비친다는 것이었다. 그냥 검집만 보이면 무슨 상관이겠는가?

문제는 달랑 검집만 있다는 점이었다.

둘이 무루의 정체를 파악하기 위해 머리를 분주하게 굴리는 사이, 무루가 걸음을 내디뎠다.

노인과 청년의 대화로 한숨 돌린 무루의 걸음은 여유로웠다.

"같이 내려가는 길이니 잠시 동행하는 것 어떻겠습니까? 마침 적적하던 참인데 말동무나 하지요."

무루가 정중하게 물었다. 그들에게서 더 많은 정보를 얻으려는 심산이었다.

그러나 노인과 청년은 점점 더 무루가 이상하기만 했다. 청년이 어색하게 웃다가 고개를 끄덕였다.

"뭐, 그렇게 해도 상관없소만."

청년은 무루에게 강렬한 호기심을 느꼈다. 노인도 동의하는지 고개를 끄덕였다.

자연스럽게 나란히 서서 걷게 된 무루가 먼저 입을 열었다.

"제 이름은 한무루라고 합니다."

그의 말에 노인과 청년이 고개를 갸웃거렸다. 전혀 들어보지 못한 이름이다. 분명 무림인 같은데 말이다. 특히나 노인의 궁금증은 더 커졌다.

노인이 말을 건넸다.

"무림인인가?"

"그렇다고 할 수 있겠지요."

뭔가 두루뭉술한 답변이다. 이번엔 무루가 말했다.

"본의 아니게 듣게 되었지만 지금 안의 땅에 흑룡문과 정체 불명의 괴인들이 충돌했다고 들었습니다."

청년이 고개를 주억거렸다.

"모르셨습니까? 사흘 전에……."

청년이 말을 시작하려는데 무루가 고개를 주억거렸다.

"사흘이군요."

"……?"

"사흘이라……. 긴 시간입니다."

"……?"

노인과 청년이 서로를 마주 보고 곤혹스러워했다. 뜬금없이 시간에 대해 얘기하니 그럴 수밖에 없었다.

"기껏해야 하루, 많더라도 이틀을 생각했었는데……."

"……?"

무루는 암독왕이 상황을 잘 추슬렀다고 직감했다. 그의 입가에 미소가 맺혔다.

"생각보다 재주가 많은 자였군."

들릴 듯 말 듯한 혼잣말.

그러나 노인과 청년은 그 작은 중얼거림을 잡아낼 능력이 있었다. 궁금증을 참지 못한 청년이 질문을 던졌다.

"재주가 많다니요?"

"별것 아닙니다."

청년이 입술을 꼭 깨물었다가 다시 물었다.

"시간 얘기는 뭐죠? 사흘? 하루나 이틀?"

무루가 어깨를 으쓱하고는 같은 말을 반복했다.

"역시 별거 아닙니다."

"으음, 좋아요. 그럼 왜 검도 없는 검집을 메고 있는 거죠?"

"아! 아까 숲에다 떨어뜨리고 왔군요."

무루가 피식 웃었다. 검을 떨어뜨린 것도 잊고 있었던 것이다. 그러나 그 말에 노인과 청년은 점점 더 황당해졌다.

고수일까 짐작했는데 무기를 깜빡하다니!

이런 이가 고수일 리 없었다.

아니, 무사라고 하기도 부끄러운 행동이었다. 그런데 눈앞의 거지 행색의 청년은 전혀 개의치 않는 얼굴이었다.

무루가 갑자기 고개를 돌려 청년을 빤히 바라보며 물었다.

"남장을 하는 이유가 있습니까?"

"……!"

청년이 너무 놀라 말까지 더듬거렸다.

"어, 어떻게 알았죠?"

"아무래도 저 먼저 가봐야겠습니다. 사흘이라……. 인연이 또 닿는다면 그때 보지요."

무루가 발걸음을 빨리했다.

노인과 청년이 황당한 표정을 지었다. 말동무를 하자더니 제 할 말만 하고 휭 하니 가버리는 인간이라니!

청년, 아니, 남장여인이 눈에 쌍심지를 켰다.

"이봐요! 잠깐! 잠깐 거기 서봐요!"

그녀가 야트막한 구릉 밑으로 내려가는 무루의 등에 대고 소리를 질렀지만 무루는 그대로 밑으로 내려갔다.

남장여인이 구릉 위로 한달음에 달려갔다.

"이봐요! 당신 대체……."

여인이 눈을 치켜뜨며 말을 잃었다. 그 뒤를 따라온 노인도 전면을 보다가 이내 주변을 샅샅이 훑었다.

그가 사라졌다.

여인이 어깨를 움찔거렸다.

"자, 장로님, 우리가 지금 귀신과 마주쳤던 게 아닐까요?"

노인이 잠시 침묵하다가 입술을 뗐다.

"그 청년의 이름이 한무루라 했지?"

"네? 예. 그랬어요."

"기억해 두어야 할 것 같다."

"……."

"그도 안의로 가는 것 같았으니 다시 만날 수도 있겠지. 허허허. 왠지 재미있는 놈을 발견한 것 같구나."

여인이 고개를 끄덕여 동의했다.

"자, 가자. 어서 내려가 숙소를 정하고 간만에 제대로 된 식사를 해야지."

"제대로 된 식사!"

여인이 먹는 얘기에 행복한 표정을 지었다. 지난 이틀간 먹었던 육포는 이제 질려 버렸다.

2

흑룡전장의 장주 국야한은 제법 규모가 있는 장원을 소나무가 듬성듬성 심어진 동산에서 바라보았다.

현판조차 붙어 있지 않은 장원은 얼마 전부터 개보수되었다더니 이제는 꽤 그럴듯한 모습을 갖추고 있었다. 오십여 일 전에 보았을 때에는 황량하기 그지없었는데 말이다.

그는 미심쩍은 눈으로 장원을 보며 중얼거렸다.

"흑룡근 백 명! 어딘가에 생매장하지 않았다면 그 모두를 수용할 곳은 많지 않지."

흑룡문은 사건이 발생한 은당객잔을 중심으로 조사를 해나갔다. 그러나 국야한은 반대로 안의의 외부로 시선을 옮겼다. 그의 뒤로 흑룡문 장로 백혈군이 함께 있었다.

"자네가 의심 간다는 곳이 저곳인가?"

"다섯 군데가 유력합니다. 그중의 하나가 바로 저곳입니다. 가장 의심이 가는 곳이지요."

백혈군이 눈가를 찡그렸다. 국야한은 자신에게 많은 뇌물을 바쳐 온 놈이었다. 그런 그가 귀여워 꽤 총애해 주었다. 기실 국야한을 흑룡전장의 장주로 만든 장본인이 자신이었다.

하지만 이번에 벌어진 사태에서 국야한은 치도곤을 맞았다. 그때 국야한이 원망의 시선으로 자신을 보던 것이 민망해서 이번에 도와달라는 요청을 거절하지 못했다.

"다섯 군데라니! 나는 잠시 짬을 내서 나온 것이다. 지금 총타 전체가 비상령이 발동된 것을 모르는가?"

국야한이 비릿한 미소를 지으면서 말했다.

"놈들의 소굴을 파악하면 장로님께서는 큰 공을 세우시게 되는 것입니다."

국야한은 현재 매우 초조한 상태였다.

흑룡문을 위해 뭔가 굵직한 것을 하나 터뜨려야 했다.

그러지 않으면 전방과 도박장, 결투장이 무너지면서 큰 차질이 생긴 자금에 대한 책임에서 결코 벗어날 수 없었다. 책임을 회피할 수 있을 만큼 큰 공이 절실한 시점이었다.

반면 백혈군은 찜찜하기만 했다.

시간낭비만 하는 것 같았다. 반대로 정말 저곳이 흑룡문을 수렁으로 몰아넣은 악귀들이 있는 곳이라도 문제는 있었다.

천하의 태상장로들도 당했다. 그런데 자신이 무슨 힘으로 그들을 상대할 수 있겠는가?

그런 백혈군의 고뇌를 간파한 국야한이 비굴한 미소를 지으며 말했다.

"저곳엔 진법이 펼쳐져 있습니다."

"진법이라고?"

"예. 저곳을 들락날락거리는 서생 하나를 잡아 문초했는데 이 청동 구슬 두 개가 없으면 못 들어간다더군요."

국야한이 품에서 청동환을 꺼내며 보여주었다.

"이상하지 않습니까?"

"으음. 그렇군."

백혈군의 눈에 이채가 스쳤다.

"그 서생 말로는 경계하는 사람들이 없다고 했습니다. 진법을 믿는 거지요. 그리고 안에 거주하는 사람도 거의 없고. 그렇다면 몰래 안으로 들어가 동정만 살피고 나오는 일은 어렵지 않을 것입니다. 저야 무공이 일천하니 불가능하겠지만 오백 위인 어르신은 그리 어려운 일이 아니잖습니까?"

백혈군이 고개를 주억거렸다.

"경계하는 자들이 거의 없다는 것이 사실이렷다."

"어느 안전이라고 거짓을 고하겠습니까?"

"좋아, 그렇다면 한번 들어가 보지."

백혈군은 청동환 두 개를 잡아 들고는 묘한 호기심에 사로잡혔다.

약간의 불안감도 있었지만 자신은 오백 위 초인이었다. 만에 하나 분위기가 안 좋거나 대적하기 힘든 고수들을 만나게 된다면 곧바로 튀면 된다고 생각했다. 자신의 경공으로 반 각만 죽어라 달리면 흑룡문 수하들이 깔려 있는 곳에 들어갈 수 있을 터이니.

그리고 국야한처럼 공을 세우고 싶은 욕심도 들었다.

"그럼 자네는 여기서 기다리게."

"예."

국야한이 허리를 깊숙이 숙였다가 들자 방금까지 옆에 있던 백혈군의 모습이 사라져 있었다.

"과연 오백 위군."

국야한은 감탄하며 주변을 두리번거렸다. 그렇게 시간이 잠시 흘러가는데 갑자기 눈앞의 허공에서 몇 개의 신형이 떨어졌다.

"허억!"

국야한이 질겁해 뒤로 꽈당 넘어졌다. 그의 앞으로 가장 먼저 떨어진 신형이 신음을 흘리며 숨을 헉헉거렸다.

흑의를 입고 있는 그는 피투성이였다. 만약 그가 거칠게 숨을 뱉고 있지 않았다면 도저히 살아 있다는 것을 믿지 못했을 것이다.

피투성이 뒤로 일곱 개의 그림자가 일렁거렸다.

기가 막혔다. 그들과의 거리 불과 이 장. 그런데도 그들의 얼굴과 형체를 파악할 수 없었다.

"귀, 귀신이냐?"

그들의 신형 주변에서 피어난 검은 아지랑이가 끊임없이 주변을 넘실거렸다.

국야한은 눈을 비볐다. 아직 해가 떨어지려면 반 시진 넘게 남았다. 그러데 벌써 귀신이 활동한단 말인가?

아니, 귀신같은 것이 있을 리가 없지 않은가?

"네놈은 여기서 뭘 하고 있는 거지?"

일곱 개의 그림자 중 하나가 말했다. 그러나 국야한은 어떤 그림자가 말했는지조차 알 수 없었다.

"사, 사람이오?"

"질문은 내가 했다."

국야한은 순간 전신을 감싸는 살기에 사로잡혔다. 몸이 오들오들 떨려왔다.

"저, 저는 흑룡전장의 장주입니다."

"질문이 뭔지도 모르는 놈이군."

목소리에 짜증이 묻어났다. 국야한은 필사적으로 기억을 되살렸다. 저자들이 무엇을 물었더라?

"아! 저, 저는 지금 흑룡문에 대적한 복면인들의 배후를 찾고 있습니다."

"그들이 여기 있다는 뜻이냐?"

"그, 그것이… 여기에 있다기보다는… 그러니까 어디에 있는지 찾는 중이었습니다."

"그래? 흐흠."

"……."

"알았다. 너는 이제 됐다."

"예?"

"죽어도 된단 뜻이다."

"……!"

국야한은 눈을 부릅떴다.

일곱 괴인의 주변을 일렁이던 검은 기류 중 일부가 자신을 향해 다가들었다. 도망가고 싶었지만 거미줄에 걸린 파리처럼 옴짝도 할 수 없었다.

"이런 육시랄! 이렇게 죽으려고 내가……!"

국야한의 절규가 터졌다. 그 순간 지척까지 다가왔던 검은 기류가 방향을 홱 틀더니 기쾌한 속도로 옆으로 향했다.

푸슈슈슈!

검은 기류 하나가 소나무 하나를 단숨에 휘감았다. 그 직전에 한 인영이 번개처럼 몸을 띄워 옆으로 피했다.

모습을 드러낸 이는 암독왕이었다.

그는 오후에도 변장을 하고 나갔다가 돌아오는 길이었다. 그런데 장원 좌측의 동산에서 인기척이 들어 살며시 접근하는 중에 난데없는 공격을 받은 것이다.

"너희는 누구냐?"

암독왕이 경각심을 끌어올리며 일곱 괴인을 보았다. 자신이 감지한 것은 저기 멍하니 넋이 나가 있는 국야한이었지 저 괴인들이 아니었다.

그의 손이 언제라도 독을 배출할 수 있게 검게 물들었다.

일곱 괴인 중 하나가 혀를 찼다.

"암독왕인가? 그 보기 힘들다는 오백 위 초인을 연달아 보는군."

"연달아?"

암독왕이 고개를 갸웃거렸다. 마붕권을 말하는 것이라 생각했다. 일곱 괴인은 백혈군을 말하는 것이었지만.

괴인들끼리 대화를 주고받았다.

"어떻게 하지?"

"당연히 제거."

"동감."

"막내는 빠져라."

"저는 괜찮습니다."

"됐다. 흑살 이놈을 잡느라 당한 내상이 적지 않은 것 알아."

"하지만……."

"상대는 오백 위야. 또한 저자는 독왕이기도 하지. 네가 끼면 오히려 불편해진다. 간단히 해치울 수 있는 걸 어렵게 하지 말자."

"예."

하나의 그림자가 여섯과 떨어졌다.

그리고 여섯 괴인을 감싸고 있는 검은 기류가 점점 짙어졌다. 암독왕의 손도 더욱 거메졌다.

"나를 간단히? 보아하니 자객 같은데, 자객 따위가 나한테 그런 말을 하다니."

암독왕의 전신에서 예기가 활짝 피어올랐다.

소령은 아무도 모르는 비밀 한 가지를 간직하고 있었다. 그건 그녀가 지하에 감금된 태상장로들을 돌보고 있다는 것이었다.

물론 소령이 그들의 마혈을 푼다든지, 칭칭 옭아맨 쇠사슬을 풀어준 것은 아니었다. 그건 그녀의 능력 밖의 일이었다.

다만 몰래 미음을 끓여다 입가에 넣어주었다. 이유는 단순했다. 종통선생이 사흘 전 돌아가신 할아버지와 닮았다는 것이다.

소령은 이 일을 아무도 모를 것이라 생각했지만 사실 마붕권, 암독왕, 혈광비는 이미 다 눈치채고 있었다.

다만 모른 척하고 있을 뿐이었다.

지금 소령에게는 그 작은 일이 매우 큰 위안을 준다는 것을 알았기 때문이다. 소령이 그런 일을 한다고 해서 태상장로들의 상황이 변할 것도 없고 말이다.

그렇게 시작한 일이 사광파파에게까지 미음을 주게 되었다. 둘이 나란히 있었는데 누구는 주고 누구는 안 주기는 좀 그랬던 것이다.

몇 번 종통선생과 사광파파가 눈을 떠 소령과 마주치기도 했다. 소령은 처음엔 정말 놀랐었다. 그러나 그것은 아주 잠깐이었고, 그들은 곧바로 의식을 잃었다.

지금도 소령은 종통선생과 사광파파에게 미음을 입술 사이로 흘려넣고 있었다. 소령이 홀로 중얼거렸다.

"할아버지, 할머니, 정말 나쁜 사람인가요? 이렇게 잠들어 있는 모습은 평화롭기만 한데……. 사람들은 왜 같은 사람들을 괴롭히는 걸까요?"

소령은 슬픈 눈으로 종통선생을 보다가 혼잣말을 이었다.

"돌아가신 우리 할아버지는 저를 많이 귀여워해 주신 착한 분이셨어요. 우리 할아버지와 정말 많이 닮았는데."

소령이 들고 온 물수건으로 종통선생의 얼굴을 닦아주었다.

그리고는 사굉파파의 얼굴도 닦았다.

그 순간 사굉파파의 눈이 번쩍 뜨였다. 소령은 찰나 놀랐지만 이내 빙그레 웃었다.

다시 잠들 것을 알고 있었기 때문이다.

그런데 사굉파파의 눈은 닫히지 않았다. 그녀가 소령을 뚫어지게 보았다. 그리고 그녀의 신형에서 기이한 기운이 흘러나오기 시작했다.

"어어?"

소령은 당황했다.

깜짝 놀라 뒷걸음질쳤지만 도망가지는 않았다. 마혈이란 것이 점해져 있어서 꼼짝 못한다는 말을 마붕권 할아버지에게서 들었다. 그리고 무거운 쇠사슬이 칭칭 매여져 있었다.

하지만 마붕권이 착각하고 있는 것이 있었다. 그와 사굉파파가 오백 위 초인이라 같이 불리지만 분명 그 사이엔 현저한 실력 차이가 존재했다.

사굉파파와 종통선생은 스스로 마혈을 풀 수 있는 인물들이었다. 사굉파파의 기운 때문이었을까? 종통선생도 눈을 번쩍 떴다. 그리고 그의 몸에서도 은은한 기운이 솟구쳤다.

잠시 멍하니 지켜보던 소령이 화들짝 정신을 차렸다.

위로 올라가 사람들에게 알려야 한다는 생각이 들었다.

그녀가 지하 밀실의 문을 열고 뛰어나가려 했다. 그러나 소령은 밖으로 나가지 못했다.

"누, 누구세요?"

백발이 치렁치렁한 노인이 문가에 서서 소령을 마주 보았다.

“동정만 살피려 했는데 의외로 경계가 허술해 여기까지 몰래 들어온 보람이 있군.”

그는 백혈군이었다.

백혈군의 사악한 미소 앞에서 소령은 엉덩방아를 찧으며 넘어졌다. 백혈군의 억센 손이 소령의 목을 틀어쥐었다.

『절대고수』 제4권에 계속…

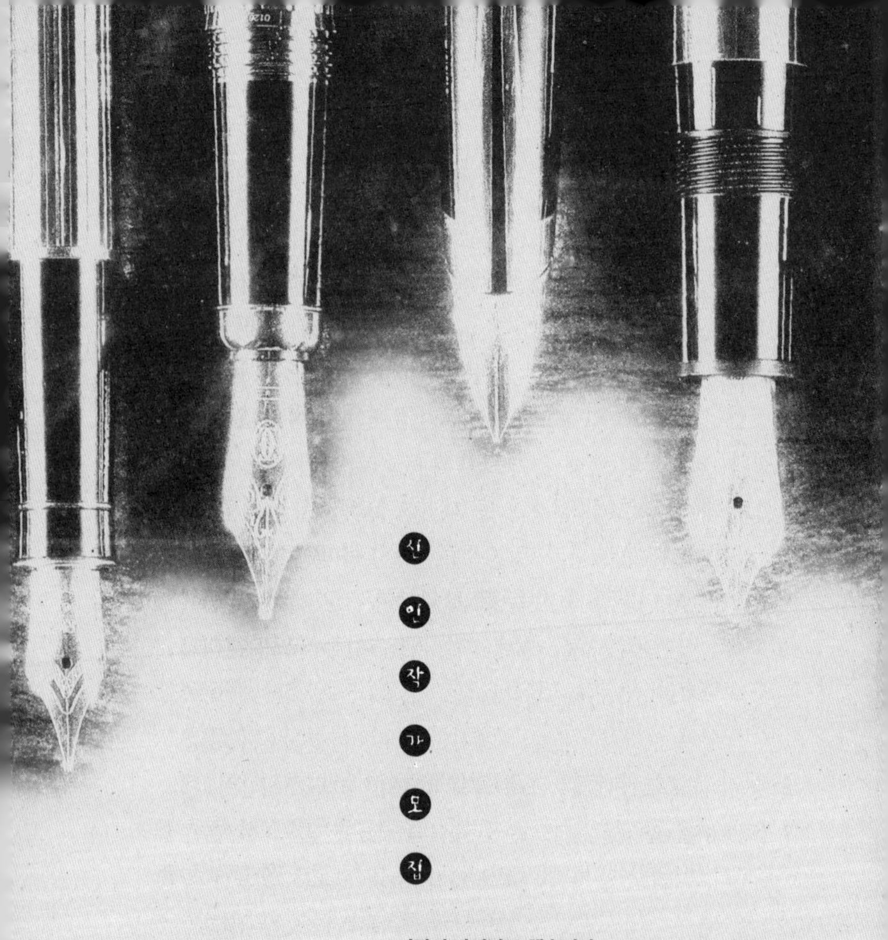
신
인
작
가
모
집

Dragon order of FLAME
폭염의 용제

김재한 판타지 장편 소설

「사이킥 위저드」, 「마검전생」의 작가 김재한!
그가 그려내는 새로운 액션 히어로가 찾아온다!

모든 것을 잃고 복수마저 실패했다.
최후의 일격마저 막강한 레드 드래곤 앞에서 무너지고,
죽음을 앞에 둔 그에게 찾아온 또 하나의 기회!

"네 운명에 도박을 걸겠다."

과거에서 다시 눈을 뜬 순간,
머릿속에 레드 드래곤의 영혼이 스며들었을 때,
붉은 화염을 지배하는 용제가 깨어난다!

강철보다 단단한 강체력을 몸에 두른
모든 용족을 다스리는 자, 루그 아스탈!

세상은 그를 '폭염의 용제'라 부른다!